RUDOLF SCHMIDT

TIERISCHES IN UNSERER MUTTERSPRACHE

RUDOLF SCHMIDT

Tierisches in unserer Muttersprache

Ein unterhaltsamer
Beitrag zur deutschen
Sprachkunde

Hohenloher Druck- und Verlagshaus
Gerabronn-Crailsheim

ISBN 3-87354-0339

Herstellung: Hohenloher Druck- und Verlagshaus Gerabronn
Printed in Germany
Illustrationen und Schutzumschlag: Maria Reiner-Richter

INHALT

Vorwort 7
Einführung: Mensch und Tier in enger Verbundenheit 9

1. Anschauliche Tierbenennung

König des Waldes ist der Hirsch 15
Der Uhu ruft „buhuu ..." 18
Der Adler war ein edler Aar 22
Das Kamel ist das Schiff der Wüste 27
Wie schnell rennt ein Rentier? 33

2. Sachen und Vorgänge im Tiervergleich

Wir essen heute im „Ochsen" 36
Seine Schwester trägt jetzt Ponyfransen 40
Mit einem Hechtsprung stürzte ich mich ins Wasser 43
Bei diesem Sauwetter kann man nicht vor die Tür gehen 47
Plötzlich fing der Motor an zu bocken 51
Eines Tages kam ein Brief ins Haus geflattert 54
Das Schiff ging mit Mann und Maus unter 56

3. Wesen, Verhalten und Aussehen des Menschen im Tiervergleich

Die Kleine ist ein richtiges Spiegeläffchen 63
Mein Bruder war das schwarze Schaf in der Familie 68
Was sagen die Wetterfrösche? 72
Die Kinder liefen pudelnackt umher 75
In Notzeiten wird gehamstert 78
Er möchte immer noch mehr Geld zusammenscharren 82
Der Beamte war sehr kurz angebunden 88

4. Das Tier in der Redensart

Die Mädchen saßen da wie die Hühner auf der Stange 92
Keine zehn Pferde bringen mich dorthin 96

Man soll nicht mit Kanonen auf Spatzen schießen 100
Damit hatte er die Katze aus dem Sack gelassen 103
Das hieße Eulen nach Athen tragen 106
Ich lasse mich nicht an der Nase herumführen 109
Dem Jungen müßte man mal die Flügel stutzen 113

Sachverzeichnis 118

VORWORT

Das vorliegende Buch ist keine wissenschaftliche Abhandlung. Unseren Sprachschatz als Ausdrucksmittel deutscher Denkungsweise zu erforschen und zu deuten, haben sich namhafte Sprachforscher, allen voran die Brüder Grimm mit ihrem großartigen „Deutschen Wörterbuch", zur Lebensaufgabe gemacht. Hier soll ein Stück deutscher Sprachkunde, das die Welt der Tiere betrifft, in unterhaltender und zugleich belehrender Form dargeboten werden. In der bunten Vielfalt der Tierbezeichnungen, vor allem aber in den zahlreichen Vergleichen und Sprachbildern, wie sie jeder von uns, bewußt oder unbewußt, täglich im Munde führt, sei es als Einzelwörter, als formelhafte Verbindungen, Redensarten oder Sprichwörter, zeigt sich die urwüchsige Ausdrucksfähigkeit unserer Muttersprache. Gerade die bildhafte Übertragung und der zeitnahe Vergleich sind es, die einer Sprache das ihr eigenständige Gepräge verleihen und die es ermöglichen, starre Begriffe in lebensvolle, anschauliche Formen zu kleiden.

Bei der Fülle des sich bietenden Stoffes konnten nur die gebräuchlichsten Ausdrücke und Redewendungen erwähnt werden, soweit sie zum Allgemeinbesitz der heutigen Umgangssprache gehören. Ebenso fanden mundartliche Aussprüche nur in wenigen Fällen Berücksichtigung, weil ihre Anwendung selten über den örtlichen Bereich hinausgeht. Da sich unser Buch in erster Linie an eine breitere Leserschaft ohne fachliche Vorbildung wendet, mußten sprachgeschichtliche Worterklärungen auf ein Mindestmaß beschränkt bleiben. Aus demselben Grunde wurden die Ausdrücke und Sprachbilder nicht in streng sachlicher Ordnung, etwa in alphabetischer Reihenfolge, die ohnehin eine übersichtliche Abgrenzung oft nicht gestatten würde, aufgeführt, sondern unter vier großen Gesichtspunkten in zwangloser Weise behandelt. Das beigegebene Sachverzeichnis erleichtert das Auffinden der einzelnen sprachlichen Erscheinungen.

Verlag und Verfasser sind überzeugt, daß in einer Zeit, in der die stets gutbesuchten zoologischen Gärten immer großzügiger ausgebaut und den Lebensbedingungen der Tiere angepaßt werden, in der man auch bei uns beginnt, nach dem Muster ausländischer Nationalparks weite Naturschutzgebiete zu schaffen, wo sich jedes Tier seiner Lebensweise gemäß frei bewegen kann, in der man sich mit Erfolg bemüht, selten gewordene Tiere vor dem Aussterben zu bewahren, in der die Vogelwarten die Wunder des Vogelzuges zu enträtseln suchen, in der der Reitsport in Blüte steht und wertvolle Rassehunde auf Ausstellungen zu sehen sind — daß es in einer so tierfreundlichen Zeit angezeigt erscheint, wenn das weite Feld der Beziehungen zu unseren Mitgeschöpfen einmal von der sprachlichen Seite her beleuchtet wird.

Einführung: Mensch und Tier in enger Verbundenheit

Schon in grauer Vorzeit stand der Mensch in Berührung mit dem Tier. Kein Wunder daher, daß die menschliche Phantasie die Tiere zu Vorbildern für künstlerische und literarische Darstellungen aller Art benutzt hat. Nachahmungen von Tiergestalten gab es in der Malerei und Bildhauerkunst von jeher, angefangen von den primitiven Felszeichnungen in den Höhlen der Altsteinzeit bis zur modernen Tierplastik und Tierornamentik. Tierische Laute werden nicht nur in scherzhafter Weise von Tierstimmenimitatoren wiedergegeben, auch namhafte Komponisten ließen sich gelegentlich durch Vogelstimmen inspirieren. Man hat sogar ein wissenschaftliches Studium der „Tiersprachen" geschaffen; denn Untersuchungen von Tierpsychologen und Verhaltensforschern haben ergeben, daß sich manche Tiere, insbesondere die Delphine, durch bestimmte Lautäußerungen untereinander oder dem Menschen gegenüber verständlich zu machen vermögen. Der „sprechende" Papagei ist zwar nur imstande, eine oft gehörte Wortfolge rein akustisch nachzuplappern, aber Hunde- und Katzenbesitzer wissen meist recht gut, was ihnen ihre Lieblinge „sagen" wollen, und der Ornithologe kennt genau die verschiedenartigen Lock-, Warn- und Klagerufe der Vögel, von denen sich einige auch als „Spott- und Spaßvögel" hören lassen.

Berichte von Tierforschern in Rundfunk und Fernsehen über die Verhaltensweise der Tiere in unserer engeren Heimat oder in fremden Erdteilen finden jederzeit dankbare Zuhörer. Und welches Kind vertiefte sich nicht mit Hingabe in ein hübsches Tierbilderbuch oder einen geschmackvoll illustrierten Tierkalender und sähe sich nicht gern einen bunten Tierfilm an? Im Kindergarten spielen die Kleinen „Blindekuh" und „Häschen in der Grube", singen vom Pferdchen und vom Schäfchen, von Entchen und Bienchen, vom Kuckuck und vom Maikäfer, vom Fuchs, der die Gans gestohlen hat, von Amsel, Drossel, Fink und Star. Fast alle Kinder hegen den Wunsch, lebende Tiere um sich zu haben, sei es auch nur ein Wellensittich oder ein Laubfrosch, ein Meerschweinchen oder eine Schildkröte, seien es die buntschillernden Fische im Aquarium oder ein paar possierliche weiße Mäuse. Niemals würden sie sich von ihrem Spielkameraden, einem niedlichen Kätzchen oder Hündchen, trennen, und der erste Ferienaufenthalt auf dem Lande, wo man das dicke Schwein mit seinen rosigen Ferkeln im Stall oder die zwitschernden Jungvögel im Nest betrachten, den Hühnern Futter streuen, die Kühe auf die Weide, die Gänse zum Dorfteich begleiten konnte und vielleicht gar einmal hoch zu Roß sitzen durfte, wird einem unverbildeten Stadtkind länger im Gedächtnis haften bleiben als eine verfrühte Auslandsreise im väterlichen Kraftwagen. Mehr denn je machen jetzt Eltern mit ihren Kindern „Urlaub auf dem Bauernhof".

Ein wertvoller Mensch wird immer zugleich ein großer Tierfreund sein. Mit Entrüstung wendet er sich ab von jeglicher Tierquälerei, wie sie leider in einigen Ländern noch immer anzutreffen ist. Daß der Schutz der wehrlosen Kreatur uns Deutschen besonders am Herzen liegt, beweisen die Gesetze und Verordnungen, die das sinnlose Töten und die Mißhandlung von Tieren unter Strafe stellen. Der erste deutsche Tierschutzverein wurde bereits 1837 gegründet. Tierasyle bestehen jetzt in fast allen größeren Städten, und der an einer veterinärmedizinischen Hochschule ausgebildete Tierarzt geht in jedem Bauernhof ein und aus. Auch in der Stadt hat er seine gutgehende Praxis, in der sich Herrchen oder Frauchen mit ihren erkrankten Lieblingen hilfesuchend einfinden. Das allgemeine Interesse an der Tierwelt läßt sich vor allem an den ständig wachsenden Besucherzahlen unserer zoologischen Gärten erkennen. Ein Gang durch einen neuzeitlichen Tierpark mit seinen weiträumigen Freigehegen, die mit den vergitterten Käfigen und den engen, dumpfen Ställen von ehedem nichts mehr gemein haben, ist gerade in unserer Epoche der nüchternen Technik ein Erlebnis besonderer Art.

Andererseits strebt aber auch das Tier zum Menschen. Jedes fühlende Herz wird von Rührung übermannt, wenn ein Hund seinen Herrn nach jahrelanger Trennung wiedererkennt und mit lautem Freudengeheul begrüßt, wenn er Hunger und Not mit ihm erduldet, wenn er gar noch an seinem Grabe Wache hält und tagelang jede Nahrungsaufnahme verweigert. Viele Beispiele gibt es für die seltsame Tatsache, daß selbst gefährliche Tiere kleine Kinder unbehelligt lassen. Mancher in Freiheit gesetzte Vogel ist wieder zu seinem Besitzer zurückgekehrt, Katzen finden oft über erstaunlich weite Strecken den Weg in ihre gewohnte Umgebung, und bei grimmiger Kälte sucht sogar das scheue Reh die Nähe menschlicher Behausungen.

Aus der antiken wie aus der germanischen Götter- und Heldensage ist das Tier nicht wegzudenken. Wir treffen es bei Zeus und Helios, bei Herkules und Theseus, bei Wodan und Thor, bei Siegfried und Beowulf. Odysseus wurde nach der Heimkehr von seiner jahrelangen Irrfahrt von niemandem erkannt als von seinem alten Hofhund. Romulus und Remus, die sagenhaften Gründer Roms, wurden als Neugeborene ausgesetzt und von einer Wölfin gesäugt. Lohengrin, der niederrheinische Sagenheld, ist der geheimnisvolle Schwanritter, und nach der Kyffhäusersage umflattern die Raben seit Jahrhunderten den Berg, in dem der verzauberte Kaiser

Barbarossa schläft. Manche Tiere waren im Altertum den Göttern heilig und durften, wie heute noch die Kuh bei den strenggläubigen Hindus, nicht getötet werden. Allgemein bekannt ist die alttestamentliche Erzählung von Noah, dem Stammvater des neuen Menschengeschlechtes, der in seiner Arche je ein Exemplar aller Tiergattungen aus den Schrecken der Sintflut rettete und so die Tierwelt vor dem Aussterben bewahrte.

Ebenso finden sich im Volksglauben häufig Beziehungen zu Tieren. Daß der „Osterhase" die bunten Eier und der Storch die Babys bringt, glaubte früher jedes Kind. Die Hexen ritten auf einem Ziegenbock durch die Lüfte, und der Bocksfuß oder Pferdefuß galt als Attribut des Teufels, der ja den Menschen Böses sinnt. Daher die Redensarten: „Da guckt der Pferdefuß hervor" oder „Die Sache hat leider einen Pferdefuß". Zuweilen versteckt sich der Teufel hinter dem Namen des Vogels Kuckuck, weil dieses Tier so hinterlistig ist, daß es seine Eier in fremde Nester legt und von anderen Vogeleltern ausbrüten läßt. So erklären sich die Ausrufe: „Pfui Kuckuck!", „Hol's der Kuckuck!", „Weiß der Kuckuck!", „In Kuckucksnamen (sogar verstärkt: In Dreikuckucksnamen)!", „Geh (oder: scher dich) zum Kuckuck!" Zwei weitere Tiere haben ihre Namen zu Beteuerungen des Abscheus oder zu Verwünschungen hergeben müssen: das den meisten Menschen als häßlich erscheinende Spinnentier und der Geier, der als aasfressender Raubvogel Ekel und Widerwillen erregt. So heißt es im Volksmund: „Pfui Spinne!", „Pfui Geier!" oder „Hol dich der Geier!" Der bekannte Reimvers „Spinne am Morgen bringt Kummer und Sorgen, Spinne am Abend erquickend und labend" geht allerdings auf das Zeitwort spinnen zurück; daher ist die Fassung vorzuziehen: „Spinnen am Morgen — Unglück und Sorgen". Der Kuckuck betätigt sich aber auch als Glücksbringer und Zukunftsdeuter. Bei seinem ersten Ruf im Frühling soll man auf den Geldbeutel klopfen oder mit den Geldstücken in der Tasche klappern, um das ganze Jahr bei Kasse zu sein, die Zahl der Kuckucksschreie gibt dem lauschenden Spaziergänger die ihm noch verbleibenden Lebensjahre an, und das heiratslustige Mädchen rechnet sich danach aus, wielange es noch bis zur Hochzeit warten muß. In einigen Gegenden wird der Kuckuck überdies als Wetterprophet angesehen wie der in Gefangenschaft gehaltene Laubfrosch, der „Wetterfrosch", der aber nur deshalb auf seiner Leiter hinaufklettert, weil die Insekten bei schönem Wetter höher fliegen. Auf ebenso natürliche Weise erklärt sich der Tiefflug der Schwalben, der als Vorzeichen eines drohenden Gewitters gedeutet wird. Gleichzeitig hat die Schwalbe dieselbe mythische Bedeutung wie der Kuckuck: Wo ein Schwalbenpärchen nistet, ziehen Segen und Glück ein, werden Seuchen und Blitzschlag ferngehalten. Zur Abwehr böser Geister diente oft eine ans Stalltor oder Scheunentor angenagelte Eule oder Fledermaus. Wem morgens eine

Katze über den Weg läuft, zumal von links nach rechts, dem droht ein Unglückstag. Ein anderer Aberglaube wieder behauptet: „Schafe zur Linken — wird Freude dir winken". Wenn aber das Käuzchen schreit oder der Holzwurm in der Wand klopft, so steht der Familie ein Sterbefall bevor.

Tierkundliche Literatur füllt die Regale der öffentlichen Bibliotheken und die Schaufenster der Buchhandlungen — von Hermann Löns' Heideerzählungen bis zu Bernhard Grzimeks spannenden Schilderungen seiner Forschungsreisen. Der eigentliche Bereich der Tierdichtung ist die Fabel. Äsop und Phädrus, Lafontaine und Krylow, Burkhard Waldis, Martin Luther und Hans Sachs, Gellert und Lessing haben uns unsterbliche Geschichten hinterlassen, in denen Tiere, mit menschlichen Eigenschaften, Fähigkeiten und Gefühlen ausgestattet, handelnd und redend auftreten. Das erste deutsche Tierepos, die Spielmannsdichtung „Reineke Fuchs", entstand schon um 1180. Auch in Kunstmärchen, wie z. B. „Gockel, Hinkel und Gackeleia" (Hahn, Henne, Hühnchen) von Clemens Brentano oder „Die Geschichte vom Kalif Storch" von Wilhelm Hauff, vor allem aber in unseren deutschen Volksmärchen zeigt sich die Wechselbeziehung zwischen Mensch und Tier. Da treffen wir Aschenputtel mit ihren Täubchen, Rotkäppchen mit dem Wolf, den gestiefelten Kater oder Esel, Hund, Katze und Hahn als „Bremer Stadtmusikanten", da wird aus einem dicken Frosch plötzlich ein prächtiger Königssohn, da läßt ein Vater seine sieben Söhne in Raben verwandeln. Mephisto, der sich selbst als „Herrn der Ratten und Mäuse, der Fliegen, Frösche, Wanzen, Läuse" bezeichnet, folgt in der Gestalt eines schwarzen Pudels dem Doktor Faust bis in dessen Studierzimmer, in Auerbachs Keller erklingen die derben Studentenlieder von der fetten Ratte, die „sich ein Ränzlein angemästet hat als wie der Doktor Luther" oder von dem großen Floh, den der König „wie seinen eigenen Sohn" liebt und der, in Samt und Seide gekleidet, schließlich zum Minister befördert wird. In der Hexenküche läßt der Dichter Meerkatzen, in der Walpurgisnacht-Szene Ameisen sprechen. Sogar besinnliche Betrachtungen hat man personifizierten Tiergestalten gewissermaßen in den Mund gelegt. In Heinrich Heines satirischem Tierepos „Atta Troll" werden die menschlichen Unzulänglichkeiten durch einen entlaufenen Tanzbären gegeißelt. Viktor von Scheffel läßt in seiner Dichtung „Der Trompeter von Säckingen" den Kater Hiddigeigei über Leben und Welt philosophieren, ähnlich wie es 30 Jahre vorher E. T. A. Hoffmanns Kater Murr (in den „Lebensansichten des Kater Murr") getan hatte, und auch Spiegel das Kätzchen in Gottfried Kellers gleichnamiger Novelle, das ein „gedankenreicher Katzmann" genannt wird, „vertiefte sich in vielfältige Grübeleien".

Von der Lebensgemeinschaft zwischen Tieren und Menschen zeugt schon rein äußerlich der Begriff Haustier. Haustiere sind in erster Linie solche

Tiere, die sich der Mensch durch Zähmung und Züchtung ihrer wild lebenden Artgenossen nutzbar gemacht hat. Seit Jahrtausenden gehören Rind und Schwein, Ziege und Schaf, Pferd und Katze zu seiner Umgebung. Auch Gänse und Enten, Hühner und Tauben sind längst im Bauernhof heimisch geworden. Maultiere und Esel, Elefanten und Kamele werden noch heute in manchen Ländern als Lastenträger benutzt. Das älteste Haustier war der Hund. Abstammend von Wolf und Schakal, wurde er schon in der mittleren Steinzeit, etwa um 8000 v. Chr., durch Zuchtwahl „domestiziert" und hat sich seitdem wie kein anderes Tier an den Menschen angeschlossen. Unsere Vorfahren brauchten ihn zum Schutz ihrer Habe, zum Bewachen der Viehherden, zur Verfolgung des Wildes. Noch heute kommt ein einsam gelegenes Gehöft ohne einen scharfen Wachhund, der leider von Stadtbewohnern oft geringschätzig als bissiger Dorfköter bezeichnet wird, nicht aus. Kein Förster streift durch den Wald ohne seinen ständigen Begleiter, den Jagdhund. Zahllose Menschen verdanken ihr Leben unseren vierbeinigen Freunden. Denken wir nur an die Rettung verirrter oder verschütteter Bergsteiger durch die Suchhunde der Bergwacht — namentlich durch die im Mönchskloster auf dem Großen St. Bernhard gezüchteten Bernhardiner — oder an die Hilfe für die Verwundeten im Kriege durch die Sanitätshunde und Meldehunde des Roten Kreuzes! Bei der Verfolgung flüchtiger Verbrecher bewährt sich der Polizeihund als unentbehrlicher Helfer, in den Schneefeldern der Arktis beweisen die Schlittenhunde ihre zähe Ausdauer, und der treue Blindenhund geleitet seinen Herrn mit sicherem Instinkt durch die Gefahren des Straßenverkehrs. Der Deutsche Schäferhund, seit langem seiner ursprünglichen Aufgabe entwachsen, ist wegen der vielseitigen Verwendungsmöglichkeit und wegen seiner hervorragenden Eigenschaften in aller Welt hochgeschätzt. Kein Geringerer als Goethe hat gesagt: „Dem Hunde, wenn er gut gezogen, wird selbst ein weiser Mann gewogen." Neuerdings bedienen sich sogar die Zollbehörden besonders ausgebildeter Diensthunde, die mit ihrem scharfen Geruchssinn versteckte Schmuggelware, wie Kaffee, Tabak oder Rauschgift, ausfindig machen.

Das Pferd stand schon bei den Griechen und Römern, aber auch bei den Germanen in hohem Ansehen. Als edelste Rasse unter den Vollblütern und als beste Rennpferde gelten heute die schlanken Araber. Auch die Trakehner (nach dem Gestüt Trakehnen im ehemaligen Ostpreußen) sind beliebte Reitpferde, während im gesamten Alpengebiet die kleinen, aber zähen Haflinger (nach dem Ort Haflingen in der Provinz Bozen) als Reit-, Zug- und Tragtiere bevorzugt werden. Die kunstvollen Vorführungen der Hohen Schule, wie sie vor allem die weißen Lipizzanerhengste (so genannt nach dem alten österreichischen Hofgestüt Lipizza bei Triest) in der Wiener Hofburg zeigen, nötigen dem Zuschauer immer wieder größte Bewunderung ab, und die kleinen Shetlandponys (so genannt nach der auf den Shetland-Inseln nordöstlich von Schottland beheimateten Zucht) haben sich die Herzen der Jugend erobert. Als Zugtier freilich wird das Pferd heutzutage kaum noch benötigt, obwohl man die „Pferdestärke" nach wie vor als Bemessungsgrundlage für die Arbeitsleistung maschineller Geräte benutzt. Die vierspännige Staatskarosse mag allenfalls bei prunkvollen Fürstenhochzeiten und ähnlichen Feierlichkeiten in Erscheinung treten, auch bei volkstümlichen Umzügen ist manches stämmige „Brauereipferd" vor den geschmückten Festwagen zu sehen. Die Fiaker in Wien versuchen zwar noch einen Rest der einstigen Romantik zu erhalten, und einige Kurorte veranstalten als Fremdenattraktion Ausflugsfahrten mit Pferdedroschken. Aber die herrschaftliche Equipage paßt nicht mehr in das Straßenbild unserer Städte, die Pferdebahn, das Verkehrsmittel von ehedem, ist längst von der elektrischen Straßenbahn, von Autobus oder Untergrundbahn abgelöst worden, der Familienausflug findet nicht mehr im bespannten Kremser oder Landauer statt, sondern im bequemen Reiseomnibus oder im eigenen Kraftwagen, das Grubenpferd ist aus den Stollen der Bergwerke verschwunden, und selbst der brave Ackergaul mußte fast überall dem Traktor Platz machen. Die Kavallerie spielt in der mechanisierten Armee von heute keine wesentliche Rolle, berittene Polizei wird nur in Notfällen eingesetzt, der Reitsport jedoch erfreut sich auch im Zeitalter der Technik ungeschmälerter Beliebtheit; denn „das höchste Glück dieser Erde", so lautet ein bekannter Ausspruch, „liegt auf dem Rücken der Pferde."

1. Anschauliche Tierbenennung

König des Waldes ist der Hirsch

Bei so vielseitigen Beziehungen zwischen Mensch und Tier liegt es nahe, daß man manchen Tieren, teils mit Recht, teils mit Unrecht, menschliche Eigenschaften zugeschrieben und Bezeichnungen, die im Grunde dem Menschen zukommen, in bildlicher Weise auf sie übertragen hat [1]. Wir reden von Hundetreue und Affenliebe, von Bienenfleiß und Schafsgeduld – Eigenschaften, die, zu festen Begriffen geworden, dann wieder auf menschliche Verhaltensweisen bezogen werden [2]. Wir sind gewöhnt, die Kuh als dumm, die Katze als falsch, den Esel als störrisch, den Wolf als grausam, den Hasen als feige hinzustellen, obgleich solche Verallgemeinerungen durchaus nicht immer dem Wesen und Verhalten des Tieres entsprechen. In der biblischen Schöpfungsgeschichte erweist sich die Schlange als Urheberin der Erbsünde; daher gilt dieser Tiername bis zum heutigen Tage als Inbegriff von Hinterlist und Falschheit. In der Fabel verkörpert der Löwe Macht und Stärke [3]; so wird er zum *Herrn der Wüste* (oder zum *Wüstenkönig*), sogar zum *König der Tiere*. Dem Fuchs, der andere Tiere überlistet, hat man das Prädikat der Schlauheit beigelegt. Der Hahn, umgeben von seinen Hennen, fühlt sich als *Herr im Hühnerhof*,

[1] Vgl. S. 28 *Dompfaff, Admiral* u. a. [2] Vgl. S. 75 ff. [3] Vgl. S. 49 *sich den Löwenanteil sichern*

der majestätisch dahinschwebende Steinadler gilt als *König (im Reich) der Lüfte*, der stolze Hirsch ist der *König des Waldes*, der Uhu *der König der Nacht*, während der gierige Hai als *Räuber des Meeres* sein Unwesen treibt. Die Zugvögel sind unsere *gefiederten Gäste*, die erste Schwalbe begrüßen wir als *Frühlingsboten*, aber der kleine *Zaunkönig*, auch *Winterkönig* oder *Schneekönig* genannt, läßt selbst in winterlicher Kälte seinen schmetternden Gesang hören [4]. Die Bienen bilden wie die Menschen ganze Staaten mit einer geradezu erstaunlichen Organisation. Unumschränkt herrscht im Bienenkorb die *Königin*, der Tausende von *Arbeiterinnen* untertan sind. Auch im Ameisenhaufen und im Termitenbau gibt es *König* und *Königin*, *Arbeiter* und sogar *Soldaten*. Die *Ameisenjungfer*, ein Netzflügler, ist ein feingliedriges Insekt, und die Libellen werden wegen ihres zarten Körperbaus als *Wasserjungfern* oder *Seejungfern* bezeichnet. Der Bienenvater betreut seine *Völker*, der Jagdhund *Waldmann* scheucht ein *Volk Rebhühner* oder *Mümmelmann* (von plattdeutsch mümmeln oder mummeln = knabbern, nagen; Titel eines Tiergeschichtenbuches von Hermann Löns), den Hasen, auf.

Männchen und *Weibchen* gibt es auch im Tierreich, eine Unterscheidung, die nicht bloß für Vögel, Fische und Insekten, sondern trotz der Verkleinerungsendung dieser Wörter sogar für größere Säugetiere gilt, und der Menschenmutter gleicht im Tierbereich das *Muttertier* im Gegensatz zum Jungtier. Unter Familie versteht man in der Zoologie mehrere Gattungen mit gemeinsamen Kennzeichen; so spricht man etwa von der *Familie der Menschenaffen*, von der *Vogelfamilie* der Papageien. In der Umgangssprache wenden wir den Sammelbegriff Familie und ähnliche „menschliche" Bezeichnungen gern auf Tiere aller Art an, z. B. die *(ganze) Igelfamilie*, die *Finkeneltern*, der *Storchenpapa*, die *Hundemutter*, zwei *Tigerkinder*, ein *Elefantenbaby*, ein *Schimpansenmädchen*, ein *Katzenfräulein*. Sogar in *Matjeshering* steckt ein Personenvergleich: Es ist eigentlich ein noch nicht voll ausgereifter Fisch, sozusagen ein „Mädchenhering" (von holländ. meckenshering, maeghdekens harrinck, maagdekens haering od. ähnl.). Besondere Namen wurden den Tieren zum erstenmal in der lateinischen Tierdichtung „Isengrimus" (um 1150) verliehen. So entstanden die Fabelnamen *Isegrim* (wörtl.: Eisenhelm [5], d. h. Krieger mit eisernem Helm; von isarn, isan, isen = Eisen und griman, grima, grime, grim = Maske oder Helm) für den Wolf und *Grimbart* (aus grima und der Nachsilbe -brecht, später -bercht, -barcht, -bert, -bart = glänzend, also etwa: der mit der leuchtenden Maske) [6]. Beide Wörter hat die Volksdeutung mit „grimmig" in Verbindung gebracht, was zu den Falschschreibungen *Isegrimm* und *Grimmbart*

---

[4] Vgl. S. 97 *sich wie ein Schneekönig freuen* [5] Ursprünglich ein Männername
[6] Vgl. S. 17 *Petz, Lampe, Reineke, Hinz*, S. 18 Bruno

führte. Der Name des Storches, *(Freund) Adebar,* ist ein niederdeutsches Wort, das soviel wie Glücksbringer (nach anderer Erklärung Sumpfgänger) besagt.

Selbst Eigennamen legt man den Tieren bei. So nennt etwa der Bauer sein Pferd *Hans* oder *Lotte,* seine Kuh *Liese.* Größere Hunde mögen Namen wie *Hektor, Cäsar, Nero, Rolf* oder *Lutz* tragen, der Hauskater heißt vielleicht *Peter,* der Papagei *Lora,* ein possierliches Äffchen *Susi,* der Schimpanse im Zoo *Moritz,* der Löwe im Zirkus *Sascha* (russ. für Alexander). Seinen Laubfrosch hat der kleine Junge *Max,* seine Schildkröte *Emma* getauft. Eine gelehrige Dohle hört gewöhnlich auf den Namen *Jakob,* aber bei Wilhelm Busch ist *Hans Huckebein* der „Unglücksrabe". Auch Rennpferde erhalten oft männliche oder weibliche Vornamen. Eichhörnchen und Singvögel werden mit *Hansi* oder *Hänschen* gelockt. *Hansi* für den Kanarienvogel ist schon fast zum Gattungsnamen geworden. Ähnliches gilt für *Jumbo,* den Elefanten, und für *Jolanthe,* die dicke Sau. Mit *Bambi* pflegt man ein junges Reh zu benennen, weshalb auch die goldene Rehstatuette, die alljährlich den beliebtesten Filmstars verliehen wird, so heißt. In der Kindersprache gibt es den *Starmatz,* wobei Matz aus Matthias verstümmelt wurde [7]. Weitere solche auf Kurzformen beruhende Tiernamen bieten sich in der Fabel: *(Meister) Petz* (aus Bernhard = der Bärenstarke [8]) für den Bär, *(Meister) Lampe* (aus Lamprecht, Lambert) für den Hasen, *(Meister) Reineke* (aus Reginhart, Reinhard) für den Fuchs, *Hinz* (aus Heinrich) für den Kater. In den älteren Tierdichtungen finden sich noch andere, heute nicht mehr gebräuchliche Personennamen: *Baldewayn* (Balduin) der Esel, *Henning* (Hagen) der Hahn, *Pankraz* der Biber.

---

[7] Vgl. S. 21 *Piepmatz* [8] Vgl. S 64

Der Uhu ruft „buhuu . . .“

Unter den eigentlichen Tiernamen finden wir viele Wortgebilde, die sich durch besondere Anschaulichkeit auszeichnen. Daß man bestimmte Tiergattungen (z. B. *Haus-*, *Feld-* und *Waldmaus*, *Turmfalke* und *Baumfalke*, *Rohrweihe* und *Wiesenweihe*, *Flußlachs* und *Seelachs*, *Bachforelle*, *Bergziege*, *Weinbergschnecke*, *Reblaus*, *Kartoffelkäfer*, *Stubenfliege*, *Küchenschabe*, *Kleidermotte*) nach dem Ort ihres Vorkommens unterscheidet, ist naheliegend. Aber auch mit Farben gebildete Bezeichnungen sind häufig. Erinnert sei an den *Weißfuchs*, den *Braunfisch* oder den *Blauwaal*, vor allem an die hübschen Vogelnamen *Grün-*, *Grau-*, *Schwarz-* und *Buntspecht*, *Rotkehlchen* und *Rotschwänzchen*, *Blaumeise*, *Goldammer*, *Goldfasan* und *Goldhähnchen*. Nach seinem goldgelben Gefieder wird der Stieglitz (Distelfink) manchmal als *Goldfink*, der Pirol als *Goldamsel* oder *Golddrossel* bezeichnet. *Goldfische* und *Silberfische* verdanken natürlich ihre Benennung dem schimmernden Schuppenkleid. Die Hirsche heißen in der Sprache des Weidmannes *Rotwild*, die Wildschweine *Schwarzwild*. Der *Silberlöwe* (Puma) hat ein gelbliches oder silbergraues Fell, und der Esel ist das *Grautier* oder *Grauchen*. Der *Bär*, zum Unterschied vom *Eisbären* genauer *Braunbär* genannt, tritt in der Fabel einfach als *Braun* auf oder als *Bruno*, was aber wie das Wort Bär selbst (und wie der Tiername *Biber*) ebenfalls „der Braune“ bedeutet. Für den Bauern ist sein Pferd, sofern es nicht ein Rappe, ein *Grauschimmel* oder *Blauschimmel* ist, sein *Brauner*, seine Kuh die *Braune*, und in der Stormschen Novelle „Pole Poppenspäler“ wird der Puppenspielerwagen von einem *Braunchen* gezogen. Eine Kuh oder ein Pferd mit einem weißen Stirnfleck nennt man *Blesse* (oder *Blässe;* abgeleitet von blaß). Auf dieselbe Weise kam das *Bläßhuhn*, ein schwarzer Wasservogel, zu seinem Namen: Es hat außer seinem weißen Schnabel eine helle, hornige Verdickung auf der Stirn, eben die „Blesse".

Wie die Farbe drücken sich allerlei andere körperliche Merkmale in Tiernamen aus [9]. Der *Mantelpavian* wird von seinem langen Schulterhaar wie in einen Mantel eingehüllt, die *Haubenlerche* besitzt eine spitze Federhaube, die Augen der *Schleiereule* blicken aus einem herzförmigen Federkranz, gleichsam durch einen Schleier hervor, die langen Finger des seltenen, nur auf der Insel Madagaskar anzutreffenden *Fingertieres*, eines (auch Aye-Aye genannten) Halbaffen, sehen fast wie eine menschliche Hand aus, die *Beuteltiere* (z. B. das Känguruh) führen ihre Jungen in einem äußeren Brutsack mit sich. Das *Pfauenauge*, der bekannte Schmetterling, heißt so nach den schönen bunten Flecken, die den „Augen" der Pfauenfedern gleichen. Die *Kreuzotter* ist an dem dunklen, kreuzförmigen Zeichen auf ihrem Kopfe kenntlich, so wie ihre Artgenossin, die *Brillenschlange* (Kobra), im Nacken eine eigenartige Musterung besitzt, die wie eine Brille aussieht, und der *Totenkopf* eine totenschädelähnliche Zeichnung auf der Oberseite trägt. Anschauliche Tiernamen solcher Art gibt es in großer Zahl: *Dickhäuter, Gürteltier, Streifenhyäne, Pinseläffchen, Kragenbär, Schneehuhn, Bartgeier, Kreuzschnabel, Kronenkranich, Neunauge, Spiegelkarpfen, Hammerhai, Feuersalamander, Zitronenfalter, Posthornschnecke* und viele andere. Besonders bildkräftig sind Bezeichnungen wie *Kaisermantel* und *Trauermantel* (Schmetterlinge), *Schwertträger* und *Schleierschwanz* (Fische), *Seegurke* (Stachelhäuter) und *Wandelndes Blatt* (Insekt). Man denke auch an den *Kaiseradler*, der sich majestätisch in die Lüfte erhebt, an den herrlich gezeichneten *Königstiger* oder an den *Paradiesvogel* mit seinem farbenprächtigen Federkleid!

Dagegen deuten die Ausdrücke *Spürhund, Stöberhund, Hetzhund* und *Bluthund* (oder *Schweißhund;* Schweiß in der Jägersprache = Blut [10]) lediglich auf die Verwendung des Tieres hin [11], was natürlich auch für *Tragtier, Packesel, Arbeitspferd, Kampfstier, Leitkuh, Zuchtbulle, Deckhengst* u. dgl. gilt. Der *Vorstehhund* (Pointer) stellt sich in einer bestimmten Körperhaltung vor das aufgespürte Beutetier hin und erwartet seinen Herrn. Nach den Lebensgewohnheiten der Tiere entstanden Namen wie *Wiederkäuer, Springmaus, Wanderratte, Klammeraffe, Zitteraal, Ringelnatter, Leuchtkäfer, Kernbeißer, Haubentaucher, Baumläufer, Rüttelfalke, Wendehals.* Die *Fliegenden Fische* vermögen aus dem Wasser herauszuschnellen und bis zu 200 m weit zu schweben, *Regenwürmer* kriechen nach Regenfällen aus dem Erdboden, und die *Eintagsfliegen* haben oft nur eine

[9] Vgl. S. 29 *Nashorn* [10] Vgl. S. 26 [11] Vgl. S. 22 *Hühnerhund* u. a.

Lebensdauer von wenigen Stunden. Der *Waschbär,* ein in Nordamerika beheimateter Kleinbär, taucht seine Nahrung vor dem Verzehren ins Wasser. Die *Bachstelze*[12] heißt auch *Wippsterz* (in Norddeutschland *Wippstert* oder *Quickstert;* Stert = Schwanz, quick = unruhig, schnell), weil sich sein „Sterz" in ständig wippender Bewegung befindet. Die merkwürdige Bezeichnung *Siebenschläfer* für die Schlafmaus (Bilch), die einen langen Winterschlaf hält, geht, wie der gleichlautende Scherzname für einen menschlichen Langschläfer, auf eine alte Legende zurück, nach welcher der römische Kaiser Decius sieben Brüder wegen ihres christlichen Glaubens in einer Höhle einmauern ließ, wo sie 200 Jahre lang schliefen.

Andere Benennungen führen auf die Laute zurück, die von den Tieren erzeugt werden: *Schreiadler, Brüllaffe, Klapperschlange, Brummfliege* (oder *Brummer, Brumme, Summer), Brummochse* (Stier), *Brummhahn* oder *Knurrhahn* (Birkhahn), *Regenpfeifer, Singdrossel, Klopfkäfer, Lachtaube, (Harzer) Roller* u. a. Bei einigen Vögeln hat der besondere Klang ihres Rufes den Tiernamen ergeben. Daß der *Rabe* „raab raab" schreit, weiß jedes Kind. Ebenso bekamen die *Krähe,* der *Häher* und vielleicht auch der *Kauz* ihre Namen von dem krächzenden Geschrei. Ähnliche Schallwörter sind *Dohle, Uhu* und *Eule,* letzteres zumindest indirekt, wenn man es als Verkleinerungsform einer erschlossenen germanischen Bezeichnung für den Uhu auffaßt. Der Biologe versteht unter Eulen sämtliche Nachtraubvögel; der Uhu, der sein unverkennbares „huuhuu" oder „(b)uh(u)" durch die Nacht ruft, ist die größte europäische Eulenart. Vom Eulengeschrei leitet sich überdies das Zeitwort heulen ab. Der Name des *Kuckucks* (lat. cuculus, ital. cucolo, franz. coucou, span. cuco, engl. cuckoo) ist fast international, wenn auch sein eindringlicher Ruf überall etwas anders gehört wird. Der Weidenlaubsänger erhielt nach seinem Ruf den volkstümlichen Namen *Zilp* (oder *Zilpzalp),* der *Fitis,* eine andere Laubsängerart, läßt ein flötendes „fitisi fitisi" ertönen, während der Sumpfvogel *Kiebitz* mit einem „kiwitt kiwitt" über wasserreiche Wiesenflächen dahinfliegt und die *Rohrdommel* (kurz *Dommel,* scherzhaft *Moorochse* genannt), ein im Schilfrohr lebender Reiher, in der Paarungszeit einen eigentümlichen dumpfen Schrei ausstößt, der an das entfernte Brüllen einer Kuh erinnert[13]. Manche halten auch das Wort *Stieglitz* für einen sog. sprechenden Namen, weil sie aus dem Lockruf des Vogels ein „stichlit", „stigelit" od. ähnl. herauszuhören glauben. Wahrscheinlich liegt jedoch hier ein tschechisches Fremdwort zugrunde. Umgekehrt wird der Vogelname *Wiedehopf* gewöhnlich als „Waldhüpfer" gedeutet; er ist aber wohl nichts anderes als eine lautliche Wiedergabe seines Rufes, der wie „(w)upup" klingt. Auch der merkwürdige Beiname des Pirols *(Vogel) Bülow (od. Herr von Bülau)*

[12] Vgl. S. 83 *einherstelzen* [13] Vgl. S. 23 *Katzenadler,* S. 35 *Himmelsziege*

geht vermutlich auf eine Schallnachahmung zurück, nach anderer Erklärung allerdings auf eine Umdeutung des Wortes *Pirol,* das aber ebenfalls, besonders wenn man es auf der ersten Silbe betont (wie mittelhochdeutsch bruoder piro) den Paarungsruf des Tieres wiedergibt. Einige Sprachforscher nehmen sogar an, daß die Urformen der Wörter *Star, Möwe, Kranich* und *Reiher* letzten Endes lautmalende Nachbildungen der Tierstimme darstellen. Für die Entstehung der Tiernamen *Puter* und *Truthahn* werden in der Regel niederdeutsche Zeitwörter (puteren = undeutliche Laute von sich geben und droten = eine drohende Haltung einnehmen) in Anspruch genommen. Wie „put put" oder „trut trut" hört sich aber auch der (dann vom Menschen nachgeahmte) Ruf an, mit dem die Pute, die Truthenne ihre Jungen herbeilockt. Die Bezeichnung *Glucke* (oder *Gluckhenne,* niederdeutsch *Kluck)* für die Bruthenne hat sich aus dem lautmalenden Zeitwort glucken entwickelt, während bei *Turteltaube,* einem verdeutlichenden Doppelwort (Pleonasmus) [14], der erste Bestandteil bereits im Lateinischen, aus dem er entlehnt wurde (turtur), eine Lautnachahmung war.

In ähnlicher Weise mag die zugrunde liegende germanische Sprachform von *Kitz (der Kitz* oder *die Kitze,* Junges von Reh oder Ziege; mundartlich auch *Gitze, Gitzl* = Zicklein; vgl. engl. kid) aus einem Lockruf hervorgegangen sein; andererseits wird das Wort als sog. Koseform zu Geiß erklärt. Den abfälligen Ausdruck *Köter* [15] hat man mit kläffen in Zusammenhang gebracht. Daß wie die volkstümliche Bezeichnung *Brummer* (Brummfliege) auch der Insektenname *Hummel* das summende Geräusch des Tieres veranschaulicht, ist einleuchtend. Aber auch *Mücke* (oberdeutsch *Mucke,* verwandt mit lat. musca, ital. und span. mosca, franz. mouche = Fliege) soll auf einer alten Wortwurzel beruhen, die soviel wie summen bedeutete. Tiernamen der genannten Art bildet übrigens schon die Kindersprache [16]: *Wauwau* (Hund), *Muh* (Kuh), *Mäh* (Schaf), *Kikeriki* (Hahn), *Piepmatz* (Vogel), *Klapperstorch.*

[14] Vgl. S. 18 *Braunbär,* S. 33 *Windhund, Rentier* u. a.
[15] Vgl. S. 13 *Dorfköter*
[16] Vgl. S. 32 *Puthühnchen, Miezekatze*

Der Adler war ein edler Aar

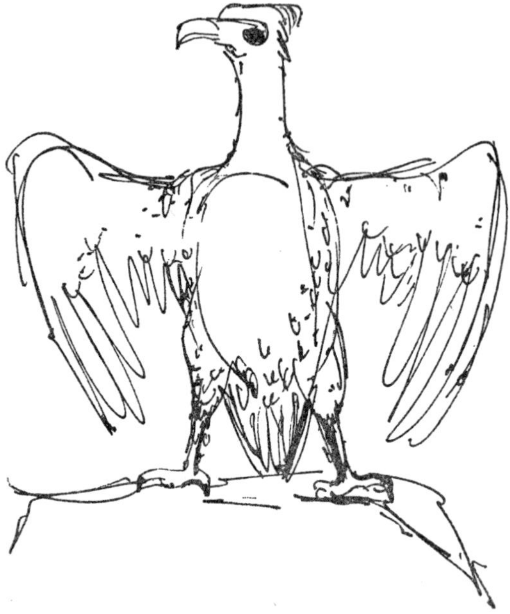

Häufig hat man zwei Tierarten durch ihre Namen miteinander in Beziehung gesetzt. *Hühnerhund* (Setter) und *Wachtelhund* (Spaniel) heißen so, weil sie zur Jagd auf Feldhühner abgerichtet waren. *Dachshunde* (Dackel, Teckel) wurden ursprünglich dazu benutzt, Dachse und Füchse aus ihrem Bau herauszuholen, während der *Sauhund* (oder *Schweinehund),* auch *Saufinder* genannt, die Wildschweine aufstöbern mußte. Ähnlich erklärt sich das englische Fremdwort *Foxterrier;* es bedeutet eigentlich einen für die Fuchsjagd bestimmten „Bodenhund" (von lat. terra = Erde; vgl. *Scotch Terrier*). Der *Rattenpinscher* [17] hat seinen Namen von der Rattenjagd, zu der man ihn brauchte. Das Wort *Pinscher* selbst (früher: *Pinsch, Pintscher* oder *Pintsch)* kommt wahrscheinlich von engl. to pinch (zwicken, kneifen, pressen; franz. pincer) und hängt entweder mit dem Stutzen von Ohren und Schwanz oder damit zusammen, daß die Tiere ein gefangenes Mäuschen zu Boden drückten, bevor sie es töteten. Andere Sprachforscher wollen in dem österreichischen Pinzgau (Salzburger Alpen), der auch durch seine Pferde- und Rinderzucht bekannt ist, das Herkunftsland sehen. Nach dieser Version wäre also der Pinscher ein „Pintschgauer" (vgl. Vintschgau in Südtirol). Besonders starke Exemplare der englischen

[17] Vgl. S. 23 *Rehpinscher, Affenpinscher*

Bulldoggen (oder *Bullenbeißer;* engl. dog = Hund) dienten zum Antreiben von Stieren, die *Bärenbeißer* wurden auf Bären gehetzt, und die *Schäferhunde* waren von jeher die zuverlässigsten Betreuer der Schafherden. Durch solche Wortkoppelungen wird also wieder der Verwendungszweck des Tieres angedeutet. *Hunde-, Katzen-* und *Rattenflöhe* sind dagegen nach den Wirtstieren benannt, auf denen sich diese Schmarotzer einzunisten pflegen.

Nach ihrer Nahrung unterscheiden wir bei den Raubvögeln *Mäusebussard* (oder *Mäusefalk, Mäuseaar), Wespenbussard, Hühnerfalk* (oder *Hühnerhabicht, Hühnerstößer), Fischadler, Schlangenadler, Gänseadler* und *Gamsgeier,* wie man in Süddeutschland den Steinadler nennt. Der früher in den Alpen beheimatete *Lämmergeier* nährt sich vornehmlich von Kadavern, ist also ein *Aasgeier.* Auch der *Sperber* gehört hierher, da sein Name auf Sperling und Aar zurückgeführt wird. Wenn aber der Bussard im Volksmund *Katzenadler* heißt, so deshalb, weil sein durchdringender Schrei dem Miauen der Katzen ähnelt. *Ameisenbär* und *Ameisenigel* [18] graben nach Ameisen und anderen Insekten. Die Singvogelfamilie der *Fliegenschnäpper* (oder *Fliegenfänger, Muggenschnapper)* lauert den Fliegen, Mücken und Bienen auf. Von verwesenden Tierleichen nähern sich *Aasvögel, Aaskäfer und Aasfliegen.*

Meistens aber handelt es sich hier um Wörter, deren Vorsilben oder Beifügungen die Besonderheit des betreffenden Tieres kennzeichnen, während das Grundwort auf die Gemeinsamkeit der Art oder auf eine mehr oder weniger große Ähnlichkeit im Wesen oder in der äußeren Erscheinungsform hinweist [19]. Das gilt schon für den schlanken *Rehpinscher,* so genannt nach der hellbraunen Farbe und den schlanken Läufen, und den *Affenpinscher,* einen kleinen Schnauzerhund mit affenähnlichem Kopf. Löwen, Tiger und Leoparden werden in Schillers Gedicht „Der Handschuh" als *greuliche Katzen* bezeichnet – mit Recht; denn diese *Raubkatzen* (oder *Großkatzen*) gehören, zusammen mit unserer Hauskatze, auch zoologisch zur Raubtierfamilie der Katzen. Das Zebra ist ein gestreiftes *Wildpferd* und lebt wie der *Wildhund* und der *Wildesel* in der afrikanischen Steppe. Der Pavian wurde wegen seiner an einen Hund erinnernden Schnauze *Hundsaffe* getauft, Schäferhunde, die die Abstammung von ihren Urahnen besonders augenfällig bewahrt haben, sind *Wolfshunde* (daher der Hundename *Wolf*), und den Wolf selbst nennen wir *Grauhund.* Wie unser Hausschwein stößt auch das *Stachelschwein* grunzende Laute aus; es ist aber ein Nagetier, also kein Allesfresser. *Schweinigel* war ursprünglich eine volkstümliche und ist noch als *Swinegel* [20] die im Niederdeutschen übliche Benennung des Igels, dessen Maul dem des Schweines ähnelt. Das Kanin-

[18] Vgl. S. 25 *Ameisenlöwe* [19] Vgl. S. 31 *Dachhase, Tapetenflunder, Küchenpapagei*
[20] Vgl. S. 32

chen heißt im Gegensatz zum freilebenden *Feldhasen* auch *Stallhase,* in Süddeutschland oft überhaupt bloß *Hase.* Der Name der stacheligen *Igelfische* spricht für sich selbst. Dem *Adler* hingegen sieht man seine Verwandschaft mit einem anderen Tiernamen, nämlich dem nur noch in der Dichtersprache vorkommenden, ehemals allgemein üblichen Wort *Aar,* nicht ohne weiteres an. Es bezeichnete einen Raubvogel, der (wie Bussard, Habicht und Sperber) zur Familie der Falken gehört. Der Adler aber ist ein „Adelaar" (entstanden aus adal = vornehm, edel und aro, ar, was zu adelare, adeler zusammengezogen wurde), also ein edler Aar, der wie der Edelfalke seine Beute im Fluge ergreift. *Nashornvögel* haben große Schnäbel mit hornartiger Aufbuchtung. Ebenso besitzt der *Nashornkäfer* auf dem Kopf eine dornenförmige, hohe Spitze, während sich der *Hirschkäfer* durch seine geweihartigen Kiefern auszeichnet. *Ochsenfrösche* sind ungewöhnlich groß und haben eine laute Stimme, die riesigen *Elefantenschildkröten* werden sogar bis zu 1½ m lang und 5 Zentner schwer, das Schuppenkleid der *Tigerschlange* (Python) gleicht durch seine eigenartige Zeichnung dem Tigerfell, und die Wanze ist der sprachlichen Herkunft nach eine *Wandlaus.*

Ein Bulle (Stier) ist ein männliches, eine Kuh ein weibliches Rind; ihr Junges ist das Kalb. Doch sind Zusammensetzungen wie *Giraffenbulle* und *Nashornbulle, Elefantenkuh* und *Büffelkuh, Hirschkalb* und *Rehkälbchen* durchaus geläufig und verständlich. Sogar bei den Riesenwalen, die ja wie die Kühe ihre Jungen eine Zeitlang mit ihrer Milch ernähren, spricht man von *Kälbern.* Das Wort Bock wurde vom *Ziegenbock* (in Bayern: *Geißbock*) und *Schafbock* (Widder, Hammel) auf die Männchen anderer Tiere übertragen [21], insbesondere auf den *Rehbock,* der vom Jäger kurz *Bock* genannt wird. Geiß lautet die oberdeutsche Bezeichnung für Ziege, aber die *Rehgeiß* ist die Ricke, das weibliche Reh. Die im Hochgebirge beheimateten Wildziegen heißen *Steinböcke* ohne Unterschied des Geschlechts. Hahn und Hennen bevölkern den bäuerlichen Hühnerhof; im weiteren Sinne sprechen wir aber vom *Finkenhahn* und vom *Goldhähnchen,* von der *Birkhenne* und der *Fasanenhenne,* vom *Rebhuhn* und vom *Perlhuhn,* und ebenso ist bei den *Auerhühnern* und den *Truthühnern* der Hahn von seinen Hennen umgeben.

Echte Übertragungen liegen dort vor, wo auf Grund übereinstimmender Merkmale der Name eines Tieres auf den Vertreter einer anderen Gattung übergeht [22]. So heißt ein rotbraunes Pferd *Fuchs,* ein schwarzes *Rappe,* was sprachgeschichtlich dasselbe ist wie Rabe, eine gestreifte Kuh *Tiger.* Stellt sich ein Gaul sehr störrisch an, wird er volkstümlich als *(alter) Bock* [23]

[21] Vgl. aber S. 35 *Holzbock, Hausbock, Alpenbock* [22] Tiernamen ähnlicher Art s. S. 34 f.
[23] Vgl. S. 26 *bocken*

bezeichnet. Schiller spricht in seiner Ballade „Der Taucher" vom „entsetzlichen Hai, *des Meeres Hyäne"*, und die Eulen werden zuweilen mit *fliegenden Katzen* verglichen. Eine *Eule* (z. B. *Kohleule, Graseule, Ackereule, Fichteneule, Kiefereule)* kann aber auch ein Nachtfalter sein, dessen Musterung der des Eulengefieders gleicht. Ebenso gehört der rotgelbe (*Große* oder *Kleine*) *Fuchs* (oder *Fuchsfalter*) und der *Bär* (oder *Bärenspinner*) — so genannt, weil seine Raupen eine zottige Behaarung aufweisen — zur Familie der Schmetterlinge. Die Larve der Ameisenjungfer, eines libellenartigen Insektes, hat den merkwürdigen Namen *Ameisenlöwe* bekommen. Das *Heupferd* (oder *Graspferd*) kann mit Hilfe seiner kräftigen Hinterbeine weite Sprünge machen. Beim *Seepferd* sind Kopf und Vorderkörper pferdeähnlich, die *Seeratte* hat einen langen, dünnen Schwanz, der *Seeigel* gleicht mit seinem kugelförmigen Körper und den beweglichen Stacheln dem auf dem Lande lebenden Igel. *Seelöwen* besitzen ein raubtierartiges Gebiß und eine Art Mähne, und bei den Männchen der gewaltigen *See-Elefanten,* der größten Robbenart, kann sich die Nase im Erregungszustand fast wie ein Rüssel verdicken und verlängern. Zwar sind diese Tiere, wie auch die *Walrosse, Seehunde, Seebären* und *Seekühe,* Säugetiere geblieben, haben sich aber im Laufe der Jahrtausende völlig verändert und sich dem Leben im Wasser angepaßt.

Auch für bestimmte Körperteile der Tiere hat die Sprache anschauliche Bezeichnungen geschaffen, die aber in der Regel nur dem Jäger geläufig sind. Die dünnen Beine der Störche und Reiher heißen *Stelzen,* die Füße des jagdbaren Federwildes *Ständer,* die der Schwimmvögel *Ruder.* Hirsch, Reh und Gemse sehen mit den *Lichtern* (Augen), hören mit den *Lauschern* (Ohren), wittern mit dem *Windfang* (Nase) [24] und nehmen ihre Nahrung mit dem *Geäse* (Maul) [25] und dem *Lecker* oder *Graser* (Zunge) zu sich. Der Hase hat statt der Augen *Seher,* statt der Ohren *Löffel,* statt der Beine *Läufe* (wie Hirsch, Reh und Hund), und die *Blume* ist der Schwanz, der beim Hunde und bei einigen anderen Tieren als *Rute,* beim Pferd als *Schweif,* beim Hirsch als *Wedel,* beim Schwein als *Bürzel* oder *Leier,* beim Fuchs als *Stange* oder *Standarte,* beim Fasan als *Stoß* oder *Spiel* bezeichnet wird. Der Pfau spreizt seine Schwanzfedern zum *Rad,* der Auerhahn zum *Fächer.* Aus den beiden *Stangen* entwickelt sich das Geweih der Edelhirsche und Rehböcke, die oberen, breit ausladenden Teile des Geweihs von Elch und Damhirsch sind die *Schaufeln.* Die scharfen Eckzähne des Ebers nennt der Weidmann *Hauer,* seinen Rüssel das *Gebrech.* Raubvögel schlagen ihre *Fänge* (Krallen) in die Beute [26]; Katzen und Hunde tragen diese im *Fang* (Maul) davon. Der Rücken des Vogelkörpers ist für den Jäger das *Dach,* und um den Hals mancher Vögel legt sich ein dichter

[24] Vgl. S. 111 *Wind bekommen* [25] Vgl. S. 55 äsen [26] Vgl. S. 88

Kranz von Federn, der *Kragen.* Auch die Wörter Haut und Fell werden in der Fachsprache wenig gebraucht; bei Vögeln, Hasen und Füchsen redet man vom *Balg,* bei Bären, Hirschen und größeren Hunden von der *Decke,* bei Dachsen und Wildschweinen von der *Schwarte.* Das angeschossene Wild verliert nicht Blut, sondern *Schweiß;* es *schweißt* und wird von *Schweißhunden* aufgespürt. In seltenen Fällen überträgt man die Namen menschlicher Körperteile auf das Tier. So werden die vorderen Gliedmaßen einiger Tiere *Arme,* die Krallen der Beizfalken *Hände* genannt. Auch der Affe greift mit der *Hand,* der Löwe erhebt sein mächtiges *Haupt,* und vom Pferd, dem außer *Oberarm* und *Unterarm* sogar ein *Gesicht* zugeschrieben wird, sagt der Reiter, es sei auf der *Vorhand* (oder *Vorderhand)* eingeknickt oder es habe auf der *Hinterhand* gewendet.

Von Tiernamen abgeleitete Zeit- und Eigenschaftswörter kommen in der Tierwelt selbst seltener vor. Das Tierkind ist das Junge. Daher bedeutet jungen ganz allgemein: Junge zur Welt bringen, gebären. Insbesondere heißt es von der Katze, sie habe *gejungt.* Buchstäblich ist es auch zu verstehen, wenn eine Kuh *gekalbt* oder, falls das Jungtier noch nicht ausgetragen war, *verkalbt* hat, wenn die Stute *fohlt,* das Schaf oder die Ziege *lammt,* das Schwein *ferkelt* oder *saut,* die Wildsau *frischt* (Frischlinge wirft), die Hündin oder die Löwin *welft* (oder *wölft,* Welfe oder Welpen zur Welt bringt). In der Brunstzeit sagt der Bauer: die Kuh *rindert* oder ist *stierig,* die Stute *roßt* oder ist *rossig,* so wie die Ziege *bockig* sein kann. Daß Affen einander ständig *flöhen* und *lausen,* bestreiten die Zoologen; nach ihrer Ansicht bedeutet das Kratzen und Wühlen im Fell des Artgenossen weniger eine Suche nach Ungeziefer oder Hautschuppen, sondern eine Art Liebkosung. Rein bildliche Ausdrücke gebrauchen wir, wenn wir von einem *bockenden* [27] Pferd sprechen, das sicherlich kein *lammfrommes* Tier ist, oder von einem Hund, der in der warmen Sonne *sich aalt* [28] wie sein Herr.

---

[27] Vgl. S. 79 *bocken* (von Kindern) [28] Vgl. S. 80 *sich aalen* (von Menschen)

Das Kamel ist das Schiff der Wüste

Manche Tierbezeichnungen, namentlich Vogelnamen, erscheinen auf den ersten Blick recht seltsam. So hält sich die *Kohlmeise* nicht etwa im Kohlfeld, die *Sumpfmeise* nicht in schlammigen Gewässern auf; vielmehr besitzt jene eine kohlschwarze, diese eine sumpfig-graue Zeichnung an der Unterseite. Auch die *Mehlschwalbe* hat ihren Namen nach ihrem Gefieder bekommen, nämlich nach der mehlig-weißen Färbung ihrer Bauchseite. Ihre Artgenossin, die *Rauchschwalbe,* nistet nicht nur in Ställen und Scheunen, sie brütete früher auch in den breiten Kaminen alter Bauernhäuser, also im Rauchfang. Die Nachtschwalbe, obwohl ein Insektenfresser wie alle Schwalben, trägt schon von altersher den volkstümlichen Beinamen *Ziegenmelker* (oder *Kuhsauger*), weil sie häufig in der Nähe der von zahllosen Fliegen umschwirrten Ziegen- und Rinderherden gesehen wurde und wegen ihres weiten Rachens bei den Hirten in den Verdacht kam, daß sie nachts die Euter der Tiere aussaugt. Der *Kleiber* (Spechtmeise) hat seine Brutstätte in Baumhöhlen, die von größeren Artgenossen angelegt wurden. Das Flugloch pflegt der Vogel mit Lehmklümpchen kunstgerecht zu verkleistern (oberdeutsch kleiben = kleben) und dadurch zu verkleinern, um unerwünschten Eindringlingen den Zugang zu verwehren. Die *Nachtigall* ist die „Nachtsängerin", denn gellen ist ein altes Wort für schreien.

Die Singvogelgattung der *Würger* nährt sich von Fröschen, Mäusen und anderen Kleintieren, die jedoch nicht abgewürgt, sondern deren unverdauliche Reste nach dem Verschlingen wieder herausgewürgt werden. Außerdem haben diese Vögel die Angewohnheit, ihre Beute an Dornhecken aufzuspießen, was ihnen den Beinamen *Dorndreher* eingetragen hat. Einer von ihnen, der *Neuntöter,* steht sogar in dem Ruf, daß er dies immer mit neun Tieren tut, bevor er sie vertilgt. Der *Schuhschnabel* ist ein afrikanischer Sumpfvogel mit einem eigenartig geformten großen Schnabel. Der *Gimpel,* früher *Gumpel* genannt, erhielt seinen Namen nach dem flinken Umherhüpfen (mittelhochdeutsch und bayrisch gumpen = springen; vgl. engl. to jump), wohl kaum aber deshalb, weil er dumm genug war, sich von den Vogelstellern leicht einfangen zu lassen [29]; denn in der Gefangenschaft erweist er sich als recht gelehrig.

Derselbe Vogel ist als *Dompfaff* bekannt, da er mit seinem schwarzen Käppchen an einen Geistlichen erinnert. Zu den Tagraubvögeln gehört auch der hochbeinige *Sekretär,* ein afrikanischer Stelzengeier. Oder denken wir an den *Admiral,* jenen farbenprächtigen Schmetterling mit den roten Flügelstreifen! Eine langbeinige Spinne heißt *Weberknecht* oder *Schneider,* und mit dem volkstümlichen Namen *Zimmermann* hat man einen Bockkäfer belegt, dessen Larven im Holz bohren. Der *Pillendreher,* ein Mistkäfer (Skarabäus), formt aus dem Kot von Säugetieren kleine Kugeln als Nahrung für seine Brut, während sein Artgenosse, der *Totengräber,* allerlei verendetes Getier in die Erde wühlt. Die *Gottesanbeterin* ist eine Fangheuschrecke, deren seltsame Benennung daher rührt, daß das Tierchen mit seinen langen, dünnen Vorderbeinen gleichsam eine kniend-bittende Stellung einnehmen kann. Das Wort *Heuschrecke* selbst (auch *der Heuschreck,* mundartlich zu *Heuschnecke* umgewandelt) kommt von schrecken (eigentlich: aufschrecken), das ehemals soviel wie springen bedeutete; daher wird das Insekt auch *Heuspringer, Heuhüpfer* oder *Grashüpfer* (vgl. engl. grasshopper) genannt [30]. Ebenso merkwürdig wie ihr Name ist die Fortpflanzungsart der *Geburtshelferkröte:* Das Männchen wickelt sich die Laichschnüre des Weibchens um die Hinterbeine und behält sie bis zum Ausschlüpfen der Kaulquappen bei sich.

Die riesige südamerikanische *Abgottschlange* (Boa constrictor, Königsschlange) soll einst bei den Eingeborenen dieses Kontinents göttliche Verehrung genossen haben. Nach einem greulichen Drachen der griechischen Sage, der von Apollo getötet wurde, ist die *Pythonschlange* benannt, und die *Sirenen,* jene weiblichen Meeresungeheuer, deren zauberhafter Gesang dem Odysseus und seinen Gefährten zum Verhängnis wurde, mußten ihren Namen für die Seekühe hergeben. Gleich dem Drachen [31] ist auch

[29] Vgl. S. 104 *auf Gimpelfang ausgehen* [30] Vgl. S. 34 *Heupferd* [31] Vgl. S. 66

der *Basilisk* ein unheimliches Fabelwesen, eine Mißgestalt aus Schlange und Hahn, deren Blick sogar töten konnte. Denselben Namen hat man der *Königseidechse* (griech. basileus = König) beigelegt, die einen weißen Fleck, einer kleinen Krone vergleichbar, auf dem Kopfe trägt. Ebenfalls in die Mythologie führt uns der Name der *Lemuren* (Makis), einer auf Madagaskar lebenden Halbaffenfamilie mit fuchsähnlichen Gesichtern. Für die alten Römer waren Lemures die Seelen der Abgeschiedenen, die wie Nachtgespenster ruhelos umherschweiften. Auch die blutsaugenden *Vampire* (oder *Vampyre)*, eine Fledermausgattung Südamerikas, kamen auf solche Weise zu ihrem seltsamen Namen: Nach einem balkanischen Volksglauben — das Wort stammt aus dem Serbischen — sind Vampire Verstorbene, die als nächtliche Spukgestalten den Menschen das Blut abzapfen. Der *Otter* (Mehrzahl: die *Otter*), meist als *Fischotter* bekannt, ein im Wasser lebender Marder, leitet seinen Namen von einem uralten Wort her, das „Wassertier" bedeutet, während die zu den Schlangenfamilien zählende *Otter* (Mehrzahl: die *Ottern)*, eine giftige Viper, z. B. die *Kreuzotter*, auf das Wort Natter (mittelhochdeutsch nater), dessen Anfangsbuchstabe ausgefallen ist, zurückgeht.

Ein Herkunftsname wie der des *Kanarienvogels* oder wie die Namen der Hunderassen[32] *Spaniel, Dalmatiner, Rottweiler, Leonberger, Malteser, Neufundländer, Airedaleterrier* (nach dem Tal der Aire, einem Nebenfluß der Ouse, in Nordengland) und *Pekinese* (oder *Pekingese;* benannt nach der chinesischen Hauptstadt Peking) ist *Wallach;* es bezeichnet einen kastrierten Hengst, dessen Vorfahren im Mittelalter aus der Walachei, einer Landschaft Rumäniens, eingeführt wurden[33]. Der *Dobermann(pinscher)* trägt den Namen seines Züchters.

Viele Tiernamen hat man aus fremden Sprachen entlehnt[34]. Griechisch-lateinischen Ursprungs sind *Kamel, Elefant, Tiger, Panther, Hyäne, Antilope, Krokodil, Delphin, Ibis, Pelikan, Chamäleon, Salamander, Skorpion, Skarabäus.* Auch der sog. Indianerbüffel, der amerikanische *Bison*, hat einen lateinischen (ursprünglich griechischen) Namen; jedoch geht dieses Fremdwort, wie auch der deutsche Name für den fast ausgerotteten europäischen Artgenossen, den *Wisent* (Wildrind), auf eine alte germanische Wortwurzel zurück. *Leopard* entstand aus lat. leo (Löwe) und pardus (Panther); der zweite Teil des Wortes wurde auch als *Pardel* (oder *Parder)* übernommen. *Rhinozeros* setzt sich aus griech. rhis (Nase, 2. Fall rhinos) und keras (Horn) zusammen, entspricht also genau unserem *Nashorn*. Ebenso ist *Flußpferd* eine wörtliche Übersetzung von *Hippopotamus* (griech. hippos = Pferd, potamos = Fluß), und *Polyp* (von griech. poly-

[32] Vgl. S. 13 *Bernhardiner*, S. 22 *Pinscher* [33] Vgl. S. 13 *Araber, Trakehner, Haflinger, Lipizzaner* [34] Vgl. S. 31 *Dromedar*, S. 97 *Tarantel*

pous), eine jetzt veraltete Bezeichnung für Tintenfisch (Krake), bedeutet *Vielfuß*. Wenn wir vom *Vogel Strauß* sprechen, so erklärt sich dieser Zusatz durch die Entwicklung aus lat. avis (Vogel) und struthio (Strauß), die sich noch deutlich im Spanischen (avestruz) und Französischen (autruche) erhalten hat. Die *Libelle* bekam ihren wohlklingenden Namen von einer recht nüchternen Gegenstandsbenennung, nämlich von einem lateinischen Wort für Wasserwaage (libella, Verkleinerungsform von libra = Waage), weil man in dem symmetrischen Körperbau und den waagerecht ausgestreckten Flügelpaaren des Insektes eine entfernte Ähnlichkeit mit dem gleichnamigen Meßgerät erblickte.

Der spanischen Sprache, die ja im größten Teil von Südamerika, dem Herkunftsland vieler Tiere, gesprochen wird, verdanken wir die Tiernamen *Alpaka* (gezähmtes Lama), *Nutria* (Biberratte), *Moskito* (Stechmücke), *Flamingo* (Stelzvogel; eigentlich: flamenco), *Albatros* (Meeresvogel; verstümmelt aus alcatraz = Pelikan), *Kakerlak* (Küchenschabe; entstellt aus cacarucha, cucaracha). Die Bezeichnungen der zu den Echsenfamilien gehörigen Reptilien *Alligator* und *Leguan* sind durch irrtümliche Hinzuziehung des spanischen Geschlechtswortes (el lagarto und la iguana = die Eidechse) verursacht worden. Auf das Französische gehen zurück: *Pavian* (Affe), *Mufflon* (Wildschaf), *Gepard* (Wildkatze), *Milan* (Raubvogel), *Kormoran* (Tauchvogel), *Kolibri* (Schwirrvogel), *Bekassine* (Sumpfschnepfe), *Languste* (Krebs).

In den zoologischen Gärten treffen wir allerlei exotische Tiere an, deren fremdartig anmutende Namen ins Deutsche eingedrungen sind, oft allerdings erst auf dem Umweg über Französisch, Italienisch, Spanisch, Portugiesisch, Englisch oder Niederländisch. So sind *Gorilla, Schimpanse, Mandrill, Gnu, Zebra* und *Okapi* ursprünglich afrikanisch, *Orang-Utan, Gibbon, Gecko* und *Kakadu* malaiisch, *Jaguar* und *Tapir* brasilianisch, *Lama, Puma* und *Kondor* peruanisch, *Ozelot* mexikanisch. Bei der *Giraffe* und der *Gazelle* haben wir (ital. abgewandelte) arabische Wörter vor uns, was überdies auch für die *Warane* gilt, jene drachenähnlichen Riesenechsen, die als Nachkommen der urzeitlichen Saurier nur noch auf der kleinen Insel Komodo im Indischen Ozean vorkommen. Das *Känguruh* und der *Emu*, ein straußenähnlicher Laufvogel, haben ihre Namen aus Eingeborenensprachen ihrer australischen Heimat mitgebracht, während die Wörter *Wapiti* (Riesenhirsch) und *Kaiman* (Panzerechse) indianischen Dialekten entnommen wurden. Auch die als Pelzbezeichnungen gebräuchlichen Tiernamen *Skunk* (Stinktier) und *Opossum* (Beutelratte) hat uns die amerikanische Urbevölkerung hinterlassen. Den zur Raubtiersippe der Marder zählenden *Nerz* (Sumpfotter, Wasserwiesel), dessen Name aus der Ukraine stammt, züchtet man seines wertvollen Felles wegen vielfach in Farmen, und das türkische *Karakulschaf* liefert die beliebten Persianerfelle.

Das *Mammut*, der gewaltige Elefant der Vorzeit, war in Sibirien beheimatet; der Tiername ist daher von russischer Herkunft. Auch der *Zobel*, eine nur noch in Nordasien vorkommende Marderart, trägt einen slawischen Namen. Südlich davon, in den Hochländern Zentralasiens, ist der *Jak* (oder *Yak*, Grunzochse) zu Hause; hier haben wir es mit einem tibetanischen Ausdruck zu tun. *Schakal* (Wildhund) und *Mungo* (Schleichkatze) kommen aus indischen Mundarten. *Marabu* (Kropfstorch) entspricht zwar dem franz. marabout, das aber, auf ein arabisches Wort zurückgehend, gleichzeitig Einsiedler oder mohammedanischer Priester bedeutet. Die Übertragung des Begriffes auf den Vogel ist wohl wegen seiner gravitätisch-würdevollen Haltung erfolgt. *Tsetsefliege*, wie die als Überträgerin der Schlafkrankheit gefürchtete Stechfliege des tropischen Afrikas heißt, ist eine Entlehnung aus der Sprache der Bantuneger. Etymologisch (der Herkunft nach) nicht zweifelsfrei geklärt sind *Zebu* (Buckelrind), *Papagei, Pinguin* und *Kabeljau*. Das Wort *Hermelin* (Wiesel) war bereits in mittelhochdeutscher Zeit als Verkleinerungsableitung (von harmo, dessen Abstammung ebenfalls unsicher ist), vorhanden, während *Kaninchen* (von lat. cuniculus) erst später an die Stelle der älteren Form *Kanin*, der noch im Rauchwarenhandel für das Fell des Tieres üblichen Bezeichnung, getreten ist. Die im europäischen Hochgebirge lebenden *Gemsen* wurden wahrscheinlich schon von den Vorfahren des rätoromanischen Alpenvolkes, der Ladiner, so oder ähnlich benannt.

Das Volk hat sich, oft mit bildkräftigem Humor, eigene Tiernamen gebildet: *Langhälse* für die Giraffen, *Langohr* für den Esel, *Schlappohr* für das Kaninchen, *Stoppelhopser* für den Hasen [35], *Dachhase* für die Katze, *Grünrock* für den Laubfrosch, *Schwarzkittel* für das Wildschwein. Unser Hausschwein ist als *Borstentier* (oder *Borstenvieh*) bekannt. Kopfläuse heißen *Bienen*, die Wanzen erhielten nach ihrer plattgedrückten Körperform die treffende Benennung *Tapetenflundern*, der Berliner spricht vom *Küchenpapagei*, womit er seinen Kanarienvogel oder Wellensittich meint, eine *Promenadenmischung* ist im Volksmund ein Hund von unbestimmter Rasse, und die flinken Brieftauben nennt man im Hinblick auf die Wettflüge, die von den Züchtern veranstaltet werden, gern die *Rennpferde des kleinen Mannes*. Beim Kamel, dem *Wüstenschiff*, unterscheidet man zwei Arten: das einhöckrige Dromedar (in Afrika) und das zweihöckrige *Trampeltier* (in Asien). Sprachlich gesehen ist letzteres aber nur eine Volksdeutung des ersteren, die durch den plumpen Gang des Tieres veranlaßt wurde, während das Fremdwort *Dromedar* soviel wie Rennkamel

[35] Vgl. S. 16 *Mümmelmann*

(eigentlich: Lauftier, von griech. dromos = Lauf, Rennen; daher: Hippodrom = Pferdelauf, Rennbahn) bedeutet. Der Blutegel, früher in der Medizin zum Blutabzapfen benutzt, wird zuweilen *Blutigel* genannt. Tatsächlich gehört die alte Bezeichnung egel für diesen einer kleinen Schlange ähnelnden Ringelwurm zur derselben Wortsippe wie der Name des schlangenfressenden Igels (vgl. plattdeutsch *Swinegel* = Schweinigel). Im Aberglauben vieler Leute gilt der Steinkauz, dessen unheimlicher Ruf als „Komm mit!" oder „Geh mit!" gedeutet wird, als *Totenvogel* (in manchen Gegenden auch *Grabeule, Sterbevogel* oder *Leichenvogel* genannt), und der Bohrkäfer, der leise Klopftöne im Holz erzeugt, ist als *Totenuhr* gefürchtet [36]. Nach dem Lockruf für die Hühner und Katzen sagt das Kind *Putput* (oder *Puthühnchen*) und *Miez* (oder *Mieze, Miezchen, Miese, Mieschen*). Allerdings wird für die Erklärung von *Miezekatze* auch eine oberdeutsche Koseform von Maria (Miez, Miezerl, Mirzl, Mitzi) herangezogen.

Das Pferd wurde im Zeitalter der Technik zum *Hafermotor;* als es aber noch eine alltägliche Erscheinung in den Straßen der Städte war, legte man ihm den scherzhaften Namen *Pflasterhirsch* bei. Die Wörter *Gaul* (mitteldeutsch) und *Roß* (bayrisch-österreichisch; Mehrzahl: *Rösser*) sind mundartliche Synonyme (sinngleiche Ausdrücke) für Pferd. Außerdem hat Gaul oft einen verächtlichen Nebensinn, während Roß (Mehrzahl: *Rosse*) in der Dichtersprache bevorzugt oder in Zusammensetzungen (z. B. Roßhaar, Roßkastanie, Roßtäuscher) gebraucht wird. Die Mähre war im Mittelalter das Pferd schlechthin (daher: Marstall, die Stallungen eines vermögenden Gutsherrn oder dessen Bestand an Pferden, und Marschall, ursprünglich nichts anderes als Pferdeknecht, jetzt ein hoher Offizier oder Staatsbeamter). Später wurde aber der Ausdruck auf weibliche Tiere beschränkt, da diese als weniger leistungsfähig galten. Somit verstehen wir jetzt unter einer *Mähre* [37] (vgl. engl. mare = Stute) einen abgetriebenen Gaul, meist weiblichen Geschlechts, der zu nichts mehr taugt. Hier liegt also eine Verengung und zugleich Abwertung des Begriffes vor. Nicht minder abfällig klingt *Klepper* (eigentlich: ein Reitpferd, dessen Hufe ein klapperndes Geräusch verursachen) und *Rosinante* (nach Don Quichotes dürrem Hengst in Cervantes' Roman). Auch der *Mustang*, ein verwildertes Steppenpferd, steht nicht hoch im Kurs. *Remonten* (nach dem franz. la remonte = Pferdeersatz, Nachwuchs) sind Jungtiere, die für den Heeresdienst zugeritten werden. Eine Sonderbedeutung haben die an anderer Stelle [38] erwähnten Pferdenamen *Fuchs, Rappe* und *Wallach*. Der *Schimmel* ist ein weiß „schimmerndes" Tier.

---

[36] Vgl. S. 12 *Käuzchen, Holzwurm* [37] Vgl. S. 88 *Schindmähre*
[38] Vgl. S. 24, S. 29

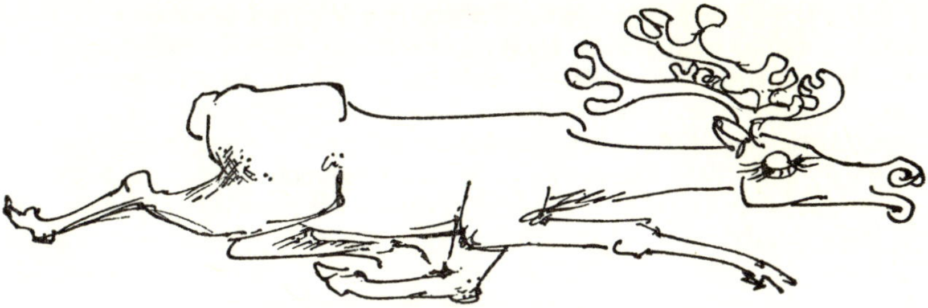

Wie schnell rennt ein Rentier?

Mitunter wurden Tiernamen ziemlich willkürlich, ja sogar fehlerhaft gebildet. In einigen Fällen hat das Volk ein ihm unverständliches Wort zu einem Tiernamen umgeformt [39]. Mag der *Windhund* auch so schnell „wie der Wind" laufen – sein Name, der im Mittelalter nur Wind (mittelhochdeutsch wint) lautete und erst später durch Anhängung des fehlenden Grundwortes verdeutlicht wurde, hängt mit den Wenden, der germanischen Bezeichnung für die Slawen, zusammen. Es ist also gewissermaßen ein wendischer Hund. Das *Rentier* müßte richtiger bloß *Ren* (eine nordische Hirschart; vgl. engl. reindeer) heißen. Die Schreibung mit Doppel-n ist falsch, da es nichts mit „rennen" zu tun hat. Wie dem Windhund und dem Rentier erging es dem *Damhirsch* (besser: *Dam,* das von lat. dama = Reh, Gemse, Gazelle stammt; vgl. *Dambock, Damwild)* und dem *Elentier* (besser: *Elen,* das soviel wie Elch bedeutet). Früher sagte man auch *Tigertier* statt Tiger. Das ausgestorbene Wildrind, den *Auerochsen,* nannten schon unsere Vorfahren urochse, indem sie uro (ure, ur) mit ohso (ohse, ochse) zusammensetzten. Heute werden neben der üblichen Bezeichnung Auerochs(e) die beiden Bestandteile des Wortes, *Auer* und *Ur,* zuweilen wieder einzeln gebraucht. Auch der Name des sagenhaften *Lindwurms* ist ein solches Doppelwort, das bereits in althochdeutscher Zeit vorkommt: lind (Schlange) und wurm waren etwa gleichbedeutend. In ähnlicher Weise hat man bei *Maulesel* und *Maultier* (ursprünglich nur mul, nach lat. mulus), bei *Haifisch* (oder *Hai,* einer Entlehnung aus dem Isländischen) und *Walfisch* (volkstümlich für *Wal,* das aber schon althochdeutsch als walfisc und mittelhochdeutsch als walvisch neben einfachem wal vorkommt) die Wörter durch einen erklärenden Zusatz, im letzten Falle allerdings fälschlich, erweitert, und die *Schmeißfliege* sollte sich mit ihrem alten Namen *Schmeiße* (von schmeißen = beschmutzen, verunreinigen) begnügen.

---

[39] Vgl. S. 30 *Vogel Strauß*

Ob der in nördlichen Breiten beheimatete *Vielfraß* besonders gefräßig ist, sei dahingestellt. Sein Name kommt von einem nordischen Wort (fjeldfross, fjellfross, fjallfress, fjeldfras, fjalfras), das Felsenbär oder Bergkater bedeutet, aber mit einem „Vielfresser" gleichgesetzt wurde. Irreführend ist auch die Bezeichnung *Maulwurf*. Es ist eigentlich ein „Erdaufwerfer", denn hier hat man das mittelhochdeutsche Wort molt (Staub, Erde; daher im Plattdeutschen *Moltwerp)* zu Maul verstümmelt.

Jeder Schüler weiß, daß der obenerwähnte *Walfisch,* wie der Wal im Volksmund heißt, trotz seines fischähnlichen Körpers ein im Wasser lebendes Säugetier ist, also keine Eier legt, sondern lebendige Junge zur Welt bringt. Dagegen ist das *Seepferd(chen)* ein Knochenfisch wie der *Seehase,* das *Heupferd(chen)* ein Insekt (die Heuschrecke), der *Seeigel* ein auf dem Meeresgrund vorkommender Stachelhäuter. *Seeraupen* sind Borstenwürmer, die ebenfalls nur im Meerwasser gedeihen. Zu den Robbenarten zählt man die *Seelöwen, See-Elefanten, Seebären, Seekühe, Seehunde* und *Walrosse.* Die schon vor Jahrmillionen verbreiteten *Seeratten* und *Seekatzen* werden von den Zoologen als Knorpelfische angesehen. Etwas ganz anderes sind die *Meeerkatzen,* nämlich langgeschwänzte Affen, die aus dem tropischen Afrika eingeführt wurden, also „über das Meer" zu uns kamen. Nach neuerer Deutung soll jedoch der Name von einem indischen (mercata) oder einem portugiesischen Wort (macao) abstammen und eine sog. Volksetymologie darstellen. Die obige Erklärung mag auch für das in Südamerika beheimatete *Meerschweinchen* zutreffen, das zwar wie unser Borstentier kurze Beine hat und quietschende Töne ausstößt, aber ein schwanzloses Nagetier ist. In mittelhochdeutscher Zeit war *Meerschwein* (merswîn) der speckgepolsterte *Schweinsfisch* (Delphin), ein Zahnwal, also ein Meeressäugetier. Während das Meerschweinchen höchstens Rattengröße erreicht, wird das *Murmeltier,* obwohl sein Name von der Maus herrührt, etwa katzengroß. Es hieß in althochdeutscher Sprache murmunto oder muremont, ein aus mus montis oder mus montanus (Bergmaus) umgebildetes lateinisches Lehnwort (murem, 4. Fall von mus), das dann (wie Maultier und Rentier [40]) die Nachsilbe -tier erhielt.

Die in den afrikanischen Strömen lebenden *Flußpferde,* namentlich ihre Hauptart, die *Nilpferde,* sind eher mit Schweinen verwandt als mit Pferden, *Präriehunde* geben zwar kläffende Laute von sich, sind jedoch Nagetiere, während wiederum *Präriewolf* und *Alpenwolf* den Hunderassen zugezählt werden. Die *Fliegenden Hunde* (oder *Flughunde),* die fuchs- oder hundeähnliche Köpfe haben, bilden eine Untergruppe der Gattung *Fledermaus,* deren Name mit „flattern" zusammenhängt, die aber mit der Maus nur die Körperform gemeinsam haben. Der australische *Ameisenigel,* ein

[40] Vgl. S. 33

eierlegendes Kloakentier, und der südamerikanische zahnlose *(Große) Ameisenbär* besitzen als Insektenfresser ein rüsselartiges Maul mit wurmförmiger, klebriger Zunge; jener erinnert durch sein Stachelkleid an unseren Igel, dieser durch die schwärzlich-braune Farbe, die stattliche Länge und die starken Krallen an den Braunbären. Das *Eichkätzchen* (Eichhörnchen) bleibt trotz seines Namens ein Nager, nicht aber die *Spitzmaus;* sie gehört zu den Insektenfressern. Andererseits gelten die *Bisamratten* als Wühlmäuse. *Wasserflöhe* zählen zur Ordnung der Krebstiere, sind also keine Flöhe, und die *Schildkröte* ist kein Lurch wie die Kröte, sondern ein Kriechtier.

Mit *Knurrhahn* bezeichnet man mit Recht den Birkhahn, gleichzeitig jedoch einen Nordseefisch, der, wenn er aus dem Wasser genommen wird, ebenfalls knurrende Laute ausstößt. Die *Nachtschwalben* müßte man ihrer großen Augen, ihres lautlosen Fluges und ihres unheimlichen nächtlichen Klagegeschreis wegen viel eher den Eulen als den Schwalben zurechnen, und die *Seeschwalben* sind eine Untergruppe der Möwen, obgleich sie einen schwalbenförmigen Körperbau besitzen. Letzteres ist auch beim Mauersegler der Fall, einem schnell fliegenden, braunschwarzen Seglervogel, der fälschlich *Turmschwalbe* genannt wird. Wenn die Sumpfschnepfe im Volksmund die merkwürdigen Namen *Himmelsziege* oder *Habergeiß* (mit lat. caper = Ziegenbock zusammenhängend, also eigentlich eine Doppelbezeichnung) führt, so bleibt sie trotzdem ein Vogel, der nur mit seinen Flügeln einen dem Meckern der Ziegen gleichenden Ton hervorbringen kann. Die als Ungeziefer von der Hausfrau gefürchteten Silberfischchen bilden eine niedere Insektenart. Der *Holzbock* ist eine Zecke (Milbe). *Hausbock, Alpenbock* und *Spanische Fliege* sind Käfer wie übrigens auch der *Bücherwurm,* der zu den Bohrkäfern oder Klopfkäfern zählende *Holzwurm* und das *Glühwürmchen,* das man besser Leuchtkäfer oder Johanniskäfer nennen sollte. Ebenso rechnet man den *Ohrwurm* zur Ordnung der Kerbtiere. Auch beim *Tausendfüß(l)er* geht die Rechnung nicht auf: Diese Gliederfüßer, von denen es zahllose Arten gibt, besitzen manchmal nur 30 Füße, im Höchstfalle 170 Beinpaare, also 340 Gehwerkzeuge. Völlig zu Unrecht trägt die *Grasmücke* ihren Namen, da sie mit den Mücken nicht das geringste zu tun hat. Es ist bekanntlich ein Singvogel, der aber eigentlich „Gra-smiege" oder „Gra-smucke" heißen müßte. Das Wort geht auf eine Verstümmelung von mittelhochdeutsch smiegen oder smucken (sich anschmiegen) zurück. Die Vorsilbe wird als gra- (vermutlich: grau) gedeutet oder wurde aus „Gras" verkürzt. Wir haben es also mit einem (graubraunen) Vogel zu tun, der geschickt durch Gestrüpp und Hecken hindurchschlüpft oder der sich im hohen Gras versteckt, einem „Grauschlüpfer" oder „Grasschlüpfer".

2. Sachen und Vorgänge im Tiervergleich

Wir essen heute im „Ochsen"

Betrachten wir nun die zahlreichen Gegenstandsbezeichnungen, die im übertragenen Sinne gebrauchte Tiernamen oder Namen tierischer Körperteile darstellen oder enthalten. Welch feine Beobachtungsgabe und reiche Ausdrucksfähigkeit zeigten unsere Vorfahren, wenn sie Blumen und Pflanzen Namen gaben, in denen sich irgendeine, wenn auch oft nur entfernte Ähnlichkeit ihrer Blüten und Blätter mit einem tierischen Körperteil oder eine sonstige Beziehung zu Tieren widerspiegelt! Das Vergißmeinnicht wird in einigen Gegenden wegen seiner zarten Blüten *Mäuseöhrchen* (oder *Mausohr)* genannt, das *Löwenmaul* kann seine Blüten rachenartig öffnen, und die Blütensprößlinge mancher Bäume und Sträucher, namentlich der Weide, sind ihrer weichen, zierlichen Beschaffenheit halber allgemein als *Kätzchen* bekannt. Die *Kuckucksblume* blüht, wenn der Kuckuck ruft, das *Gänseblümchen,* wenn die jungen Gänse ausgetrieben werden. Der gelbe *Löwenzahn* mit seinen spitz gezahnten Blatträndern heißt volkstümlich *Hundeblume* oder *Kuhblume,* das Schöllkraut *Schwalbenkraut,* der Baldrian *Katzenkraut.* Weitere solche Zusammensetzungen sind *Flohblume, Habichtskraut, Schlangenlauch, Bärenklee, Geißblatt, Mäusedorn, Biberwurz, Wolfsbeere* und *Vogelkirsche.* Zu den Distelarten gehören *Saudistel, Kuhdistel, Eseldistel, Gänsedistel, Krebsdistel* und *Eberwurz.* Die Herkunft des Wortes *Eberesche,* auch *Vogelbeerbaum* genannt, weil seine roten Früchte beim Vogelfang als Lockmittel dienten, ist unsicher; vielleicht hängt es mit Eibe zusammen. Setzt man den ersten Teil des Wortes mit „aber" gleich, das den Sinn von verkehrt annehmen konnte (vgl. Aberglaube), so wäre auf die trügerischen, „falschen" Beeren des Baumes Bezug genommen. Bezeichnungen von Pilzsorten, in denen Tiernamen stecken, sind der auch als *Ziegenbart, Geißbart, Bocksbart* oder *Hahnenkamm* bekannte *Korallenpilz*, der *Austernpilz*, ferner *Schafeuter, Ziegenlippe, Pantherschwamm, Habichtsschwamm* und der gefürchtete *Fliegenpilz*. Der Name des letzteren rührt daher, daß die Schnitzel seines Fleisches, in Milch gelegt, als Fliegengift verwendet wurden. Die *Himbeeren* hießen einst Hind(en)beeren, angeblich deshalb, weil sie von der Hindin oder Hinde (Hirschkuh) gern gefressen wurden oder weil sich diese mit ihren Jungen in dem dornigen Gesträuch gut verbergen konnte. Manchmal legte man botanischen Benennungen, indem man sie mit Tiernamen zusammenfügte, eine Art Werturteil bei. So sind die *Hundsveilchen* im Gegensatz zu den echten Veilchen geruchlos, mit *Hundsrose* bezeichnet der Volksmund entweder die wilde Rose oder die giftige Herbstzeitlose, *Hundsbeeren* schmecken widerlich, die *Saubohne* oder *Pferdebohne* ist als Gemüseart wenig geschätzt, die unechte *Roßkastanie* hat bitteren Samen, der früher als Heilmittel für kranke Pferde diente. Die giftige Tollkirsche wird auch *Wolfskirsche* genannt, und der Hafer (verwandt mit lat. caper = Bock) ist eigentlich das *Bocksgetreide*, weil es nur als Viehfutter Verwendung fand. Auch unter *Katzengold* und *Katzensilber* versteht man keine Edelmetalle, sondern goldgelb bzw. silberweiß schimmernde Gesteinsarten (Glimmer).

Tiere und tierähnliche Fabelwesen treffen wir oft als Wappenzeichen, die einst als Unterscheidungsmittel der Kreuzritterrüstungen (Wappen = Waffen) dienten, und andere Sinnbilder an, so z. B. das *Pferd*, den *Stier*, den *Bären*, den *Drachen*, den *Greifen*, den *Lindwurm*, das *Einhorn*. Einige südamerikanische Staaten haben den *Kondor*, den größten Geiervogel der Kordilleren, zum Wappenbild erkoren. Besonders beliebt in der Heraldik sind *Adler* und *Löwe* als Symbole für Kraft und Würde[1]. So spricht man auch vom *britischen Löwen* (the British Lion) und vom *amerikanischen Adler* (the American Eagle). Schon die Legionen der alten Römer führten den *Adler* als Feldzeichen. Das Wappen der Bundesrepublik besteht aus einem schwarzen *Adler* auf goldgelbem Grund wie schon der alte *Reichsadler* der mittelalterlichen Kaiser. Der später als deutsches Staatswappen verwendete *Doppeladler* ging 1806 auf Österreich über. Auch das deutsche Reichssiegel, als Bundessiegel unverändert übernommen, stellt einen *Adler* dar; wir haben ihn täglich auf der Rückseite unserer Silbermünzen vor uns. Der

[1] Vgl. S. 15

höchste preußische Orden war der *(Schwarze* und *Rote) Adlerorden;* später wurde der *Adlerschild* als hohe Auszeichnung verliehen. Ein stilisierter *Löwe* erscheint in den Wappen vieler Staaten (in Europa z. B. Belgien, Niederlande, Luxemburg, Dänemark, Schweden, Norwegen, Tschechoslowakei, Bulgarien, Finnland) sowie mehrerer deutscher Länder. Das Wahrzeichen der Städte Frankfurt, Lübeck, Aachen und Goslar ist der *Adler,* das von Berlin und Bern der *Bär,* das von Stuttgart ein steigendes *Roß.* Berühmte Löwenstandbilder werden oft kurz als *Löwe* bezeichnet, so der *Löwe von Braunschweig,* errichtet zu Ehren des Erbauers der Pfalz Dankwarderode, Heinrichs des Löwen, oder der *Löwe von Luzern,* das bekannte Denkmal des dänischen Bildhauers Thorwaldsen. Der *bayerische Löwe* hält Wache an der Hafeneinfahrt von Lindau, einen *geflügelten Löwen* sehen wir am Campanile auf dem Markusplatz zu Venedig als Emblem der Lagunenstadt, das an die Bedeutung der einst so mächtigen Handelsmetropole erinnert. Der *gallische Hahn* (lat. gallus = Hahn, Gallus = Gallier) gilt als Symbolfigur Frankreichs. Die sich um einen Stab windende *Schlange* (Äskulapstab), das Sinnbild für den griechischen Gott der Heilkunde Asklepios, gilt noch heute als Abzeichen der ärztlichen Kunst. Ein bekanntes Bild ist die *Taube* mit dem Ölzweig im Schnabel, die Botin des Friedens, wie sie das Wappen der Republik Guinea zeigt. Den Ursprung dieser Symbolik muß man wohl in der alttestamentlichen Erzählung suchen, nach der Noah eine Taube in die Lüfte fliegen ließ, die dann als Zeuge der göttlichen Versöhnung mit einem Olivenblatt zurückkehrte. Auch der Heilige Geist wird ja in der christlichen Kunst durch eine vom Himmel herabschwebende Taube verkörpert. Eine andere Erklärung der Friedenstaube fußt auf der Tatsache, daß man in älteren bildlichen Darstellungen östlicher Länder Frauengestalten mit einer Taube in der Hand entdeckt hat. Da die Fortpflanzung des Menschengeschlechts als die hohe Aufgabe der Frau und Mutter angesehen wurde, übertrug sich die Versinnbildlichung der Lebenserhaltung zugleich auf das Tier. Fortschritt und Aufbau aber können nur in Friedenszeiten gedeihen, und so wurde die Taube zur Friedenskünderin. Tiersymbole gibt es auch in unserer modernen Zeit. Als Preise für besondere Leistungen von Filmschauspielern und Schlagersängern werden der *Goldene* und *Silberne Bär,* der *Goldene* und *Silberne Löwe* oder die *Goldene Nachtigall* verliehen [2]. Selbst Industrie und Handel bedienen sich der Tiernamen, indem sie diese als Warenmarken verwenden: *Salamander-Schuhe, Schwan-Bleistifte, Uhu* und *Pelikanol* (Klebstoffe), *Weiße Eule* (Zigarren), *Löwenbräu* (Bier), *Niedernhaller Distelfink* (Wein). Der *Tiger,* das Reklamezeichen der Esso AG., ist jedem Kraftfahrer vertraut.

[2] Vgl. S. 17 *Bambi*

Bei der Benennung vieler Sternbilder haben ebenfalls Tiere Pate gestanden: *Großer* und *Kleiner Bär, Großer* und *Kleiner Hund, Wolf, Adler, Giraffe, Hase, Rabe, Pfau, Goldfisch, Fuchs, Kranich, Eidechse, Schwan, Fliege, Delphin, Wasserschlange, Luchs, Walfisch.* Insbesondere denken wir hier natürlich an die Zeichen des Tierkreises, die jedoch nicht Ähnlichkeiten mit dem Tier selbst ausdrücken sollen, sondern wieder mehr sinnbildlichen Charakter tragen. Der Zeit nach Frühlingsanfang gaben die alten Ägypter den Namen des *Widders,* weil in diesen Wochen die Schafe Junge warfen, unter dem Zeichen des *Stieres,* der als Zugtier diente, begann die Feldbestellung, unter dem der *Fische,* im Februar und März, stand der Fischfang in Blüte. Nach dem 21. Juni wendet sich scheinbar die Sonne und kriecht wie der *Krebs* rückwärts, um ein halbes Jahr später, ähnlich dem *Steinbock,* wieder aufzusteigen. Ihre stärksten Strahlen versendet die Sonne im Juli und August, weshalb man diese Zeit mit dem mächtigen *Löwen* in Verbindung brachte, während der neblige November als gefürchteter Krankheitserreger den Namen des giftigen *Skorpions* erhielt. Die phantasievollen Namen der Sternbilder stammen aber schon aus dem Altertum, so daß wir es hier eigentlich nur mit Übersetzungen aus dem Lateinischen (z. B. Ursa Major = Großer Bär, Taurus = Stier, Leo = Löwe, Cancer = Krebs, Pisces = Fische) zu tun haben. In den Straßen unserer deutschen Kleinstädte findet man das Tier als Wahrzeichen alter Bürgerhäuser. Da heißt es: *„Zu den drei Schwänen", „Zum Güldenen Hecht", „Zum Stockfisch"* od. ähnl. Ebenso legten sich Apotheken derartige Namen bei, und allenthalben liest man Wirtshausschilder wie *„Adler", „Lamm", „Elefant", „(Weißes) Roß"* (in Bayern *„Rößl"*, in Schwaben *„Rößle"*, in der Schweiz *„Rößli"*), *„Blauer Bock", „Grauer Wolf", „Schwarzer Walfisch", „Goldene Gans"*, sogar *„Lahmer Esel", „Kalter Frosch"* u. dgl. (in Süddeutschland oft bei fehlendem Verhältniswort mit angehängtem -n oder -en, weil „zum" zu ergänzen ist: *Gasthof Löwen, Ochsen, Rappen, Falken, Bären, Hirschen, Straußen, Storchen, Schwanen*). Auch Schiffe werden nach Tieren benannt, z. B. *„Möwe", „Schwalbe", „Seeadler", „Delphin"*. Sehr häufig sind Tiernamen in Orts- und Bergnamen verborgen, so in *Schweinfurt, Hirschberg, Falkenstein, Schlangenbad, Heringsdorf, Finkenwerder, Eberswalde, Schaffhausen, Ziegenhain, Kranichfeld, Hahnenklee-Bockswiese, Wolf(s)hagen, Biber(b)ach, Ur(b)ach* (Ur = Auerochse, Ache = Flußlauf; ähnlich: *Auerbach, Auerstedt*), *Stuttgart* (Stutengarten), *Rechberg* (Rehberg), *Berneck* (Bärenecke), *Vohwinkel* (Fuchswinkel), *Habsburg* (Habichtsburg); *Adlergebirge, Ochsenkopf, Vogelspitze, Ziegenrücken, Katzenbuckel, Roßtrappe.* Sogar der Tiername allein, so seltsam das anmutet, kommt als geographische Bezeichnung vor: *Biber, Fuchs, Hirsch, Roß, Igel, Hahn, Elster, Nachtigall,*

Hummel, Hecht. Nur *Katzenelnbogen* (im Taunus) ist kein „tierischer" Ortsname; er bezieht sich auf den in Hessen ansässigen germanischen Volksstamm, die Chatten. Auch der *Hunsrück* (Teil des Rheinischen Schiefergebirges), der nichts anderes ist als ein „hoher (Berg-)Rücken", hängt mit dem Tiernamen Hund nicht zusammen.

Seine Schwester trägt jetzt Ponyfransen

Vor allem stoßen wir in der täglichen Umgangssprache auf die Namen von Tieren oder ihrer Körperteile, die — entweder alleinstehend oder in zusammengesetzten Wörtern — als Bezeichnungen für die verschiedensten Dinge verwendet werden. Sie sollen in der Regel eine mehr oder minder große Ähnlichkeit mit dem Aussehen oder der Verhaltensweise des betreffenden Tieres ausdrücken. Die aufmerksame Tierbeobachtung, die aus ihnen spricht, ist oft mit rauhem, volkstümlichem Humor gewürzt. Hin und wieder sind übereinstimmende Merkmale nicht ohne weiteres zu finden; in einigen Fällen liegt auch eine andere Beziehung zum Tiernamen vor. *Wolf* und *Fuchs* sind nicht bloß Raubtiere; ersteres ist zugleich ein Gerät, mit dem Fleisch zerkleinert, Wolle zerfasert oder Papier zerrissen wird *(Fleischwolf, Reißwolf)*, letzteres ein Abzugsschieber am Ofen oder eine Münze *(Goldfuchs)*. Der Tiergestalt nachgebildete Turngeräte kennt jeder Sportler als *Pferd* und *Bock*. Außerdem gibt es *Sägeböcke, Prellböcke, Rollböcke, Rüstböcke* und *Bockleitern*, sämtlich vierbeinige Gestelle (dazu: *aufbocken, hochbocken* = auf ein bockartiges Gerüst heben). Auch der Kutscher sitzt auf dem *Bock*, einem erhöhten Aufbau des Wagens. Ein *Fuchsschwanz* ist eine kurze Handsäge, deren Blatt freilich nur entfernt dem Schwanz des Fuchses ähnelt, der *Rattenschwanz* eine kleine Feile und der *Biberschwanz* ein flacher Dachziegel. Der nachtleuchtende Rückstrahler an Fahrzeugen heißt *Katzenauge*, unter *Geißfuß* oder *Kuhfuß* versteht man eine am Ende wie eine gespaltene Tierklaue geformte Brechstange, mit *Storchschnabel* wurde ein langschenkeliges Gerät zum Vergrößern oder Verkleinern von Zeichnungen benannt. In der Werkstatt des Schlossers finden wir *Schneckenbohrer* und *Schlangenbohrer*. Zum Spannen von Drahtzäunen werden *Froschklemmen* gebraucht. Der *Widder*, in der modernen Technik eine hydraulische Pumpe, diente wie der *Sturmbock*, ein Stoßbalken mit eisernem Kopf, früher als Belagerungsgerät, als Mauerbrecher, der *Rammbock* oder *Rammbär* (oder kurz *Bär*) ist ein schwerer Fallhammer, der *Maulwurf* ein riesiger Bagger oder eine Tunnelbohrmaschine, der *Molch* ein großes Reinigungsgerät für die Ölleitungen, die *Libelle* eine Wasserwaage [3], und beim Schiffsbau benötigt man das *Kielschwein*, einen Längsbalken, auf dem die Masten ruhen.

Eine *Eule* kann ein der Tierform ähnelnder Flederwisch zum Reinigen des Kamins sein. Die *Spinne* ist in übertragener Bedeutung ein drehbares Gestell zum Wäscheaufhängen oder ein leichter, zweirädriger Kutschwagen. Jenes erinnert durch die vielen Seitenarme, dieser durch die Speichen seiner hohen Räder an ein Spinnennetz. Derselbe Vergleich liegt der *Verkehrsspinne* zugrunde, die durch mehrere von einem Mittelpunkt ausgehende Straßen gebildet wird. *Hunde* (Nebenform: *Hunte*) heißen bekanntlich die kleinen Förderwagen im Bergwerk, während die auf Bahnsteigen oder in langen Gängen benutzten Elektrokarren auch unter dem Namen *Ameisen* bekannt sind. Mit *Hahn* bezeichnet man die (früher dem Vogelkörper nachgebildete) Absperrvorrichtung an der Wasserleitung, am Bierfaß oder am Gewehr. Auf den Dächern älterer Bauernhäuser oder auf Kirchtürmen ist oft ein *Wetterhahn* (vgl. Eduard Mörikes Gedicht „Der alte Turmhahn") als Wind- und Wetterfahne zu sehen, weil der Hahn wegen seines frühzeitigen Weckrufes als Sinnbild der Wachsamkeit galt. Den *Wasserhahn* nennt der Norddeutsche *Kran*, eine ältere Kurzform für Kranich. Gewöhnlich meint man aber mit diesem Ausdruck eine zum Anheben schwerer Lasten dienende Maschine, den *Hebekran*, der in seiner Form an die storchähnliche Gestalt des Kranichvogels denken läßt und dessen verschiebbarer Wagen überdies *Laufkatze* heißt. Schwieriger zu erkennen ist die Ähnlichkeit beim *Frosch*, soweit er einen Teil des Baggers, des Webstuhls oder des Geigenbogens bildet. Die *Frösche* beim Feuerwerk machen genau wie ihre Urbilder große Sprünge. *Wanzen* sind kurze Reißnägel, in der Agentensprache aber auch in den Wänden oder anderswo versteckte kleine Abhörgeräte. Die Bettschieber der Männer werden wegen

[3] Vgl. S. 30

ihrer charakteristischen Form vom Pflegepersonal der Krankenhäuser *Enten* genannt. *Raupen* heißen die geflochtenen, mit Silberfäden durchwirkten Achselstücke höherer Offiziere (vom Major an aufwärts).

Der Drache ist als schlangenartiges Ungeheuer (Lindwurm) aus der Sage bekannt; im Herbst aber steigt der *Drachen*, ein mit Papier oder Stoff bespanntes, oft wunderlich bemaltes Lattengestell, als Kinderspielzeug in die Lüfte [4]. Unter *Schnecke* versteht man einen bestimmten Teil einer Maschine (daher: *Schneckenrad, Schneckengetriebe*), der Uhr, der Geige oder des inneren Ohres, in jedem Falle also ein spiralförmiges Gebilde. Ein Mädchen kann das Haar mit *Schnecken, Ponyfransen* (oder *Ponys*), *Schlangenlocken* oder *Pudellöckchen* tragen, falls sie nicht einen *Pferdeschwanz* oder eine *Affenschaukel* bevorzugt. Die kurzen Haare ihres Töchterchens dreht die Mutter oft zu *Rattenschwänzchen* (oder *Mäuseschwänzchen*) zusammen. Die Großmutter hat vielleicht das Haar als *Kauz* oder *Storchennest* aufgesteckt. *Affenschaukel* sagt man aber auch zu der geflochtenen Fangschnur, die die Uniform mancher Offiziere schmückt. Eine Krankheit der Ohrspeicheldrüse, durch welche der Patient angeblich einen dummen Gesichtsausdruck bekommt, so daß er gewissermaßen einem Tölpel gleicht, der nur noch zum Ziegenhüten taugt, ist der sog. *Ziegenpeter* (Mumps). Bei der Entzündung des Blinddarms wird dessen unteres Ende, der *Wurmfortsatz*, entfernt, unförmig dicke Beine können durch *Elefantenkrankheit* (Lymphstauung in den Unterschenkeln), verursacht sein, einen *Hautwolf* (schmerzhaftes Wundreiben an den Oberschenkeln) kann man sich durch langes Reiten zuziehen, mit *Polypen* [5] hat die Sprache nach den Fangarmen des gleichnamigen Weichtieres (Tintenfisch) eine Wucherung der Schleimhäute im Nasenraum benannt. Vor Angst oder Kälte läuft uns eine *Gänsehaut* über den Rücken, und wenn uns ein unangenehmes Kribbeln auf der Haut stört, besonders bei „eingeschlafenen" Füßen, spricht der Voksmund sehr treffend von *Ameisenlaufen*.

Der gefürchtete *Krebs* — früher *Krebsschaden* genannt, ein Ausdruck, den wir jetzt in abstraktem Sinne für Grundübel, leidige Ursache gebrauchen — hat wahrscheinlich seinen Namen daher bekommen, weil sich die krankhaft entarteten Zellen, ähnlich den Gliedern der Krebs- und Krabbentiere, von einem Mittelpunkt aus nach verschiedenen Seiten hin ausbreiten. Die seltsame Bezeichnung wird aber auch so erklärt, daß sich die heimtückische Krankheit langsam und fast unmerklich weiterschleicht und die bösartigen Geschwülste sich gewissermaßen festklammern wie die Scheren eines Taschenkrebses. Schon im Lateinischen bezeichnete cancer (wie griech. karkinos) neben dem Krebstier und dem Sternbild Krebs auch die Krebsgeschwulst; für letztere war allerdings meist canceroma (oder car-

[4] Vgl. S. 66 *Drachen* als Personenbezeichnung [5] Vgl. S. 72 *Polyp* als Personenbezeichnung

cinoma; daher medizinisch: *Karzinom*) üblich. Für den Buchhändler sind *Krebse* unverkäufliche Bücher, die sozusagen zum Verleger zurückkriechen, während der Drucker die irrtümlich in einer anderen Schriftart gesetzten Buchstaben *Zwiebelfische* und auf dem Kopf stehende Lettern *Fliegenköpfe* nennt. Beim Schreiben kann man ein Wort oder einen Satzteil durch *Gänsefüßchen* (Anführungszeichen) hervorheben oder mit einer *Schlangenlinie* unterstreichen. *Bandwurmsätze* (lange, unübersichtliche Satzperioden) muß der Schüler in seinem Aufsatz vermeiden, und *Eselsohren* (umgeknickte Ecken) sollten in seinen Heften ebensowenig zu finden sein wie *Krähenfüße* (unleserliche Buchstaben) [6]. Hingegen steht es ihm frei, sich beim Kopfrechnen oder beim Einprägen fremdsprachlicher Vokabeln einer *Eselsbrücke* als Gedächtnisstütze zu bedienen.

Mit einem Hechtsprung stürzte ich mich ins Wasser

Kabelschlangen gibt es bei größeren elektrischen Anlagen, *Lichtschlangen* sind stabartige Beleuchtungskörper, *Papierschlangen* werden beim Faschingsball geworfen, *Autoschlangen* bilden sich auf vielbefahrenen Straßen, besonders an Grenzübergängen [7]. Mancher Förster trägt als Schmuck an seinem Hut einen *Gemsbart* (in Bayern: *Gamsbart*), der jedoch, falls er überhaupt von einer Gemse stammt und keine künstliche Nachahmung darstellt, kein Kinnbart ist wie bei der Ziege, sondern aus den Rückenhaaren des Tieres angefertigt wird. Den *Hirschfänger*, ein langes Messer, und die *Saufeder*, einen Spieß, mit dem einst sein Vorgänger den Wild-

[6] Vgl. S. 76 *Krähenfüße* = Hautfalten [7] Vgl. S. 73 *Menschenschlange*

schweinen zu Leibe rückte, braucht der Jäger heute nicht mehr. *Feldschlangen* und *Katzenköpfe,* die primitiven Geschütze und Wurfgeschosse früherer Jahrhunderte, sind nur noch im Museum zu sehen. Der *Torpedo,* ein Unterwassergeschoß, das manchmal mit einem riesigen *Aal* verglichen wird, ist gleichnamig mit dem elektrische Schläge austeilenden Zitterrochen. *Silberfische* nannte das Volk die silbergrau glänzenden Luftschiffe des Grafen Zeppelin. Die Lokomotive der ersten deutschen Eisenbahn, die 1835 zwischen Nürnberg und Fürth verkehrte, hieß der *Adler.* Denselben Namen gab man auch der ersten Mondlandefähre, die mit ihren vier langen *Spinnenbeinen* am 21. Juni 1969 auf der Oberfläche des Mondes aufsetzte. Zwei Jahre später bewegte sich dort die Besatzung des amerikanischen Raumschiffes „Apollo 15" mit einem Fahrzeug vorwärts, das den Namen *Falke* erhielt.

Ältere Flugzeugtypen waren *fliegender Hecht, Zaunkönig* oder, nach ihren Konstrukteuren Edmund Rumpler und Gerhard Fieseler getauft, *Rumpler-Taube* und *Fieseler-Storch.* Später sprach man von *Moskitos, Möwen, Albatrossen* oder einfach von *Vögeln.* Heutzutage besitzt die Polizei Hubschrauber, die Benennungen wie *Bussarde, Hummeln, Hornissen* bekommen haben. Die riesige Boeing-Düsenmaschine der Amerikaner ist der *(fliegende) Elefant* (Jumbo-Jet), dessen lautes Getöse ihm den Scherznamen *Donnervogel* einbrachte. Ungebräuchlich geworden sind die Spottnamen *Benzinesel* (oder *Blechesel), Benzinrosse, Chausseeflöhe* (oder *Straßenflöhe), Chausseewanzen* (oder *Straßenwanzen, Asphaltwanzen)* und *Knallfrösche,* womit einst der Radfahrer, der auf seinem *Stahlroß* oder *Drahtesel* saß, die vorbeifahrenden Autos und Krafträder beschimpfte. Statt auf dem Fahrrad braust jetzt der Jüngling auf einem flotten *Hirsch* durch die Gegend, wie er sein neues Motorrad nennt. Bei der Eisenbahn hat die Diesellok das schnaubende *Dampfroß* von ehedem verdrängt, während in der Landwirtschaft das sog. eiserne Pferd oder der Bulldog als Zugmaschine benutzt wird. Unter *Raupenschlepper* versteht man ein Motorfahrzeug, das sich wie eine *Planierraupe* (Straßenwalze; auch engl. *Caterpillar* = Raupe genannt) auf *Raupenketten* (oder *Raupenbändern)* fortbewegt. Da er geländegängig ist und über eine hohe Zahl von *Pferdestärken* (abgekürzt: *PS)*[8] verfügt, bereitet ihm auch das aus *Katzenköpfen* bestehende Kopfsteinpflaster keine Schwierigkeiten, wie es in manchen Kleinstädten noch zu finden ist. Im letzten Weltkrieg konnten die feindlichen Panzerwagen nicht einmal durch die sog. *Drachenzähne,* die gewaltigen Betonblöcke des „Westwalls", aufgehalten werden. Deutsche Kampfpanzer wurden damals unter den Decknamen *Tiger* und *Panther* eingesetzt, an deren Stelle jetzt *Leoparden, Marder* und *Schildkröten* getreten sind. Die Marine besaß ein Zwei-

[8] Vgl. S. 14

Mann-Unterseeboot, *Seehund* genannt. Ein neuzeitliches Brückenfahrzeug der Pioniertruppe führt die Typenbezeichnung *Alligator,* ein schnittiger Sportwagen läuft unter der Fabrikmarke *Jaguar,* ein für Bergstraßen besonders geeigneter Kraftwagen hat den Namen *Gemse* erhalten, und der Volkswagen kam als *Käfer* auf den Markt.

Manche dieser Fahrzeugbenennungen mögen nur dem Fachmann geläufig sein, jeder aber kennt die *Sprechmuschel* am Fernsprechapparat und die *Hörmuschel,* die man beim Telefonieren an die *Ohrmuschel* legt, sowie die *Konzertmuschel,* einen halboffenen, muschelförmigen Raum, in dem ein Orchester spielt. Der Ursprung dieser Vergleiche wird uns meist ebensowenig bewußt, wie wir daran denken, daß die *Schwämme,* so etwa der *Badeschwamm* und der zum Reinigen der Schulwandtafeln unentbehrliche *Tafelschwamm* mit dem gleichnamigen Tier sogar identisch sind. *Schäfchen* sagt das Kind zu den Brotstückchen, die ihm die Mutter zurechtmacht, sowie zu den flockenartigen, gleichsam in Herden auftretenden Kumuluswolken am Himmel, den *Schäfchenwolken* (oder *Lämmerwölkchen*). Mit *Maus* meint man nicht nur das Nagetier, sondern auch den Handballen oberhalb des Daumens, mit *Mäuschen* (von lat. musculus, das zugleich Muskel bedeutet) eine besonders empfindliche Stelle am Ellbogen. Aber auch kleine, längliche Kartoffeln werden *Mäuschen* genannt. Ähnliches Aussehen wie diese haben die *Heringe,* mit denen ein Zelt am Boden befestigt wird. *Mäusezähnchen* nennen die Frauen ein bestimmtes Häkelmuster. Eine hochgelegene Ritterburg vergleicht man mit einem *Eulennest,* einen Gefahrenherd mit einem *Hornissennest,* der am Schiffsmast angebrachte Ausguck ist jedem Matrosen als *Krähennest* bekannt, und die Militärmusiker hatten früher als Schulterabzeichen *Schwalbennester.*

Bei einer festlichen Gesellschaft erscheint der elegante Herr im Frack, der nach seinem eigenartigen Schnitt im Volksmund *Schwalbenschwanz* heißt und auf dem nicht selten ein Ordensstern als *Piepmatz* glänzt. Vielleicht trägt er dazu eine *Fliege,* die entweder ein Bärtchen an der Unterlippe (vgl. franz. mouche = Fliege in doppelter Bedeutung oder Schönheitspflästerchen) oder eine schmale, breit gebundene Krawatte ist. Sein Haar mag, sofern er es nicht kurzgeschoren als *Igel(haar)schnitt* trägt, durch einen schnurgerade gezogenen Scheitel geteilt sein, der mit bissigem Humor als *Läuseallee* verspottet wird. Eine Dame kauft sich einen Mantel aus *Affenhaut* (ein flauschartiges Gewebe) oder aus *Kamelhaar* (Stoffart, deren Fäden aus Kamelwollfasern gesponnen werden) und ein Kleid mit *Fischgrätenmuster* oder *Hahnentrittmuster.* Eine Laufmasche im Strumpf, scherzhaft *Flohleiter* genannt, würde dazu allerdings schlecht passen. Nicht immer trägt der Kamelhaarmantel seinen Namen zu Recht; aber auch der *Biberhut,* wie früher der hohe Zylinderhut hieß, bestand nicht in jedem Falle aus echtem

Biberfell [9]. Die einst so beliebten gestrickten *Pudelmützen*, die an die krausen Fellhaare eines Pudels erinnerten, sind allenfalls noch beim Wintersport zu sehen. Völlig aus der Mode gekommen ist die *Boa* (Name einer Riesenschlange), ein länglicher, oft kostbarer Pelz, der von den Frauen um den Hals getragen wurde. Besonders bildkräftige Bezeichnungen hat man manchen Schuhformen vergangener Jahrhunderte gegeben: *Entenschnabel, Kuhmaul, Bärenfuß*. Der Biologe versteht unter *Hahnentritt* einen Teil des Eidotters, der Landwirt eine fehlerhafte Gangart der Pferde, die vom *Igelfuß*, einer Krankheit an der Fessel, herrühren kann. Eine *Igelstellung* nimmt derjenige ein, der sich seiner Umgebung gegenüber borstig und abweisend zeigt; im Kriege war es eine besondere Art der Verteidigungsstellung [10]. Geschäftsbetriebe von riesenhafter Ausdehnung sind *Mammutunternehmen*.

Eine verschachtelte Zimmerflucht ist ein *(richtiger) Fuchsbau*, eine schwer zugängliche Bodenkammer, zu der oft nur eine schmale Stiege, eine *Hühnerleiter*, hinaufführt, vergleicht man mit einem *Taubenschlag*, während die Mädchenschule von den Schülern des benachbarten Gymnasiums als *Gänsestall* (oder *Lämmerstall*) lächerlich gemacht wird. In der Tanzstunde von ehedem belegten die jungen Leute die Empore des Ballsaales, von der aus ihre Mütter ihnen zuschauten, mit der höchst respektlosen Bezeichnung *Drachengalerie*. Wer im Flugzeug sitzt, dessen Spitze überdies einem *Haifischmaul* ähnelt, kann die Erde aus der *Vogelschau* (oder *Vogelperspektive*) betrachten, wer sich aber von unten etwas ansehen muß, erblickt es aus der *Froschperspektive*. Der Boxer erstrebt den Meistertitel im *Fliegengewicht*, sein Sportkollege, der Kunstschwimmer, stürzt sich mit einem kühnen *Hechtsprung* [11] ins nasse Element, um sich dann im *Schmetterlingsstil* vorwärtszuarbeiten. Eine Figur im Schachspiel, der Springer, heißt auch *Rössel* (Pferdchen); sie geht im *Rösselsprung* (ein Feld vorwärts oder rückwärts und zwei Felder seitwärts oder umgekehrt) vor, und hiernach wird auch ein Worträtsel, bei dem in derselben Weise die nach Art des Schachbrettes angeordneten Silben aneinandergereiht werden müssen, so genannt.

Etwas ganz anderes ist der *Hammelsprung*, nämlich eine besondere Art der Abstimmung im Parlament, die so durchgeführt wird, daß alle Abgeordneten den Saal verlassen und ihn durch verschiedene Türen wieder betreten. Einem Staatsmann wirft man zuweilen vor, er treibe *Vogel-Strauß-Politik* [12]. Er steckt also sozusagen den Kopf in den Sand, ohne sich um die seinem Lande drohende Gefahr zu kümmern. Auch jemand, der im Traumland *Wolkenkuckucksheim* lebt — das Wort stammt aus der antiken Komödie des Aristophanes „Die Vögel" — oder in der

[9] Vgl. S. 43 *Gemsbart* [10] Vgl. S. 79 *sich einigeln* [11] Vgl. S. 80 *hechten* [12] Vgl. S. 111

Hundetürkei, einer entlegenen, unwirtlichen Gegend, merkt wenig vom Weltgeschehen. Dagegen kann ein kleines *Kuhdorf* ein recht idyllisches Plätzchen sein. Der Stadtbewohner kann eine verkehrsreiche Straße sicher überqueren, indem er einen *Zebrastreifen* benutzt. Wer immer wieder mit dem Strafgesetz in Konflikt kommt, wird sich schließlich einen *(ganzen) Rattenschwanz* (oder *Rattenkönig)* von Prozessen auf den Hals laden. Dieser seltsame Vergleich bezog sich ursprünglich auf eine große Ratte, später auf eine Menge durch ihre Schwänze zu einem Knäuel verstrickter Ratten. Bei mancher Unternehmung zeigt sich nachträglich ein *Pferdefuß,* ein bedenklicher Nachteil [13]. *Kleine Fische* sind (nicht nur für den Angler) unwichtige Dinge, *ungefangene Fische* fragwürdige Aussichten, *faule Fische* dumme Ausflüchte, und was uns ungeheuerlich erscheint, etwa ein schwerer Kriminalfall, ist ein *(ganz) dicker Hund.*

Bei diesem Sauwetter kann man nicht vor die Tür gehen

Derjenige, dem nachgesagt wird, daß er *Raupen* (volkstümlich manchmal in *große Graupen* verwandelt) im Kopf habe, hegt ehrgeizige Pläne oder hat überspannte Ideen. Auch wer von *Mucken* (Mücken) oder *Grillen* [14] geplagt wird, leidet an Launen und sonderbaren Einbildungen. Unter *Schnaken* versteht man in Norddeutschland nicht nur Stechmücken, sondern auch Scherze, komische Einfälle. Als *Lockvögel* bieten manche Geschäftsinhaber besonders preiswerte Markenartikel an, um dadurch ihre Kunden zum Einkauf teurer Waren zu veranlassen. Ein beliebtes Kartenspiel ist *Schafskopf,* und wenn bei den Spielkarten des 17. Jahrhunderts,

---

[13] Vgl. S. 11 [14] Vgl. S. 102 *die Grillen austreiben*

wie in Bayern und Schwaben noch heute, die Asse *Säue* hießen, so deshalb, weil das Schellenass, in manchen Spielen der höchste Trumpf, das Bild eines dicken Schweines zeigte. Andererseits wird aber auch ein Fehler, eine Ungeschicklichkeit *Sau* oder *Bock* (von mittelhochdeutsch buc = Sturz; vgl. engl. bull = Stier oder Dummheit [15]) genannt, während man einen Fehlstoß beim Kegeln *Ratte* (oder *Katze*, früher: *Pudel*, was aber wohl mit dem süddeutschen Dialektwort die Pudel = Kegelbahn zusammenhängt) nennt. Das Geld, zuweilen – vielleicht unter Einfluß der Gaunersprache (Rotwelsch) – als *Möpse, Mäuse* oder *Flöhe* [16] bezeichnet, trug der Handelsmann von ehedem in einem um den Leib geschnallten Beutel, der *Geldkatze*, bei sich, die jedoch öfter aus Leder als aus Katzenfell bestand. Das Wort stammt entweder von der katzenähnlichen Form her oder geht auf eine Verballhornung des italienischen cassa (Kasten oder Kasse) zurück.

Der Soldat der alten Armee mußte auf dem Marsche etwas anderes mitschleppen, nämlich den vollgepackten *Affen*, seinen Tornister. Auch hier ist sicherlich weniger an dessen plüschartigen braunen Überzug, der wie Affenfell aussah, zu denken als vielmehr daran, daß er dem Träger auf dem Rücken hing wie einst das Äffchen, das dem umherziehenden Gaukler auf der Schulter hockte. Wer sich aber einen *Affen* angetrunken hat, so daß er umhertorkelt wie ein aufrecht gehender Menschenaffe, muß am nächsten Morgen auf einen bösen *Katzenjammer* [17] gefaßt sein. Er wimmert vor Übelkeit wie eine Katze, oder es ist ihm – eine gassensprachliche Wortverstümmelung – zum Kotzen schlecht. Dabei kommt es vor, daß ihm von seinen Zechkumpanen ein mißtönendes Ständchen gebracht wird, eine *Katzenmusik*. Mancher Bengel sucht Streit mit seinen Schulkameraden, woraus oft eine allgemeine *Katzbalgerei* [18] entsteht. In der ehemaligen Dorfschule wäre er vielleicht, abgesondert von der Klasse, auf die sog. *Eselsbank* gesetzt worden. Das brave Grautier stand, sehr zu Unrecht, wegen seiner Duldsamkeit von jeher nicht hoch im Kurse, wie ja auch der *Eselritt*, der Ritt auf dem „Schandesel", im ausgehenden Mittelalter als schimpfliche Strafe für aufsässige Schüler und Studenten galt. Vom Vater mag der Unruhestifter mit einem *Katzenkopf*, einem leichten Schlag auf den Hinterkopf, bestraft werden – eine Züchtigung mit dem *Ochsenziemer*, einem derben Knotenstock, oder gar mit der *neunschwänzigen Katze*, jener gefürchteten Lederpeitsche aus früherer Zeit, oder dem *Skorpion*, einer Stachelpeitsche, so benannt nach der mit einem Giftstachel versehenen Spinnenart, hat er wohl kaum zu befürchten. So kann er sich am Abend, nachdem er zum Ärger der Mutter nur eine wenig

[15] Vgl. S. 79 *verbocken* [16] Vgl. S. 79 *mopsen, mausen, flöhen* = stehlen, S. 57 *Kröten* = Geld
[17] Vgl. S. 58 *Kater* [18] Vgl. S. 79 *katzbalgen*

gründliche Reinigung des Gesichts, eine *Katzenwäsche*, vorgenommen hat, erleichtert in die *Flohkapsel* (oder *Flohkiste, Flohfalle*) legen, wie er in seiner Jungensprache das Bett zu nennen pflegt.

Werden viele Menschen in einem engen Raum zusammengepfercht, so kommen sie sich vor wie in einem *Affenstall* (oder *Affenkasten*). Wenn dieser noch dazu von dickem Tabaksqualm erfüllt ist, den man, wohl wegen der Ähnlichkeit der Farbe, als *Hecht* bezeichnet, wird der Aufenthalt besonders ungemütlich. Ein *Froschmaul* ist ein halbrundes Dachfenster, ein *Ochsenauge* (vgl. franz. oeil-de-boeuf), auf Schiffen auch *Bullauge* (vgl. engl. bull-eye) genannt, ein kleines rundes Fenster. Die Hausfrau jedoch bringt als *Ochsenaugen* Spiegeleier auf den Tisch. Bekannt sind auch, je nach der Gegend, *Schnecken, Schweinsohren, Bärentatzen, Leipziger Lerchen* und *Bienenstich* (Gebäckstücke), *Hasenöhrl* (Mehlspeise), *falscher Hase* (Hackbraten), *Katzenzungen* (Schokoladentäfelchen in Zungenform) und *Rollmöpse* (zusammengewickelte Heringsstreifen). Die Herkunft der von der schwäbischen Speisekarte nicht wegzudenkenden *Spätzle* ist nicht einwandfrei geklärt. Obwohl dieses beliebte Gericht in einigen Teilen Badens als *Spatzen* (ältere Bezeichnung: *Wasserspatzen*) angeboten wird, gehört viel Phantasie dazu, darin eine Miniaturnachbildung junger Sperlinge zu erblicken. Da es sich um kleine Teigstückchen handelt, ließe sich vielleicht an den Einfluß des italienischen Wortes spezzare oder spezzettare (zerbrechen, zerkleinern, von il pezzo = das Stück) denken. Dagegen steht fest, daß die *Bocksbeutel*, jene eigenartig gebauchten Flaschen, in die der Frankenwein abgefüllt wird, nach einem Körperteil des Ziegenbockes (Hodensack) getauft wurden. Die Weinsorte *Zeller schwarze Katz* soll ihre merkwürdige Benennung von einem schwarzen Kater bekommen haben, der beim ersten Anzapfen auf dem Weinfasse saß. Das Trinkwasser führt in der Kindersprache den hübschen Namen *Gänsewein*, während der Soldat im Kriege die wenig schmackhaften dicken Graupen, die er häufig von der Feldküche erhielt, mit dem wesentlich derberen Ausdruck *Kälberzähne* belegte. Nach anstrengender Arbeit verspürt mancher einen *(wahren) Wolfshunger* (oder *Bärenhunger*). Er ist dann mit einem schlechten Essen, einem *Schlangenfraß*, nicht zufrieden, sondern sucht sich am Mittagstisch den *Löwenanteil* zu sichern, wie es in der Äsopschen Fabel der Löwe tat, der die Hauptmasse der Beute für sich beanspruchte. Inzwischen nehmen die kleineren Kinder am *Katzentisch*, eigentlich einem Seitentisch, an dem früher die für die Hauskatze bestimmten Überbleibsel der Mahlzeit abgelegt wurden, ihr Essen ein. Anders erklärt sich das *Fliegenfenster*, ein engmaschiges Drahtgitter, das Fliegen und Wespen fernhalten soll, wie man es noch in den Speisekammern älterer Häuser antrifft. Nach seiner Form benannt wurde der *Fledermaus-*

sessel, ein hochlehniger, bequemer Polstersessel mit Nacken- und seitlichen Kopfstützen. Neuerdings ist auch die *Fledermausbrille* in Mode gekommen. *Bockmist* redet jemand, der sinnloses Zeug schwätzt.

Düstere Prophezeiungen sind *Unkenrufe,* und das letzte, meist bedeutendste Werk eines alternden Dichters gilt als dessen *Schwanengesang,* weil die Sage geht, daß der Schwan kurz vor seinem Tode einen wunderbaren Gesang ertönen lasse. Die hartnäckige Verfolgung eines oder mehrerer Menschen kann eine *Hasenjagd* sein, eine hetzerische Wühltätigkeit gleicht der *Maulwurfsarbeit,* ein großes Getue um eine unwichtige Sache erscheint uns oft als *(das reinste) Affentheater,* während unter *Katz- und Mausspiel* die Behandlung einer Person zu verstehen ist, die durch langes Hin und Her gequält wird. Irgendein Vorgang kann sich im *Affentempo,* im *Schweinsgalopp,* im *Schneckentempo* oder im *Krebsgang,* also schnell, langsam oder rückwärts, abspielen. Ein unehrliches Tauschgeschäft ist ein *Kuhhandel,* ein verlotterter Betrieb eine *Sauwirtschaft* oder ein (sogar in paradoxer Weise gesteigert: der *reinste) Saustall,* ein durchgreifendes, jedoch schmerzhaftes Heilverfahren eine *Pferdekur* (oder *Roßkur).* Wenn sich aber jemand mit einer *Pferdearbeit* (oder *Hundearbeit, Sauarbeit),* für die er nur einen *Hundelohn* (oder ein *Hundegeld)* bekommt, abplagen muß, während sein Nachbar (ein) *Sauglück* [19] (oder *Viechsglück)* hat und (ein) *Schweinegeld* (oder *Viechsgeld)* verdient, und wenn er dazu noch in einem elenden *Hundeloch* (oder *Rattenloch)* sein kümmerliches Dasein fristet, so ist das wirklich ein *Hundeleben* (oder *Sauleben, Hundeelend).* Bei einem *Hundewetter* (oder *Sauwetter, Schweinswetter, Lausewetter)* geht niemand gern aus dem Haus, nicht einmal einen *Katzensprung* weit. Auf die winterliche *Hundekälte* (oder *Saukälte, Bärenkälte)* folgt gewöhnlich Mitte Juni die *sog. Schafskälte* – die Schafe werden meist um diese Zeit geschoren und müssen dann in den kühlen Nächten jämmerlich frieren, wobei früher viele Jungtiere eingingen – und schließlich im Hochsommer eine *Affenhitze* (oder *Bullenhitze, Sauhitze),* die vor allem während der *Hundstage* herrscht. Diese Bezeichnung hängt mit dem Hauptstern im *Großen Hund,* dem Sirius oder *Hundestern,* zusammen, der vom 24. Juli bis zum 23. August mit der Sonne auf- und untergeht. In einigen dieser Beispiele soll die Zusammensetzung mit dem Tiernamen, insbesondere mit Hund-, Schwein- und Sau-, keinen Vergleich ausdrücken, sondern nur das Grundwort in verächtlichem Sinne betonen.

[19] Vgl. S. 100 *Schwein haben*

Plötzlich fing der Motor an zu bocken

Hauptwörtliche Ableitungen, die auf Tierisches Bezug nehmen, sind *Eselei* für Dummheit oder Ungezogenheit, *Lauserei* für etwas Unordentliches oder Unangenehmes, *Viecherei* für eine menschenunwürdige, schwere Arbeit, *Schweinerei* (oder *Sauerei, Ferkelei, Schweinigelei)* für unanständiges Benehmen, *Schweinerei* aber auch für einen Mißstand, eine Lotterwirtschaft. Nicht bildlich zu verstehen ist natürlich die *Schäferei,* ein landwirtschaftlicher Betrieb, der sich mit der Aufzucht von Schafen befaßt, und die mittelalterliche *Falknerei,* die Jagd mit Beizvögeln[20]. Die Hirtendichtung oder *Schäferpoesie* (daher: das Schäferstündchen, das Liebesidyll junger Leute, die sich gern als Schäfer und Schäferin verkleideten) war eine eigene Literaturgattung des 17. Jahrhunderts.

Oft benutzt man nur Teile des Tierkörpers zu Sprachbildern und Vergleichen, ohne den Namen eines bestimmten Tieres zu nennen, so z. B. wenn man vom *Schwanz* eines Flugzeuges, eines Papierdrachens, einer Lafette (Gestell für Geschütze) spricht, von der *Schnauze* des Flugzeuges, vom *Schweif* eines Kometen, vom *Stert,* dem Drehbalken der Windmühle, vom *Pflugsterz,* mit dem der Bauer seinen Pflug lenkt — Stert ist die niederdeutsche Form für Sterz(e), das mundartlich wiederum für Schwanz steht[21] —, von einem *Schwanz* als Nachsatz unter einem längeren Schriftstück oder als Schnörkel nach einem Namenszug und von einem *(langen) Schwanz* von Menschen, die einem Voranschreitenden folgen. Eine schlechte Handschrift wird eine *(schreckliche* oder *fürchterliche) Klaue* genannt, und unter *Tatze* versteht das süddeutsche Kind einen Schlag auf die Handfläche. Die mittelalterlichen *Schnabelschuhe* liefen vorn in eine lange Spitze aus, den *Schuhschnabel,* ähnlich wie die für kleine Kinder oder bettlägerige

[20] Vgl. S. 64 *Schäfer* und *Falkner* [21] Vgl. S. 20 *Wippstert* und *Quickstert*

Kranke bestimmten *Schnabeltassen* eine dem Vogelschnabel nachgebildete Trinköffnung hatten. Auch den Ausguß einer Kanne oder der Dachrinne sowie das Mundstück der Klarinette (daher: *Schnabelflöte)* bezeichnet man als *Schnabel,* während der Kaffeetopf eine *Schnauze* und eine große Zange oder ein Schraubenschlüssel ein *Maul* hat. Ebenso kann man von einem Bagger sagen, daß er mit seinem riesigen *Maul* (technisch Löffel genannt) das Erdreich aushebt. Bei den in Württemberg und Österreich so beliebten, aus Nudelteig und Hackfleisch bestehenden *Maultaschen* läßt sich vielleicht eine entfernte Ähnlichkeit mit den weiten Backentaschen des Hamsters entdecken, in denen er die Körner als Wintervorrat in seine Höhle trägt. Bekannte Gebäckstücke sind die *Hörnchen* (oder *Hörnle),* deren eigenartige Form ihren Namen erklärt. Die *Schwarte,* wie man die behaarte Haut verschiedener Tiere nennt, findet sich bildhaft in der *alten Schwarte* (eigentlich: ein in Schweinsleder gebundenes Buch aus früherer Zeit; dazu: *schwarten* = ein Buch gierig durchlesen). Im Schülerjargon ist eine *Schwarte* ein unerlaubtes Hilfsmittel, nämlich die heimlich benutzte gedruckte Übersetzung eines fremdsprachlichen Textes. Bei *Pelz* (dazu: *Pelzmantel, Pelzjacke, Pelzkragen*) versteht sich der Übergang vom Tierfell zum Kleidungsstück von selbst.

Das Wort *Flügel,* herstammend von fliegen, wurde von den Vogelschwingen nicht nur, was naheliegend ist, auf die Tragflächen eines Flugzeuges übertragen, sondern hat auch bildliche Zusammensetzungen[22], wie *Flügeltür, Flügelaltar, Flügelschraube, Flügelhaube, Fensterflügel, Türflügel, Lungenflügel, Nasenflügel, Windmühlenflügel, rechter* und *linker Flügel* eines Gebäudes oder einer Truppenformation (also Dinge, die in der Regel aus zwei symmetrischen Teilen bestehen), ergeben und wird überdies als Bezeichnung für ein besonders geformtes großes Klavier gebraucht. Das aus Heinrich Heines Gedicht „Lyrisches Intermezzo" stammende Zitat *auf Flügeln des Gesanges* ist fast zum *geflügelten Wort* (ursprünglich: eine schnell sich verbreitende Redensart) geworden. Während es kaum einer *beflügelten* Phantasie bedarf, um sich klarzumachen, wieso ein Schüler seine Klassenkameraden *überflügeln* kann, denkt das Kind, wenn es den *Federhalter* (dazu: Federfuchser = pedantischer Schreiber oder unfähiger Schriftsteller[23], ein Werk aus seiner Feder = ein von ihm verfaßtes Buch, federführend = maßgebend, vorbildlich auf literarischem Gebiet) zur Hand nimmt, in dem eine (früher auswechselbare) *Schreibfeder* steckt, bestimmt nicht daran, daß unsere Vorfahren einst mit dem Gänsekiel, der mit dem *Federmesser* zugespitzt wurde, schrieben, oder, wenn es abends *in die Federn* kriecht und am Morgen von der Mutter *aus den Federn* geholt wird, daß sein Deckbett (daher: *Federbett)* und sein Kopf-

[22] Vgl. S. 83 *flügellahm* [23] Vgl. S. 80

kissen mit Gänsefedern oder Daunen gefüllt sind. An die Grundbedeutung des Fliegens erinnern die zarten *Federwolken* am Himmel, an die Leichtigkeit der Feder (daher: *federleicht* [24]) ist beim *Federball* oder beim *Federgewicht* des Boxers zu denken. Noch weiter geht die Übertragung bei der *Sprungfeder*, der *Uhrfeder* und der *Wagenfeder*, elastischen Metallgebilden, die *Federkraft* (oder *Federdruck*) ausüben oder Schwung verleihen sollen (daher: das mit guter *Federung* versehene Fahrzeug und der Schwimmer, der von einem gut *gefederten* Sprungbrett *sich abfedert*), oder gar bei der *Triebfeder* (früher, z. B. bei Schiller, oft einfach *Feder* genannt), dem Motiv menschlichen Handelns. *Eisbein* (gepökelte Schweinshaxe) dagegen ist nicht bildlich zu verstehen. Dieses schmackhafte Fleischstück stammt zwar vom Schweinebein und mag beim Metzger eine Zeitlang auf Eis gelegen haben, aber sein Name geht entweder auf das griechische Wort ischion (Hüftknochen; vgl. lat. Ischias = Hüftschmerzen) zurück oder hängt damit zusammen, daß in nordischen Ländern aus den Schienbeinen der Schweine Schlittschuhe, also gewissermaßen „Eis(lauf)knochen" angefertigt wurden.

Auch bei anderen Wortarten gibt es Vergleiche aus dem tierischen Bereich. Oft handelt es sich hier einfach um Bezeichnungen, die Form, Farbe und Beschaffenheit eines Dinges betreffen, z. B. *(kohl)rabenschwarz, schwanenweiß, mausgrau, krebsrot, taubenblau, froschgrün, kanariengelb, flohbraun, spinnwebfein, getigert, versaut.* Bei *wurmstichig* (oder *wurmig*), *vermottet* (oder *mottig*), *madig, verlaust, verwanzt* liegt natürlich kein Vergleich vor; doch liest man gelegentlich von einer *vermotteten*, d. h. unzeitgemäßen, gewissermaßen wertlos gewordenen Denkungsweise. Die Wörter *hundekalt* und *saukalt* enthalten (wie die entsprechenden Hauptwörter [25]) eine Verstärkung des Begriffes, was ebenso für *saumäßig, schweinemäßig* und *bärenmäßig* gilt. Auch lausig, als Umstandswort gebraucht, soll das ihm folgende Wort hervorheben. So kann es *lausig kalt* sein, so mag der eine *lausig viel (Geld)* verdienen, während es dem andern *lausig schlecht* geht. Das Eigenschaftswort lausig hat die der unbeliebten Laus zukommende verächtliche Bedeutung angenommen [26]. Daher spricht man etwa von einem *lausigen* (elenden, schmutzigen) Dorf, von einer *lausigen* (verhaßten, unwürdigen) *Arbeit*, von *lausigen* (schlechten, schweren) *Zeiten.* Eine Sache (oder Person) *madig machen* heißt: sie so schlechtmachen, daß sie schließlich jeden Wert verloren hat wie ein von Maden angefressenes Stück Fleisch oder ein wurmstichiger Apfel. Wenn etwas *nicht (ganz) hasenrein* ist, so müssen wir an einen Jagdhund denken, der auf Rebhühner oder Edelwild abgerichtet ist und die aufgescheuchten Hasen laufen läßt. Anschauliche Sprachbilder haben wir vor uns, wenn ein

[24] Vgl. S. 83 *mit federnden Schritten* [25] Vgl. S. 50 [26] Vgl. S. 65 *Lausejunge*

Schriftsteller von einem Bächlein erzählt, das sich durch die Wiesen *schlängelt,* oder wenn der Geologe sagt: der Gletscher *kalbt,* was bedeutet, daß er Eismassen abstößt. *Bocken* kann, genau wie ein störrischer Esel, auch das Auto, dessen Motor nicht anspringen will, und manchmal werden wir durch einen Spuk *geäfft,* d. h. getäuscht, irregeführt.

Eines Tages kam ein Brief ins Haus geflattert

Sogar ohne Erwähnung tierischer Körperteile finden sich bei der Benennung von Dingen und Vorgängen bildliche Beziehungen zum Tierreich. Der Lautsprecher *krächzt,* sagen wir, das Flugzeug *brummt,* die Sirene *heult,* das Ventil *zischt,* der Ventilator *summt,* das Maschinengewehr *bellt,* eine Lokomotive älterer Bauart kommt *fauchend* daher (oder *kommt angefaucht*) — alles Geräusche, die, wenn auch in etwas anderer Art, eigentlich nur von Tieren hervorgebracht werden. Zwar wird man sich dessen beim Anhören solcher Sätze kaum bewußt, noch weniger, wenn jemandem der Kopf *brummt* oder der Magen *knurrt.* Aber bei den *züngelnden* Flammen drängt sich uns wohl unwillkürlich die Vorstellung von der gespaltenen Zunge einer Schlange auf, und die *leckende* Flamme (daher: *Feuerzunge*) läßt an eine gierige Wildkatze denken, während die Wörter *Beißzange* und *Schnappschloß,* das *zuschnappt* (oder *einschnappt*), an das zupackende Gebiß von Hunden oder Raubtieren erinnern. Wenn uns ein Brief ins Haus *flattert,* haben wir im Geiste das Bild eines Vogels vor Augen, der wie in dem bekannten Kinderlied einen Zettel im Schnabel trägt. Der *Summer* ist ein elektrisches Signalgerät, das einen ähnlichen Ton erzeugt wie die ebenso benannte dicke Fliege, und von dem unruhigen Umherschwärmen der Bienen hat zweifellos der als *Schwärmer* bekannte Feuerwerkskörper seinen Namen erhalten. Auch Verbindungen wie *heulender* Sturm, *brütende* Hitze, *beißende* Kälte, *verbissener* Eifer, *bissige* Bemerkungen, *galoppierende* Schwindsucht, *abgesoffener* Bergstollen sind bildkräftig und anschaulich. Ein nicht minder treffender Vergleich liegt im *Gedankensprung*, in der Phantasie, die *tolle* (oder *große, riesige, ungeheure*) *Sprünge* macht, und in der *Brutstätte des Lasters*. Die *weitschweifige* Beschreibung, die mancherlei *Abschweifungen* enthält, der *ausschweifende* Lebenswandel, die *weitläufige* Verwandtschaft stammen vom Hofhund, der einen weiten Auslauf hat, und *hochtrabende* Redensarten nehmen Bezug auf ein im Trab befindliches Pferd, dessen Reiter stolz auf seine Umgebung herabblickt.

Insbesondere pflegt man das Wort fressen von der Tierwelt auf andere Zusammenhänge bildlich zu übertragen. Wir sprechen von *fressenden* Geschwüren, vom Ofen, der viel Kohle *frißt*, von Eisenteilen, die vom Rost *zerfressen* wurden, von hohen Steuern oder Schuldzinsen, die unseren Verdienst fast *auffressen* (oder *verschlingen*), von Sorgen, die am Herzen *fressen* (oder *nagen*), vom Haß, der sich ins Herz *hineinfrißt*, oder von einem aufreibenden Beruf, der manchen gar *mit Haut und Haaren frißt*. Ströme *fressen* sich durchs Gebirge, Kälte und Feuer durch die Wände, die Sturmflut *frißt* sich ins Land, der Rauch in die Lunge, der Bagger ins Erdreich, die Säge ins Holz, der Bohrer ins Metall, und der Rennwagen *frißt* die Kilometer [27]. Mit (fr)essen und beißen sind die Wörter ätzen und beizen verwandt. Jenes bedeutet eigentlich: zum Essen oder Fressen veranlassen (daher: *Atzung*, besonders in der weidmännischen Sprache = Fütterung oder Vogelfutter), dieses: zum Beißen bringen (daher: *Beize* = Falkenjagd, bei der tatsächlich oft der Halswirbel des erjagten Kleinwildes durchgebissen wurde). Dabei denken wir wohl eher an die Nahrungsaufnahme des Tieres als an die des Menschen, zumal da ja die Futtersuche des Wildes mit *äsen* (sprachverwandt mit essen) bezeichnet wird. Die *ätzende* Säure „zerfrißt" den Stoff oder das Metall, die *Beizfarbe* dringt ins Holz ein, so wie der *beizende* Qualm in die Augen „beißt".

„Geld *heckt*", lautet ein volkstümliches Sprichwort, d. h. es vermehrt sich schnell (wie Mäuse und Kaninchen), weshalb man auch vom *Heckpfennig* spricht, den man nie ausgeben soll. Den häßlichen Ausdruck *Kanonenfutter* hat man im Kriege auf Soldaten angewandt, die der überlegenen Waffengewalt des Gegners sinnlos geopfert wurden. Neuerdings wird auch ein Computer *gefüttert*, nämlich mit Zahlen und Daten. Das *Nest* ist der Brutplatz und die Wohnstätte von Vögeln und anderen Tieren. Aber das Wort begegnet uns noch in mancherlei Übertragungen, denen allen — abgesehen

27 Vgl. S. 87 *Kilometerfresser*

vom *Nest* als Haartracht, womit natürlich die Nachahmung der Form gekennzeichnet werden soll – der Begriff der Geborgenheit oder der versteckten Lage gemeinsam ist, obgleich in Wahrheit die Vogelnester den Unbilden der Witterung und der Gefahr der Plünderung durch andere Tiere ausgesetzt sind. In diesem Sinne reden wir von *Nestwärme,* von einem *Liebesnest* oder einem *Räubernest* (oder *Diebesnest),* und im Volksmund ist das Bett unser *Nest.* Wie die jungen Vögel, so kehren die Kinder ins *elterliche Nest,* ins schützende Elternhaus, zurück, mag dieses sich auch in einem *kleinen* (oder *bescheidenen, langweiligen, verträumten, weltabgeschiedenen, gottverlassenen) Provinznest,* also auf dem Dorfe oder in der Kleinstadt befinden, etwa in *Krähwinkel,* das seit Jean Paul und August von Kotzebue als Urbild eines deutschen *Klatschnestes* gilt. Den mit Untergewicht geborenen Säugling legen die Ärzte in den Inkubator, volkstümlich *Brutkasten* genannt, und im *Laufstall* macht das Kleinkind seine ersten Gehversuche.

Das Schiff ging mit Mann und Maus unter

Die Tatsache, daß wir gewöhnt sind, eine Reihe geläufiger Ausdrücke und Redewendungen irrtümlicherweise oder auf Umwegen mit der Tierwelt in Verbindung zu bringen [28], ist nur ein Beweis mehr dafür, wie

[28] Vgl. S. 80 f. *fuchsen, spinnen, fliegen*

eng diese dem Bewußtsein des Menschen verhaftet ist. Die Sprachforschung tappt hier freilich manchmal noch im dunkeln. Das klassische Beispiel für die fehlerhafte Anwendung einer Tierbezeichnung dürfte der vielzitierte *Amtsschimmel* sein, womit man die bürokratische Arbeitsweise gewisser Dienststellen zu verspotten pflegt. Hier liegt entweder eine Ableitung von dem lateinischen Wort similis (sächlich: simile = ähnlich, desgleichen) vor, das sich im alten Österreich als Aufdruck auf behördlichen Formularen fand und besagen sollte, daß nach dieser Anleitung Meldungen und Eingaben abzufassen seien, oder eine Anspielung auf die Stöße unerledigter Akten, die sich, wie verderbliche Lebensmittel mit einem pilzartigen, weißlichen Schimmelüberzug, bei langem Liegen mit einer dicken Staubschicht überziehen. Wenn auch der Begriff Schimmel (Pilzbelag) der gleichen Farbe wegen schon in früherer Zeit auf ein weißes Pferd übertragen wurde, erscheint es doch als sinnlose Stilblüte, vom „bockenden Amtsschimmel" zu sprechen, den man zwischen den Zeilen einer amtlichen Verlautbarung „wiehern, stampfen und schnaufen" höre und der „in Trab gesetzt" werden müsse. Wenig Wahrscheinlichkeit hat die Annahme, daß ein Zusammenhang mit den ehemals berittenen Schweizer Gerichtsboten bestehe. Ähnlich verhält es sich mit dem *Pleitegeier*. Es ist nicht der unbeliebte Raubvogel, der etwa einem verschuldeten Kaufmann auf das Dach seines Hauses fliegt. Man kann also nicht „schon den Pleitegeier kreisen sehen" oder „seine Fittiche bedenklich nahe rauschen hören". Vielmehr wurde hier ein von jüdischen Händlern stammendes hebräisches Wort pelêtâ, später pleto (Flucht, nämlich vor der Schuldhaft, die dem zahlungsunfähigen Handelsmann drohte) und das deutsche Zeitwort gehen zu einem Begriff zusammengezogen: Wer „pleite geht", muß vor seinen Gläubigern flüchten. Nach einer anderen Erklärung wird allerdings der zweite Teil des Wortes mit dem Adlerbild auf dem Pfändungssiegel in Zusammenhang gebracht [29]. Auch beim *grauen* (oder *grünen, schwarzen) Star* irrt der Sprachschöpfer. Die Augenkrankheit ist mit dem Vogelnamen in keiner Weise sinnverwandt, sondern stammt von starren ab (vgl. engl. to stare, mittelhochdeutsch starblint). Zu demselben Wortstamm gehört das ebenso falsch verstandene *stieren* (dazu: jemanden *anstieren*, vor sich *hinstieren)*. Es kommt von „stier", einer Nebenform von starr (verwandt mit stur und störrisch), mag auch der Vergleich mit dem glotzigen Blick des Stierauges auf der Hand liegen. Daß *ein paar Kröten* eine geringe Geldsumme darstellen, weiß jeder. Warum sollte aber gerade das häßliche Krötentier seinen Namen dafür hergegeben haben? Viel einleuchtender ist die Deutung, daß hier eine Falschschreibung des plattdeutschen Wortes Gröten vorliegt, das nichts anderes als Groschen bedeutet. Es kann sich aber auch

[29] Vgl. S. 60 *Kuckuck* und *Rappen*

um „Große" (niederdeutsch Grote), nämlich größere Groschenstücke gehandelt haben, obwohl der (zuerst in Böhmen eingeführte) Groschen (von lat. grossus = dick) an sich schon auf die Stärke oder Größe der Münze hindeutet. Auch wenn jemand mit offenem Munde verdutzt dasteht oder dasitzt und *Maulaffen feilhält,* müssen wir auf die niederdeutsche Mundart zurückgreifen, etwa auf den Satz: „Er hält dat Mul apen (offen)", so wie die *Affenschande* als „openbare" (offenbare) Schande gedeutet wird.

In vielen Gasthäusern trifft man Reklameschilder an, auf denen *Bockbier* insbesondere *Maibock)* angepriesen wird und ein Ziegenbock abgebildet ist — wieder ein sprachlicher Mißgriff. Denn das beliebte Bockbier, das man sogar in Frankreich als „un boc" bestellt, wurde in der niedersächsischen Stadt Einbeck aus der Taufe gehoben, wo es im Jahre 1361 erstmalig gebraut worden sein soll und als „Einpöckisch Bier" in den Handel kam. Zum Bier wird gern eine heiße *Bockwurst* verzehrt, die aber nicht, wie der Name vermuten läßt, aus Ziegenfleisch besteht. Ein findiger Berliner Fleischermeister stellte im vorigen Jahrhundert eine wohlschmeckende Wurst her, die zur Zeit des Bockbieres besonders gefragt war und wie dieses alsbald ihren Siegeszug durch ganz Deutschland antrat. Wenn die ehemaligen Studenten bei ihren Kneipabenden einen *Salamander rieben,* so dürfte es schwerfallen, diese eigenartige Trinksitte, bei der die Biergläser unter lautem Geklapper hin und her geschoben wurden und dann auf einen Zug ausgetrunken werden mußten, mit dem zierlichen Kriechtier in Zusammenhang zu bringen. Die Erklärung, das Wort sei aus der Aufforderung: „Sauft alle miteinander!" zusammengezogen, klingt wenig glaubwürdig. Möglicherweise liegt hier eine Verballhornung eines orientalischen Wortes vor. Wer so eifrig gezecht hat, braucht sich nicht zu wundern, wenn er am nächsten Morgen mit einem tüchtigen *Kater* (daher: *Katerfrühstück, Katerbummel* und wohl auch die *Kateridee,* ein verrückter Einfall) aufwacht und *verkatert* aussieht, wie man ja auch nach einer ungewohnten sportlichen Anstrengung mit einem *Muskelkater* rechnen muß. Auch dieser Ausdruck gehört nicht ins Tierreich, obgleich in den sog. Bierzeitungen der Studenten und älteren Schüler oft die Karikatur eines Katzentieres mit gesträubtem Haar und einem gewaltigen Buckel zu finden ist. Wir haben es in diesem Falle mit einer Volksdeutung des griechisches Wortes Katarrh (vielleicht unter Einfluß von „Katzenjammer") zu tun.

Dieselbe unerwünschte Wirkung kann durch ein anderes alkoholisches Getränk, die sog. *kalte Ente,* ein Gebräu aus Weißwein, Zucker und Zitrone, hervorgerufen werden. Dieses beliebte Getränk trägt seinen Namen ebenfalls zu Unrecht; denn es bildete einst bei den Offiziersgesellschaften des deutschen Kaisers Wilhelm II. das „kalte Ende" einer üppigen

Mahlzeit, das einzelne Gäste dem üblichen heißen Mokka vorzogen. Mit dem Ausdruck *(dicke) Ente* belegt die Sprache ein haltloses Gerücht, insonderheit eine falsche Zeitungsmeldung (vgl. franz. un canard), früher *blaue Ente* genannt, wohl deshalb, weil Blau als die Farbe des Unwirklichen, nebelhaft Verschleierten gilt. Nach der Meinung einiger Sprachforscher kann bei der Entstehung dieses seltsamen Sprachbildes das einem hohlen Geschwätz gleichende Entengeschnatter oder auch das Jägerlatein eines alten niederländischen Berichtes über eine abenteuerliche Entenjagd mitgewirkt haben, während andere eine Abwandlung des Wortes „Lugente" annehmen, das seinerseits wieder eine wahrscheinlich unter Einfluß der Wörter Lug und lügen entstandene Volksdeutung von Legende (im Sinne einer unglaubwürdigen Erzählung) darstellt. Es gibt sogar die Vermutung, daß die „Zeitungs-Ente" aus der gelehrten lateinischen Abkürzung n. t. (gespr. en-te) für non testatum (nicht bezeugt, unbewiesen) hervorgegangen sei. Die Maus ist mit dem empörten Ausruf: *„Daß dich das Mäuslein beiß(t)!"* nicht gemeint. Von einer Maus gebissen zu werden, ist zwar nicht gerade angenehm, aber doch verhältnismäßig harmlos. Der mittelalterliche Mensch wollte jedoch mit dieser bösartigen Verwünschung sagen, daß der andere von der „Meiselsucht" (oder Miselsucht), dem Aussatz, befallen werden solle, so wie man ja auch einem verhaßten Feind „die Pest an den Hals" wünschte. Die selten gewordene Redensart ist in Schwaben in der abgewandelten Form *mich soll's Meisle beiße* (oder *hole)* zu hören, wobei eine gebräuchliche Verwünschung wie etwa „der Teufel soll mich holen, wenn ..." mitgespielt haben mag. Ein fremdes Wort, nämlich das holländische meisje (Mädchen, hier: Frau), hat wahrscheinlich Pate gestanden, wenn berichtet wird, ein Schiff sei *mit Mann und Maus untergegangen,* wobei es allerdings naheliegt, an die Schiffsmäuse zu denken.

Ob, wie allgemein angenommen wird, die vielgebrauchte Redensart *sein Schäfchen ins trockne bringen* (oder *im trocknen haben)* auf einer falschen Übersetzung des niederdeutschen Wortes schepken (Schiffchen) beruht, ist umstritten, wenn sich auch der Vergleich, daß man in unruhigen Zeiten seinen Besitz in Sicherheit zu bringen sucht, so wie die Fischer bei Sturmgefahr ihre Boote aufs trockene Land ziehen, geradezu anbietet. Die einfachste Erklärung wäre natürlich: bei drohendem Gewitter die Schafe in den schützenden Stall führen. Auch die Herkunft der Redensart *einen Bock schießen* (einen Irrtum begehen, eigentlich: einen Fehlschuß tun) bleibt unklar. Sie ist wohl mit der Verwendung des Wortes Bock als Verstoß (gegen eine Regel) [30] zusammengefallen. Einige Sprachforscher weisen darauf hin, daß früher der schlechteste Schütze als Spott- und

[30] Vgl. S. 48

Trostpreis entweder ein kleines Schwein oder ein Böckchen bekam [31]. Genau das Gegenteil hat derjenige getan, der *den Vogel abgeschossen* hat wie der Meisterschütze, wenn er beim Zielschießen den hölzernen Vogel oder die Tontaube herunterholte (daher: *Vogelschießen* und *Vogelwiese,* erweiterte Begriffe für Schützenfest und Rummelplatz). Er hat also keinen Bock geschossen, sondern das Beste geleistet, den größten Erfolg erzielt. Hierin steckt freilich kein unmittelbarer Tiervergleich, da es sich ja um eine von Menschenhand stammende Nachbildung eines Tieres handelt. Das Amtssiegel, das der Gerichtsvollzieher auf die Möbel klebt, der sog. *Kuckuck,* war ursprünglich ein Adler, der als Symbol der staatlichen Oberhoheit auf der Siegelmarke abgebildet war. Auch bei diesem Ausdruck liegt also kein Vergleich mit einem wirklichen Tier, sondern nur mit einer bildlichen Darstellung eines solchen vor. Das gleiche ist der Fall, wenn die kleinen Münzen, die zuerst in Freiburg und im Elsaß geschlagen wurden und jetzt als niedrigstes Zahlungsmittel in der Schweiz im Umlauf sind, *Rappen* genannt werden (ähnlich engl. *eagle,* eine amerikanische Goldmünze, so benannt nach dem Adlerbild auf ihrer Rückseite). Diese Bezeichnung erinnert wahrscheinlich an den einstmals aufgeprägten Kopf eines Raben, dem Wappentier der betreffenden Stadt — die Wörter Rappe und Rabe gehen wegen der beiden Tieren gemeinsamen schwarzen Farbe aus derselben Wurzel hervor — oder stellt eine Verhöhnung des Adlerbildes dar.

Ein *Steckenpferd* war zunächst nichts anderes als ein an einem Stock (Stecken) befestigter, als Kinderspielzeug dienender Pferdekopf; heutzutage verstehen wir darunter jedoch in der Regel die Lieblingsbeschäftigung eines Erwachsenen, sein „Hobby" (nach engl. hobby = Liebhaberei, aber hobby-horse = Schaukelpferd), also ebenfalls ein indirekter Vergleich. Und wie steht es mit dem *roten Hahn,* der jemandem aufs Dach gesetzt wird? Hier haben wir offenbar einen sog. Gaunerzinken vor uns, der mit Rötelstift — Rot ist die Farbe des Feuers, und der Hahnenschrei kündigt den Tagesanbruch, die Morgenröte an — an ein mit Brandstiftung bedrohtes Gebäude gemalt wurde und einem Hahn ähnlich sah. Diese Geheimsprache war nur den Bettlern und Landstreichern vertraut. Der Uneingeweihte hätte vielleicht den burschikosen Ausspruch getan: *„Das kann kein Schwein lesen"* (oder: *„Das versteht kein Schwein, daraus wird kein Schwein klug"*, wobei für Schwein zuweilen das noch derber klingende Wort *Sau* eintritt). Das Borstentier selbst, obschon es nicht gerade im Rufe sonderlicher Intelligenz steht, hat mit dieser Redensart nichts zu tun, wohl aber der entsprechende Personenname, und zwar in seiner niederdeutschen Form Swin, Swien oder Swyn. Eine so benannte

[31] Vgl. S. 100 *Schwein haben*

Familie soll nämlich im 17. Jahrhundert in Dithmarschen gelebt haben, und da ihre Mitglieder als hochgelehrte Leute galten, hieß es, wenn keines von ihnen ein besonders schwieriges Schriftstück entziffern konnte: „Dat kann keen Swyn lesen."

Ebenso steckt in dem viel zitierten Satz: *„Mein Name ist Hase"* (ich weiß davon nichts) ein Familienname. Viktor Hase, ein ehemaliger Heidelberger Student, hatte einem Kommilitonen mit Hilfe seiner eigenen Ausweiskarte zur Flucht verholfen und verweigerte, zur Rede gestellt, mit den obigen Worten jede Aussage. Auch beim *Bückling* (auch *Bücking, Bückig* oder *Bückel* genannt), hat man den Ursprung in einem Personennamen gesucht. Nach dieser Theorie stammt der Ausdruck von einem holländischen Fischer namens Bökel, Beukeleß (niederländisch eu = ö) od. ähnl., der im 14. Jahrhundert lebte und der erstmalig eine Konservierungsmethode für grüne Heringe angewandt oder doch zum mindesten einen schwunghaften Handel mit dem begehrten Volksnahrungsmittel getrieben haben soll. Selbst der Lyriker Heinrich Heine befaßt sich mit diesem recht prosaischen Thema: In seiner „Harzreise" vertritt er die Meinung, daß ein gewisser Wilhelm Bücking der „Erfinder" des schmackhaften Räucherfisches gewesen sei. Glaubwürdiger sind diejenigen Erklärer, die, ausgehend von dem scharfen Geruch, eine Ableitung von Bock (ältere plattdeutsche Formen: bocksharing, bokking, bucking, bückinc u. ähnl.) annehmen, wobei die Anhängung der Nachsilbe -(l)ing keine sprachliche Besonderheit darstellt. Die Schreibung *Pökling* (in Sachsen noch jetzt: *Bökling*) ist wohl als gepökelter, d. h. eingesalzener (und geräucherter) Hering zu verstehen. Andererseits kann jedoch auch umgekehrt Pökling eine volkstümliche Umdeutung von Bückling sein. Wer aber gar bei der Redensart *Bücklinge machen* (sich tief verbeugen, in übertragenem Sinne: jemandem schmeicheln, ihn überfreundlich behandeln) an Ziegenbock oder Salzhering denkt, ist bestimmt aufs Glatteis geraten. Sie ist natürlich mit den Wörtern bücken und Buckel (in Österreich: Buckerl = Verbeugung) verwandt; denn vor einem anderen Menschen den Rücken krümmen bedeutet: ihm seine Ehrerbietung zu erweisen.

Zu Unrecht glaubt man auch in einigen Eigenschafts- und Umstandswörtern einen Tiernamen zu entdecken. In *mausetot* ist kein totes Mäuschen verborgen, sondern das niederdeutsche Wort murs oder mors, das soviel wie ganz und gar bedeutet und in diesem Falle nur als verstärkende Vorsilbe dient: mu(r)sdot = völlig leblos. In gleicher Weise soll bei *(mucks) mäuschenstill* das Bestimmungswort dem Begriff besonderen Nachdruck verleihen. Auch *mausig* hängt nicht mit Maus zusammen, höchstwahrscheinlich aber mit der Mauser, dem alljährlichen Wechsel des Federkleides der Vögel. Da bei der Falkenjagd die Beizvögel sehr keck und angriffslustig wurden, hat *sich mausig machen* den Sinn von: sich wichtig tun, sich herausfordernd benehmen angenommen. Mit Ratz (oder Ratze), einer volkstümlichen Bezeichnung für die Ratte (aber auch für Iltis, Marder und Hamster), wird gewöhnlich *ratzekahl* (süddeutsch zu *ratzebutz* abgewandelt) in Verbindung gebracht und als kahl (nackt) wie eine Ratte gedeutet. Es ist aber nichts anderes als eine Verstümmelung des Fremdwortes radikal (von lat. radix = Wurzel), heißt also: von Grund auf, vollständig, ohne Rücksicht. Daher sagt man z. B.: „Der Hund hat alles *ratzekahl aufgefressen*", wenn er nicht den kleinsten Rest übriggelassen hat. Wer im Regen *pudelnaß* geworden ist, gleicht zwar gewissermaßen einem aus dem Wasser gezogenen Pudel. Zugrunde liegt hier aber der mundartliche Ausdruck die Pudel oder Pfudel (Pfuhl, Pfütze; vgl. engl. pool = Wasserbecken, puddle = Wasserlache). Allerdings ist der Hundename eng damit verwandt. Denn der *Pudelhund,* wie er eigentlich heißt, ist sozusagen ein „Pfützenhund", der im Wasser *pudeln* (plätschern, schwimmen) mußte, weil er zur Jagd auf Sumpf- und Wasservögel abgerichtet war. Sein Revier bildeten also Teiche und schmutzige Tümpel; mit dem modisch getrimmten Liebling der eleganten Dame von heute hatte er herzlich wenig gemein.

3. Wesen, Verhalten und Aussehen des Menschen im Tiervergleich

Die Kleine ist ein richtiges Spiegeläffchen

Von besonderem Interesse sind diejenigen Fälle, wo dem Menschen, seiner Wesensart und seinen Handlungen Bezeichnungen beigelegt werden, die mit Tiernamen verbunden oder selbst Tiernamen sind. Das Wort Vergleich ist hier im weiteren Sinne gemeint. In der Sprachlehre stehen den eigentlichen Vergleichen die bildhaften Übertragungen (Metaphern) gegenüber, bei denen man Begriffe, veranlaßt durch die Beobachtung gemeinsamer Merkmale, auf andere, ihnen ursprünglich wesensfremde Gebiete „überträgt", ohne daß der Vergleichspunkt näher bezeichnet wird. So gesehen, sind alle Übertragungen sowie die meisten Sprichwörter Gleichnisse, da ja zwei Dinge miteinander verglichen, gewissermaßen „gleichgesetzt" werden.

Die zahlreichen Tier-Personennamen wie *Wolf(f), Bär* (oder *Baer), Löwe, Ha(a)se (oder Haas), Hund, Katz, Ochs, Rapp, Bock, Stier, Hammel, Scha(a)f, Kalb, Eichhorn, Adler, Falk(e), Geier* (oder *Geyer), Ra(a)be* (oder *Raab), Hahn, Storch, Schwan, Strauß, Zeisig, Fink(e), Sperber, Hecht, Hering* (oder *Häring),* leiten zum größten Teil von den alten Hausnamen [1] ihren Ursprung her, indem einfach der Name des Hauses auf seine Bewohner übertragen wurde und sich dann weiter vererbte. Andererseits verlieh man den Menschen oft Namen von Tieren, um mit deren Eigenschaften den Träger zu kennzeichnen. Dies ist auch bei einigen Taufnamen germanischer Herkunft der Fall. So steckt Wolf in *Wolfgang, Wolfram,*

[1] Vgl. S. 39

Adolf und *Rudolf,* Bär in *Bernhard, Bernd, Bernt* und *Benno,* Aar in *Arno, Arnold, Arnulf* und (zusammen mit Adler) in *Adolar,* Eber in *Eberhard,* Löwe (in der lateinischen Form Leo) in *Leonhard.* Im 12. Jahrhundert kämpfte *Albrecht der Bär,* der Markgraf von Brandenburg, gegen den sächsischen Herzog *Heinrich den Löwen,* und jeder Junge kennt die Indianerhäuptlinge *Großer Adler, Grauer Bär, Fliegende Schlange* und *Falkenauge.* Familiennamen, die Verkleinerungsformen darstellen (z. B. *Böcklin, Wölfflin, Hühnlein*) oder nach Teilen des Tierkörpers gebildet wurden (z. B. *Hühnerkopf, Hühnerbein, Hasenfuß*), sind wohl mehr als spöttische Übernamen aufzufassen.

Das Schaf ist übrigens — wenn wir von dem in Deutschland glücklicherweise ausgestorbenen Handwerk des *Voglers* (daher: *Heinrich der Vogler,* Beiname des Sachsenkönigs Heinrich I.) oder *Finklers* (dazu: *Vogelsteller, Vogelherd, Finkenherd*), von der Beizjagd, die von den *Falknern* ausgeübt wurde, und von dem mundartlichen Ausdruck *Küher* für den schweizerischen Alpenhirt absehen — das einzige Tier, das einem ganzen Berufsstand seinen Namen verliehen hat, dem des *Schäfers,* der dann (wie Vogler und Falkner) zum Familiennamen wurde.

Tiernamen dienen häufig als Scheltwörter, zugleich aber auch als Kosenamen oder Scherznamen. Hierbei sollte man bedenken, daß manche Tiere erst im Zusammenleben mit den Menschen die für sie als charakteristisch geltenden Eigenschaften angenommen haben und daß wir andere ganz zu Unrecht als dumm, faul oder bösartig hinzustellen pflegen. In Schillers „Räubern" findet sich die Stelle: „Was sagt der *Schafskopf?* Der *Esel* will für uns alle denken?" Der Reformator Martin Luther bezeichnet die pedantischen Bibelausleger als *Esel* und *Eselsköpfe,* die lärmenden Schwätzer im damaligen Reichstag als *Dohlen* und *Krähen.* In Goethes „Faust" wird Mephisto mit den Tiernamen *Schlange, Hund, abscheuliches Untier* und *Wurm* belegt, und als die Meerkatze in der Hexenküche — ein Tier zwar, aber Kater und Kätzin treten ja dort wie Menschen handelnd und redend auf — den Kessel überlaufen läßt, wettert die Alte los: *„Verdammtes Tier! Verfluchte Sau!"* Ein besonders dankbarer Boden ist in dieser Hinsicht Heinrich von Kleists Lustspiel „Der zerbrochene Krug". Dort hören wir außer den wenig schmeichelhaften Bezeichnungen *Schafsgesicht, Rabenaas, liederlicher Hund, verfluchter Hund, niederträchtiger Maulaffe* die folgenden Sätze: „Als ob ein Stück von meinem *Hornvieh* spräche!" und „Was glotzt Er da? ... Steht nicht der *Esel* wie ein *Ochse* da?" In der Alltagssprache des Volkes sind derartige Kraftausdrücke gang und gäbe. Durch die Tiernamen *Schaf* (gesteigert: *Blähschaf, Bäschaf*), *Hammel* (oder *Schöps;* gesteigert: *Blödhammel*), *Kalb* (schweizerisch *Chaib,* das aber auch wie *Kaib* oder *Keib* Aas, Luder bedeuten kann) oder *Mondkalb* (eigentlich:

eine angeblich unter Einfluß des Mondes entstandene Mißgeburt; vgl. engl. moon-calf = Tölpel), *Rind(vieh)*, *Hornvieh*, *Ochse* (gesteigert: *Hornochse*, *Brummochse)*, *Kamel*, *Roß* (gesteigert: *Riesenroß)*, *Esel* (gesteigert: *Quadratesel)*, *Büffel*, *Rhino(zeros)*, *Karnickel*, *Dackel* (gesteigert: *Saudackel*, schwäbisch *Halbdackel)*, *Dusseltier* u. a. wird jemand als beschränkt bloßgestellt. Etwas milder mutet die Anrede *(dummer) Gimpel* an, die mit der vermeintlichen Einfalt jenes Singvogels [2] in Verbindung gebracht wird. Mit der Anrede *junger Dachs* soll jugendliche Unerfahrenheit und Anmaßung gekennzeichnet werden. Einen leichten Tadel schließt ferner das Wort *Urian* ein, wohl eine Verstümmelung von Auerhahn, der in der Faustsage als der Teufel auftritt. Kinder als *(kleine) Spatzen* zu bezeichnen, kommt sogar beinahe einer Schmeichelei gleich [3], um so mehr als das Wort Spatz (ähnlich wie Sperling) eine verniedlichende Form des alten Vogelnamens (sparo, spare) ist.

Schmutziges Aussehen oder unflätiges Benehmen wird mit *Schwein*, *Sau* [4], *Hacksch* (mundartlich für Eber, das männliche Schwein) oder *Ferkel* (gesteigert: *Dreckschwein*, *Drecksau*, *Dreckferkel*, *Stinksau*, *Toppsau*, *Pottsau)*, *Schweinigel* (oder *Sauigel)*, *Stinktier*, *Dreckratte* (oder *Dreckratz)*, *Mistfink*, *Mistbiene* oder *Mistkäfer* gebrandmarkt. Stark abgeschwächt klingt es wieder, wenn man ein unsauberes Kind mit leisem Verweis als *(kleiner) Schmutzfink* (oder *Dreckfink)* oder *Dreckspatz* anspricht. In der Schule muß es sich wegen seiner liederlichen Handschrift als *Schmierfink* tadeln lassen, und ein ungekämmtes Mädchen nennt man *Zottelbär*. Ein verwegenes Bürschchen ist ein *(freches) Räbchen*, ein *Frechdachs* (oder *frecher Dachs)* oder ein *Lausejunge* (oder *Lausbub*, *Lausebengel*, *Lauser)*. Benimmt er sich sehr ungehörig, wird er zum *Saujungen* (oder *Saubengel)*. Seltener ist die Anrede *du Hirsch* oder *du Vogel* zu hören. Die vertrauliche Redewendung *mein lieber Schwan* stammt wohl aus Richard Wagners Oper „Lohengrin", wo sich der Ritter von seinem treuen Weggenossen mit den Worten verabschiedet: „Nun sei bedankt, mein lieber Schwan!"

Starke Beschimpfungen, die meistens den Vorwurf charakterlicher Minderwertigkeit beinhalten, sind *Saukerl* (oder *Schweinekerl*, *Saumensch*, *Sauluder*, *Saulump*, an mehrere Personen gerichtet: *Saubande*, *Schweinebande*, *Saupack)*, *Affe* (gesteigert: *Brüllaffe*, *Grasaffe*, *Lackaffe)*, *Affenpinscher*, *Mistbock (frecher, gemeiner, feiger, falscher, dummer, dämlicher, blöder, krummer) Hund* (gesteigert: *Schweinehund*, *Sauhund*, *Dreckhund*, *Misthund*, *Lumpenhund*, *Bluthund*, *Himmelhund*, *Höllenhund* [5], *Galgenhund)*, *Hundeseele*, *Hundsfott*, *Mistköter*. Aus dieser Aufzählung ist zu ersehen, daß neben Schwein und Affe der Tiername Hund

---

[2] Vgl. S. 28 [3] Vgl. S. 73 Domspatzen [4] Vgl. S. 79 *versauen* und ähnliche Zeitwörter
[5] Vgl. S. 71 *Zerberus*

besonders häufig in abwertendem Sinne vorkommt[6]. Sogar in *Kanaille* steckt das lateinische Wort für Hund (canis, das schon von den Römern als Scheltwort gebraucht wurde). Es bedeutet außer Schuft, Schurke eigentlich „Hundepack", da es der Herkunft nach (franz. canaille, ital. canaglia, span. canalla = Lumpengesindel, Pöbel) in erster Linie ein Mengebegriff ist. Der Zuruf *du Sohn einer Hündin* (od. *Hundesohn)* hat seinen Ursprung im Orient. Ein *scharfer Hund* ist ein strenger Vorgesetzter, ein *feiner Hund* ein vornehm gekleideter Herr. Als lobende Wortverbindung gilt *schlauer Hund.* Eher humoristisch als abstoßend wirkt es, wenn jemand, der sich unglücklich fühlt oder der kein Geld hat, ausruft: *„Ich armer Hund* (oder *armes Schwein)!"*

Den ganzen Abscheu jedoch, den man vor einem verkommenen Menschen, etwa einem hemmungslosen Lustmörder, empfindet, kann man in die Wörter *Tier, Bestie* (von lat. bestia = Tier, niederdeutsch zu *Biest* oder *Beest* verstümmelt, vgl. engl. beast) oder *Vieh* (oberdeutsch *Viech;* gesteigert: *Sauvieh, Mistvieh, Rabenvieh)* hineinlegen. Als *Urvieh* (oder *Urviech)* gilt eine Person mit urwüchsigem Humor und Mutterwitz. Selbst das verendete Tier muß als Personenbezeichnung herhalten: *Aas* und *Rabenaas* zählen zu den schlimmsten Beleidigungen, während *schlaues Aas* und *feines Aas* in der Sprache des Volkes oft einen harmlosen, ja sogar anerkennenden Unterton annehmen kann. *Kein Aas* (ebenso: *kein Hund)* bedeutet einfach: niemand. Zuweilen wird auch *Kadaver* (dazu: *Kadavergehorsam* = bedingungslose Unterwerfung von Menschen unter den Willen eines andern), den man etwa, faul in der Sonne liegend, ausstreckt, in scherzhafter, wenn auch unschöner Weise auf den menschlichen Körper bezogen.

Ein weibliches Wesen mit *falsche Schlange, falsche Katze, dummes Schaf, dumme Kuh, alte* (oder *neugierige, hysterische) Ziege* (berlinisch *olle Zicke;* gesteigert: *Gewitterziege), dumme Pute, blöde* (oder *alberne) Gans, alte* (oder *komische) Eule* (gesteigert: *Schleiereule), alte Krähe* (gesteigert: *Nebelkrähe), Spinatwachtel, Wurzelsau* oder gar mit *Giftschlange* (oder *giftige Natter), giftige Spinne* und *Giftkröte* zu betiteln, ist natürlich in hohem Grade ehrenrührig. Die zänkische Ehefrau wird als *(alter) Drachen*[7], *Hausdrachen* oder *Giftdrachen* gefürchtet. Der Drache ist ein schlangen- oder echsenähnliches, meist geflügeltes Fabeltier, das in den Sagen und bildlichen Darstellungen vieler Völker vorkommt. Noch heute lebt auf den Sundainseln der Flugdrache, eine Baumechse, die mittels ihrer gleich einem Fallschirm ausgebreiteten Hautfalten von den Ästen herabschweben kann und somit gleichzeitig an den Kinderdrachen erinnert. Obwohl Affe und Schaf als starke Schimpf-

[6] Vgl. S. 99 [7] Vgl. S. 46 *Drachengalerie*

wörter gelten, hat die Verkleinerungsform *Äffchen* für ein eitles Geschöpf nichts Ehrenrühriges an sich, während *Spiegelaffe* und *Zieraffe* schon wesentlich derber klingt. Das Wort *Schäfchen* ist, genau wie *Häschen* (oder *Hase, Hasilein), Rehlein, Täubchen, Mäuschen* (oder *Mäuslein, Mausi, Mausilein,* niederdeutsch *Mausing)* u. dgl., vollends zum Schmeichelnamen geworden. Auch die Kindergärtnerin geht mit ihren *Schäfchen* spazieren, und wenn ein Pfarrer seine *Schäflein* betreut, sind darunter sogar männliche und weibliche Erwachsene, nämlich die ganze Gemeinde, zu verstehen. Ein übermütiges junges Ding mag man, ohne beleidigend zu sein, als *frechen Spatz,* als *wilde Hummel* oder *Wildkatze,* unter Umständen sogar als *freche Kröte* (mundartlich *Krott*), als *Ratte, Motte, Krabbe, Sprotte* oder *Molch* bezeichnen. Selbst *kleines Biest* braucht nicht in allen Fällen verletzend zu wirken. Noch weniger wird ein Mädchen etwas einzuwenden haben, wenn man es einen *netten* (oder *reizenden) Käfer,* eine *süße Maus,* eine *kleine Naschkatze* oder ein *Schmeichelkätzchen* nennt. Dagegen dürfte eine Halbwüchsige über die Benennungen *Küken* oder *Gänschen* (oder *Provinzgänschen,* wenn sie vom Lande stammt) kaum sonderlich erfreut sein, weil sie sich dadurch als unreifer Mensch betrachtet fühlt. Auch *Mieze* [8] hat meist einen geringschätzigen Klang. Ein ständig kicherndes Mädchen muß sich als *Meckerziege,* ein weinerlich veranlagtes als *Heulziege* verspotten lassen. Beim Wintersport tummeln sich die *Skihasen* (oder *Skihaserln),* und in der sog. Twen-Sprache der heutigen Jugend ist ein hübsches Mädchen eine *dufte Biene.*

[8] Vgl. S. 32

Mein Bruder war das schwarze Schaf in der Familie

Damit haben wir bereits das weite Feld der Spott- und Scherznamen betreten. Der Mensch, so sagt man, ist ein *Gewohnheitstier,* da er sich allen Lebenslagen anzupassen vermag. Wen das Schicksal stiefmütterlich behandelt, bleibt ein *armes Tier* oder ein *armes* (oder *kleines) Würmchen* und wird womöglich noch als *Nutztier* ausgebeutet. Inzwischen hat sich sein Altersgenosse, ein erfolgreicher *Karrierehengst,* zu einem *hohen* (oder *großen) Tier,* einer angesehenen Persönlichkeit, aufgeschwungen. Ein unermüdlich Schaffender ist ein *(richtiges) Arbeitstier* (oder ein *Arbeitspferd,* eine *Arbeitsbiene*), und im Orient wird die Frau sogar oft zum *Lasttier* erniedrigt. Wer aber der Arbeit aus dem Wege geht, muß sich *Faultier* schimpfen lassen. Der hochbegabte Schüler wird in der Prüfung als *Paradepferd* (oder als *bestes Pferd im Stalle*) vorgeführt und wie ein *Wundertier* angestaunt. Ein körperlich schlecht entwickeltes Kind ist ein *armes Wurm* (mit sächlichem Geschlechtswort) oder ein *häßliches Entlein.* Vielleicht bleibt es zeitlebens ein *magerer Spatz* (oder *magerer Hering).* Falls es oft kränkelt, bedauern es die Leute als *krankes Hühnchen.* Wer jedoch Riesenkräfte besitzt, ist ein *Bärenkerl* oder ein *(richtiger) Bulle.* Wenn er schwerfällig umhertappt, pflegt man ihn mit einem *Trampeltier* zu vergleichen, während sich der *Schlangenmensch*[9] überall geschickt hindurchwindet.

Ein starrköpfiger Mensch gilt als *(alter) Bock*[10] oder als *Holzbock,* weil er sich hölzern, d. h. steif, unnahbar benimmt. Das unschöne Wort

[9] Vgl. S. 80 *sich durchschlängeln* [10] Vgl. S. 93 *stur wie ein Bock*

Hurenbock (oder *geiler Bock*) bezeichnet einen haltlosen Wüstling. Das rothaarige Mädchen wird *Fuchs* (oder *Rotfuchs*), der Schwarzseher *Unke*[11], ein eitler Stutzer *Gockel* (mundartlich: *Gigerl*), ein skrupelloser Ausbeuter *Geier* (oder *Aasgeier*), ein ewig unzufriedener Nörgler *(alter) Brummbär* oder *Knurrhahn* genannt. Der verschrobene Sonderling ist ein *seltener Vogel* oder ein *komischer* (oder *seltsamer, wunderlicher, närrischer*) *Kauz* (dazu: *kauzig* = wunderlich, schrullig). Wald- und Steinkauz, zur Familie der Eulen gehörig, dienten einst den Vogelstellern als Lockvögel, die durch ihr ängstliches Flügelschlagen im ungewohnten Tageslicht andere Vögel anlocken sollten. Hier und da trifft man auch auf das Wort *Gauch*, das schon im alten Deutsch soviel wie Schelm oder Narr bedeutete. Es ist die frühere Bezeichnung für den Kuckuck oder „Guckuck", dessen beide Namen später zu Guck(i)gauch oder Gutzgauch zusammengezogen wurden. Der *lustige Vogel*, der ein *Spaßvogel* oder *Spottvogel*[12] sein kann, der *Kampfhahn* (oder *Streithahn*), der *(schlaue) Fuchs*, der *Angsthase*, der *Neidhammel* und der *Streithammel* sind durch ihre Namen hinreichend gekennzeichnet. Ein *Zugvogel* ist jemand, der häufig seinen Wohnsitz wechselt, während der Ausdruck *Glücksvogel* vom Vogelschießen herrühren dürfte[13]. Gefängnisinsassen werden oft einfach *Vögel* genannt, und wer bei einer gesetzwidrigen Handlung erwischt wird, gilt bei der Polizei, je nach dem Ausmaß seiner Straftat, als *großer* (oder *dicker*) *Fisch* (oder *Hecht, Frosch*) oder als *kleiner Fisch.*

Der betrogene Ehemann sieht sich als *Hahnrei* (Kapaun, verschnittener Hahn) verspottet. Dagegen ist ein *Haupthahn* ein tüchtiger Kerl, eigentlich einer, der unter seinen Artgenossen hervorragt. Auch ein *alter Fuchs*[14] oder ein *alter Hase* kann eine Person sein, die über bestimmte Kenntnisse und Erfahrungen verfügt, also kein *heuriger Hase* mehr ist. So sprechen wir von einem *(alten) Berufshasen*, z. B. einem *Theaterhasen, Filmhasen, Zirkushasen.* Bisweilen wird ein im Dienst ergrauter Mann mit einem *alten Hirsch* verglichen. Unter einem *Schulfuchs* versteht man nicht nur einen bewährten Pädagogen, sondern auch einen kleinlichen Buchstabenmenschen. Einer, der viel liest, ist eine *Leseratte* oder ein *Bücherwurm* und entwickelt sich womöglich zu einer hochgelehrten *Intelligenzbestie.* Wer das Glücksspiel liebt, ist eine *Spielratte*, wer bis in den Tag hinein zu schlafen pflegt, eine *Schlafratte*[15], wer gern ins Wasser geht, eine *Wasserratte*, wer lange Fußwanderungen macht, eine *Wanderratte.* Der sturmerprobte *(olle) Seebär* blickt verächtlich auf die *Landratten* herab, die nichts von der Schiffahrt verstehen, und das im Flughafen tätige Bodenpersonal wird von den Flugzeugbesatzungen etwas geringschätzig

[11] Vgl. S. 78 *unken* [12] Vgl. S. 9 [13] Vgl. S. 60 *den Vogel abschießen*
[14] Vgl. S. 81 *eingefuchst* [15] Vgl. S. 93 *wie ein Ratz schlafen*

als *Bodenmöpse* bezeichnet. *Frostkatze* heißt jemand, der leicht friert, der *Kiebitz* [16] macht sich als aufdringlicher Ratgeber beim Kartenspielen unbeliebt, *Klammeraffe* (bei Mädchen auch: *Klammeräffchen)* ist der Scherzname für den Beifahrer auf dem Motorrad, weil er sich an dem vor ihm Sitzenden festhalten muß. Das Straßenmädchen wurde in der Gassensprache zur *Strichbiene*, zur *Bordsteinschwalbe* oder zur *Schneppe* (Schnepfe). Auch *Dohle* (dazu: *Hupfdohle* = ungeschickte Ballettänzerin) nennt man zuweilen eine Frauensperson von zweifelhaftem Ruf. Das Wort *Schnapphahn*, womit man früher einen Straßenräuber, einen Wegelagerer meinte, ist als unzeitgemäß aus dem Sprachschatz verschwunden.

Als *lahme Ente* (oder *lahme Krähe, lahmer Vogel)* muß sich jemand verspotten lassen, wenn er nichts Rechtes zuwege bringt, als *Stockfisch* (eigentlich der Kabeljau, der in getrocknetem Zustand steif wie ein Stock ist), *langweiliger Hering* oder *mürrischer Mops* [17] (kölnisch *fiese Mopp)*, wenn er keinen Sinn für Geselligkeit und Humor hat. Ein Mensch von ausgeglichener Wesensart ist ein *gemütliches Huhn*, einen Spaßmacher nennt man ein *fideles* (oder *ulkiges) Huhn* oder sogar ein *verrücktes Huhn*, einen Lebemann und Verschwender ein *leichtsinniges Huhn*. Wer schwerfällige Leute in ihrer Tätigkeit aufscheucht, wird mit dem *Hecht im Karpfenteich* verglichen, der ebenfalls Unruhe und Bewegung hervorruft. Der *weiße Rabe* und das *schwarze Schaf* bilden immer eine Ausnahme. Eine so benannte Person unterscheidet sich daher deutlich, sei es vorteilhaft oder nachteilig, von ihresgleichen. Auch *Rabeneltern (Rabenvater* und *Rabenmutter)*, die ihre Kinder lieblos behandeln oder gar im Stich lassen, sind glücklicherweise selten. Übrigens tut man mit dieser Bezeichnung den Raben unrecht: Die jungen Vögel werden von den alten nicht deshalb aus dem Nest geworfen, um sich ihrer zu entledigen, sondern um sie zu selbständigen Flugversuchen zu veranlassen. Ein *räudiges Schaf* kann die ganze Herde anstecken; deshalb belegt man mit diesem Ausdruck einen Menschen, der durch sein Verhalten Ärgernis erregt und gemeingefährlich wirkt. Ähnlich unerfreuliche Erscheinungen, deren schlechter Charakter sich unter einer trügerischen Hülle verbirgt, sind der *Esel in der Löwenhaut* und der *Wolf im Schafspelz*. Jener ist aus Hans Sachs' Erzählungen bekannt, dieser leitet sich von einer Stelle im Matthäus-Evangelium her, wo vor falschen Propheten gewarnt wird, die in Schafskleidern daherkommen, in Wahrheit aber reißende Wölfe sind.

Einen Mann, der nur Weibergeschichten im Kopf hat und oft einem *verliebter Kater* oder einem *Balzhahn* [18] gleicht, nennen wir einen *Windhund*, einen *losen Falter*, einen *lockeren Vogel* (oder *Zeisig)*, ein *Sumpf-*

---

[16] Vgl. S. 79 *kiebitzen* [17] Vgl. S. 78 *sich mopsen*
[18] Vgl. S. 94 *balzen wie ein Auerhahn*

huhn, einen *tollen Hirsch* oder *tollen Hecht*, einen *Poussierhengst* oder gar einen *Lustmolch*. Pflegt er nachts herumzubummeln, wird er zum *Nachtvogel*, zum *Nachtfalter* (oder *Nachtschwärmer*), zur *Nachteule* oder (wie in der Straußschen Operette) zur *Fledermaus*. Oft ist er zugleich eine *Drohne*, also ein Nichtstuer, oder ein gewissenloser Bursche, der die Mädchen als *Freiwild* betrachtet, ein *Galgenvogel*. Diese Bezeichnung ging von den Raben, die, vom Leichengeruch angelockt, den Galgen umkreisten, auf den Gehenkten selbst über. Noch mehr gefürchtet ist der *Werwolf* (althochdeutsch wer = Mann), ein Unmensch, ursprünglich eine Sagengestalt, die sich in einen gierigen Wolf verwandeln konnte, und der *Wolfsmensch* (sprachlich dasselbe), ebenfalls ein hemmungsloser Triebverbrecher. Spielt ein junger Mann bei einer Abendgesellschaft, wo er, elegant gekleidet, als *feiner* (oder *flotter*) *Hecht* auftritt, die Hauptrolle, so gilt er als *Salonlöwe* (oder *Parkettlöwe*; ähnlich im Seebad: der *Strandlöwe*) und ist bei den Damen *Hahn im Korbe*. Ein Hahn, der im Hühnerkorb feilgeboten wurde, war einst eine vielbegehrte Ware. Vielleicht stammt der Ausdruck aber auch von einem alten Volksbrauch her: Zur Osterzeit mußten sich die heiratslustigen Dorfschönen die Augen verbinden lassen und mit einem Stock nach einem Korb schlagen; wer ihn traf, erhielt seinen Inhalt, einen Hahn, überreicht und durfte sicher sein, bald einen Mann zu bekommen. Oft ist einem Gefeierten das Glück allerdings nur kurze Zeit hold; dann wird er zur *Eintagsfliege*. Wer weder bei Frauen noch sonst im Leben Erfolg hat, bleibt ein *Unglücksrabe* oder *Unglückswurm*. Ein solcher *Pechvogel* [19] (oder *Unglücksvogel*) dient bisweilen nur als *Lockvogel* für dunkle Machenschaften — beide Wörter gehen wieder auf die Vogelstellerei zurück —, oder er muß, auch wenn er sich als *Unschuldslamm* fühlt, das *Versuchskarnickel* (oder *Versuchskaninchen*) oder das *Opferlamm* abgeben, sich als *Melkkuh* (oder *Milchkuh*) ausnutzen lassen und für andere den *Sündenbock* machen wie der Bock, der nach einer alttestamentlichen Erzählung, mit den Sünden des Volkes Israel beladen, in die Wüste geschickt wurde. Geheimagenten können *Spürhunde* sein, die in der Maske guter Freunde auftreten, und bei der Wahlpropaganda wird oft ein beliebter Kandidat als *Zugpferd* benutzt. Einen unbestechlichen, strengen Wächter bezeichnet man als *Zerberus*; so hieß der dreiköpfige Höllenhund in der griechischen Sage, der am Eingang der Unterwelt Wache hielt.

---

[19] Vgl. S. 110 *Pech haben*

Was sagen die Wetterfrösche?

Bildkräftiger Volkshumor steckt in Spottnamen wie *Goldfisch, Goldkäfer* oder *Gans mit goldenen Federn* für eine vermögende junge Dame, *Gemeindebulle* (oder *Ortsbulle)* für den Bürgermeister einer dörflichen Gemeinde, *Parteihengst* für einen hohen Funktionär bei einer politischen Partei, *Bürohengst* für einen kaufmännischen oder behördlichen Angestellten, *Paragraphenhengst* für einen weltfremden Bürokraten, *Lehrmops* für einen Lehrling, *Brillenschlange* für eine Brillenträgerin, *Klapperschlange* für eine Stenotypistin, *Ballettratte* für eine Balletteuse, *Kammerkätzchen* für eine Kammerzofe, *Vorzimmermieze* für eine Sekretärin, *Glühwürmchen* für die (mit einer Taschenlampe ausgestatteten) Platzanweiserin im Kino, *Kuttengeier* für einen Mönch, *Grünspecht* für den Förster, *Holzwurm* für den Tischler, *Teigaffe* für den Bäcker, *Rußwurm* für den Schmied, *Heringsbändiger* für den Fischhändler, *Raupenschlepper* für den früheren Stabsoffizier, dessen geflochtene Achselstücke wie ein Gewimmel kleiner Raupen aussahen und der, wenn er sich mit glitzernden Orden behängte, als *Goldfasan* (oder *Goldfalke*) auftrat. Den *Goldesel*, gleich dem dukatenspeienden Esel im Märchen, macht einer, der fortwährend andere durch Geldspenden unterstützt. Die Meteorologen nennt man scherzhaft *Wetterfrösche*, weil ja auch die Laubfrösche angeblich das Wetter „voraussagen“ [20]. Die Verkehrsschutzleute heißen *Polypen* (aus „Polizei“ zum Tiernamen verstümmelt) oder, wenn sie weiße Uniformen tragen, *weiße*

[20] Vgl. S. 11

Mäuse, die Feldjägerstreifen der Bundeswehr *graue Mäuse*, die Landjäger im norddeutschen Sprachgebiet *Teckel* (Dackel), die Kriminalpolizisten, weil sie meist über große Körperkräfte verfügen, *Bullen* (was aber auch ein Gaunerwort sein kann) und ihre amerikanischen Kollegen *Gorillas*. Eine *Rennmaus* ist im Sportjargon die Freundin eines Rennfahrers, die ihm beim Training zuschaut. Das mit ihrem Verlobten ausgehende junge Mädchen mußte sich früher von einer älteren Verwandten, dem sog. *Anstandswauwau*, begleiten lassen. Auf die unreifen Jugendlichen blickte man verächtlich herab, indem man sagte, sie seien ja *noch* (oder *bloß*) *Kalbfleisch*. Dem *Leithammel* läuft das *Rudel* seiner Anhänger wie eine *Herde Schafe* (oder wie *Herdentiere, Herdenvieh*) hinterher. Bei öffentlichen Wahlen und Abstimmungen müssen oft diejenigen, die keine eigene Meinung haben, als *Stimmvieh* dienen. Eine große Anzahl hintereinander stehender Personen bildet eine *Menschenschlange*, ein langer Zug marschierender Soldaten ist ein *Heerwurm*, und die erregte Volksmenge kann zur *Meute* werden. *Hyänen des Schlachtfeldes* nennt man jene verkommenen Menschen, die sich nicht scheuen, die Gefallenen auszuplündern.

Wandervögel und *Falken* sind Jugendverbände, ein berühmter Knabenchor heißt *Regensburger Domspatzen*, Münchener Schlagersänger treten als *Isarspatzen*, Berliner Kabarettisten als *Stachelschweine* auf. *Schwedische Nachtigall* wurde zum ehrenden Beinamen für die berühmte schwedische Sopransängerin Jenny Lind (1820—1887). Das Wahrzeichen von Ulm ist nach einer mit der Erbauung des Münsters zusammenhängenden Sage der *Ulmer Spatz*, ein Name, den man zugleich in scherzhafter Weise auf einen Bewohner oder eine Bewohnerin der Stadt anwendet. Die volkstümliche Bezeichnung *der Tiger* wurde dem französischen Staatsmann Clemenceau beigelegt. Auch eine im Vietnam-Krieg kämpfende Division nannten sich die *Tiger*, und bei den jüdisch-ägyptischen Grenzstreitigkeiten der letzten Jahre erhielt der israelitische Generalstabschef und Verteidigungsminister Moshe Dayan den Ehrentitel *Löwe von Sinai*. Der *russische Bär* gilt als Sinnbild für Kraft und Unbeholfenheit, zugleich aber schließt dieser Ausdruck einen etwas abfälligen Sinn in sich. Neuerdings haben der *Froschmann*, der eine mit künstlichen Schwimmflossen versehene Ausrüstung trägt, also nicht etwa unbekleidet wie ein *Nacktfrosch*, in die Meerestiefe taucht, und der *Vogelmensch*, der sich mit Schwingen aus Leichtmetall vom Flugzeug zur Erde gleiten läßt, viel von sich reden gemacht.

Über die Herkunft des einst häufig gebrauchten Wortes *Backfisch* ist viel gerätselt worden. Während die einen in der ersten Silbe das verkürzte Fremdwort Bakkalaureus (engl. Bachelor of Arts), wie der unterste akademische Grad an den mittelalterlichen Universitäten hieß, erblicken wollen, legen andere ein englisches back-fish zugrunde, d. h. ein noch nicht ausgewachsenes Fischchen, das vom Angler als wertlos ins Wasser „zurück"geworfen wurde. Einleuchtender ist die Erklärung, daß es sich um einen jungen Fisch mittlerer Größe handelte, der sich wegen seiner Zartheit mehr zum Backen als zum Braten eignete. In jedem Falle beziehen sich die Sprachbilder auf ein unfertiges, heranreifendes Lebewesen. Ein angehender Hochschüler, der zwar die Reifeprüfung abgelegt, aber das Studium an der Universität noch nicht aufgenommen hat, wird oft als *Mulus* (Maulesel; Mehrzahl: *Muli)* bezeichnet. Ein solches Tier ist ja ebenfalls eine Art Zwitter, nämlich die Kreuzung eines Pferdehengstes mit einer Eselstute. Die keiner Verbindung angehörenden Musensöhne müssen sich von ihren farbentragenden Kommilitonen *Finken* oder *Kamele* nennen lassen, die Verbindungsstudenten im ersten Semester, die vom *Fuchsmajor* betreut werden, heißen *Füchse,* und der Pedell, der Universitätsdiener, wurde zum *Pudel.* Wer lange Finger macht, ist je nach der Art seiner Beute, ein *Kleidermarder,* ein *Schirmmarder,* ein *Briefmarder,* ein *Paketmarder.* Agentinnen, die im Dienste eines Spionageringes wichtige Persönlichkeiten in eine verfängliche Situation bringen müssen, um sie dann zu erpressen, werden von ihren Komplizen *Schwalben* genannt. Taschendiebe heißen *Taschenkrebse,* ihre Helfershelfer *Raben;* der Auftraggeber der Bande ist der *Hai.* Zum *Kredithai* wird ein Gauner, der ahnungslose Bürger durch unsaubere Darlehensgeschäfte betrügt.

Besonders kernige Ausdrücke solcher Art hat die Soldatensprache geschaffen. Im letzten Weltkrieg mußten die deutschen Infanteristen in Afrika als *Wüstenhasen* (oder *Sandhasen)* unter General Rommel, dem *Wüstenfuchs,* kämpfen. Neben den alten, erfahrenen *Fronthasen* (oder *Frontschweinen)* gab es im sicheren Hinterland die vielbeneideten *Etappenhasen* (oder *Etappenschweine, Etappenhengste, Etappenfüchse),* unter ihnen den *Küchenbullen* (oder *Küchenhengst),* den *Kammerbullen* und den *Zahlmops,* die für die Verpflegung, Bekleidung und Besoldung der Truppe zu sorgen hatten, die *Schreibstubenhengste* und die Feldgendarmen, nach ihrem an einer Kette hängenden großen Brutsschild von den Landsern *Kettenhunde* genannt. Die Militärmusiker waren die *Spielmöpse,* zu denen die Trommler als *Wirbeltiere* und die Hornisten als *Hornvieh* gehörten, die Helferinnen des Truppenarztes hießen *Karbolmäuschen* (oder *Lysolmäuschen),* die Sanitäter *Karbolhengste* (oder *Tragbahrenhengste).* Der gefürchtete Feldwebel von ehedem, der seine Rekruten, wenn sie es an der nötigen Disziplin fehlen ließen, mit *Sauhaufen* anzubrüllen pflegte, war meist ein sog. *Zwölfender* (Hirsch mit 12 Geweihzacken), weil er zwölf Dienstjahre hinter sich hatte.

Auf die Behandlung des Tieres durch den Menschen deutet es hin, wenn ein Verführer, dem andere blindlings folgen, als *Rattenfänger* (nach der

Sage vom Rattenfänger von Hameln), eine launische Person als *Grillenfänger* [21] genannt, ein Kleinigkeitskrämer als *Mückensieber*, der Fremdenführer als *Bärenführer* verspottet wird. Den Ausdruck *Roßtäuscher*, eigentlich ein unehrlicher Pferdehändler, gibt es nur noch als Familiennamen.

Die Kinder liefen pudelnackt umher

Zur Schilderung von Veranlagung, Verhalten und Aussehen eines Menschen dienen oft Vergleiche mit charakteristischen Eigenschaften und körperlichen Merkmalen von Tieren. Wer ein besonders scharfes Auge besitzt, hat einen *Falkenblick*, wer behend und gelenkig ist, verfügt über *Katzengewandtheit*, zeigt aber nicht immer *(wahren) Löwenmut*, während ein anderer mit *Bärenkräften* (oder *Bullenkräften, Pferdekräften)* ausgestattet ist und eine *Pferdenatur* (oder *Roßnatur*, eine *Natur wie ein Nilpferd*) hat. Wer alle Speisen gut verträgt, besitzt einen *Pferdemagen* (oder *Straußenmagen)*. Dem Vergeßlichen wird ein *Katzengedächtnis*, dem Dummkopf ein *Spatzen(ge)hirn* (oder *Hasenhirn)* und *Hühnerverstand* nachgesagt. *Pferdeverstand* jedoch ist etwas ganz anderes; ihn hat derjenige, der mit Pferden umzugehen weiß. Manch beklagenswertes Geschöpf, das

---

[21] Vgl. S. 47 *Grillen* = Launen

wehrlos einem Mächtigeren ausgeliefert ist, trägt sein schweres Schicksal mit *(wahrer) Eselsgeduld* (oder *Schafsgeduld, Lammsgeduld)* und blickt dabei noch in stummer Ergebenheit, mit *(wahrer) Hundetreue* zu seinem Peiniger auf. Der Gewissenhafte verrichtet seine Arbeit mit *(großem) Bienenfleiß* (oder *Bieneneifer)*, der Jähzornige wird bisweilen von einer *Affenwut* gepackt, und wenn ein Kind mit überschwenglicher Zärtlichkeit umgeben wird, reden wir von *Affenliebe.* Die Lebensauffassung der breiten Masse, die einem Führer nachläuft, entspringt ihrem *Herdentrieb* oder (nach dem Philosophen Friedrich Nietzsche) der *Herdenmoral*[22]. In der Umgangssprache gibt es Menschen mit einem *Vogelkopf* oder *Geierkopf,* einem *Raubvogelgesicht, Pferdegesicht, Bulldoggengesicht, Rattengesicht,* einem *(spitzen) Mausgesicht* (oder einem *Gesicht wie eine Spitzmaus)*, mit *Kalbsaugen, Karpfenaugen* oder *(kleinen, listigen) Schweinsäuglein,* mit einem *Stiernacken,* einer *(niedrigen) Affenstirn,* einer *(krummen) Habichtsnase* oder *Adlernase,* mit *Fledermausohren* und *Hamsterbacken,* mit einem *Seehundsbart, Walroßbart* oder *Ziegenbart* (oder *Bocksbart)*, einem *(faltigen) Gänsehals* oder *(dünnen) Ziegenhals,* einem *Pferdegebiß* oder *Raubtiergebiß,* mit einer *(flachen) Hühnerbrust,* mit *Geierklauen* oder *Spinnenfingern,* mit *Elefantenbeinen, Storchenbeinen* oder *Dackelbeinen.* Kleine Schönheitsfehler sind *Krähenfüße* in den Augenwinkeln und *Hühneraugen* an den Zehen, angeborene Mißbildungen dagegen *Hasenscharte* und *Wolfsrachen.* Einem hübschen Mädchen mag ein poetisch veranlagter Verehrer *Rehaugen* und einen *Schwanenhals* oder *Gazellenhals* zuschreiben. Die überschlanke *Wespentaille* gilt heute nicht mehr als Schönheitsideal.

Spottnamen und Scheltwörter wie *Pudelkopf, Hasenfuß, Hasenherz, Saukopf, Schafsnase, Schlappschwanz* können sogar den ganzen Menschen bezeichnen, wie wir das schon bei *Schafskopf, Schafsgesicht* und *Eselskopf* gesehen haben[23]. Die Volkssprache gebraucht außer *Maul, Schnabel* und *Schnauze* für Mund, *Rüssel* für Nase, *Löffel* für Ohren, *Fell* oder *Pelz* für Haut die Namen weiterer tierischer Körperteile mit Bezug auf den Menschen. So hat jemand *Borsten* oder eine *Mähne* (Haare), *Klauen, Pfoten, Tatzen* oder riesige *Pranken* (Hände), *Krallen* (Fingernägel), lange *Flossen, Hachsen* oder *Stelzen* (Füße, Beine) oder einen dicken *Wanst* (Bauch); daher Beschimpfungen wie *Klatschmaul, Großschnabel, Schandschnauze, Fettwanst.* Wenn man ein naseweises Bürschchen *Gelbschnabel* nennt, so wird auf die gelbliche Färbung der Schnäbel junger Vögel angespielt, und da grün soviel wie unreif ist, entstand der gleichbedeutende Ausdruck *Grünschnabel.* Der Balg, die abgezogene Tierhaut, ergab die Bezeichnungen *das Balg* (ungezogenes oder häßliches Kind; Mehrzahl: *Bälger*) und

---

[22] Vgl. S. 98 *Hammel(herde)* [23] Vgl. S. 64

der *Wechselbalg* (untergeschobenes oder mißwachsenes Kind, das angeblich bei der Geburt verwechselt wurde). Das unflätige Schimpfwort *Affenarsch* sei nur nebenbei erwähnt.

Die körperliche Beschaffenheit eines Menschen, seine Gemütsverfassung, sein augenblicklicher Zustand, seine Verhaltensweise werden auch durch andere Wortarten im Tiervergleich gekennzeichnet. Einige meist auf Gegenstände bezogene Farbadjektive [24] sind gleichzeitig in der Personenbeschreibung üblich. So spricht man von *rehbraunen* Augen, von *fuchsrotem* (oder *fuchsigem*) Haar, von einem *puterroten* Gesicht, mit anderem Vergleich von einem *stiernackigen, bärenstarken* (oder *bärenhaften*) oder *bullenstarken* (oder *bulligen*) Kerl. Auf Veranlagung oder Verhalten deuten hin: *kuhdumm, stierköpfig, bockbeinig* (oder *bocksteif, bockig, verbockt*) [25], *bienenfleißig, katzenfreundlich, luchsäugig* [26], *wieselflink* [27], *fuchswild* (verstärkt: *fuchsteufelswild*), *füchsisch* [28] (hinterhältig), *hasenfüßig* (feige), *affig* [29] (hochmütig), *kalberig* [30] (albern), *grillig* (launisch), *aalglatt* (gewandt, unangreifbar), *krötig* (giftig, starrköpfig), *wölfisch* (grausam, bösartig). Zwei erbitterte Gegner sind einander *spinnefeind*, wenn sie auch nicht gerade den räuberischen Spinnen gleichen, die ihre Beute, hauptsächlich kleinere Insekten, töten und aussaugen. *Bärbeißig* und *bullenbeißig* (unfreundlich, grimmig) rühren von der früheren Verwendung der Jagdhunde her [31]. Wie bereits aus den Sach- und Personenbezeichnungen hervorgeht [32], tragen Zusammensetzungen mit den Tiernamen Hund und Schwein meist etwas Abfälliges in sich, z. B. *hündisch* (kriecherisch ergeben), *hundsgemein, hundsföttisch, schweinisch* (oder *säuisch*), *saudumm, saublöd(e), saugrob*. Körperliches Befinden kann durch die Wörter *hundemüde, hundeschlecht, hundselend, hundsmiserabel* ausgedrückt werden, wobei letzteres als Werturteil zugleich auf Dinge bezogen wird. Doch kann man sich auch *sauwohl* (wie das Schwein in der Suhle) oder *pudelwohl* fühlen und dabei *mopsfidel* oder *pudelnärrisch* sein. Da aber der dicke Mops im allgemeinen als phlegmatisch gilt, hat *mopsig* [33] die Bedeutung von schwerfällig, langweilig angenommen. Wer *pudelnackt* [34] im Meere badet, wird wenig erfreut sein, wenn man ihm sagt, daß hier ein Vergleich mit einem am Hinterkörper geschorenen Pudelhund vorliegt. Als *vogelfrei* gilt ein Mensch, der aus der menschlichen Gesellschaft ausgestoßen ist. Im Mittelalter wurde ein Geächteter für vogelfrei erklärt, d. h. den Raubvögeln und anderem Getier als Beute preisgegeben. Unter *tierisch* (oder *tierhaft*) schlechthin, auf menschliches Wesen übertragen, versteht man meist soviel wie unbeherrscht, wild, während *bestialisch* oder *viehisch* grausam, gefühls-

[24] Vgl. S. 53 [25] Vgl. S. 79 *bocken* [26] Vgl. S. 80 *luchsen*
[27] Vgl. S. 80 *wieseln* [28] Vgl. S. 80 *(sich) fuchsen* [29] Vgl. S. 79 *sich affen*
[30] Vgl. S. 79 *kalbern* [31] Vgl. S. 23 [32] Vgl. S. 50, S. 65
[33] Vgl. S. 78 *sich mopsen* [34] Vgl. S. 62 *pudelnaß*

roh bedeutet. Das Wort tierisch gebraucht man auch in scherzhafter Weise im Sinne von humorlos; daher wird beim Karneval der Orden „Wider den *tierischen* Ernst" verliehen. Ebenso nimmt das Fremdwort *animalisch* (von lat. animal = Geschöpf, Tier) zuweilen einen milderen Sinn an: Man dehnt sich in *animalischem* Wohlbehagen in der Sonne. Schließlich werden bei der Schilderung von Vorgängen äußerlicher Art Anleihen beim Tierreich gemacht, so etwa, wenn jemand eine Tätigkeit mit *affenartiger* (oder *affenmäßiger)* Geschwindigkeit verrichtet, *schlangenartige* (oder *schlangenhafte)* Gewandtheit entwickelt oder sich mit *katzenartigen* (oder *katzengleichen)* Bewegungen davonschleicht.

In Notzeiten wird gehamstert

Büffeln und *ochsen* [35] oder, wie man in Süddeutschland hören kann, *eseln* sind volkstümliche Bezeichnungen für eine anstrengende, allerdings meist geistige Tätigkeit. Wer sich jedoch langweilt wie angeblich der verdrießlich dreinblickende Mops, eine heute aus der Mode gekommene Hunderasse, *mopst sich*. Der Pessimist *unkt*, prophezeit Unglück; denn Kröten und Unken galten als häßliche, von bösen Geistern besessene Tiere. Ähnlich sagt jemand, der eine dunkle Ahnung hat: „Mir *schwant* etwas",

[35] Vgl. S. 57 *stieren*

was vielleicht damit zusammenhängt, daß in den germanischen Sagen dem Schwan die Gabe der Zukunftsdeutung beigelegt wurde. So erscheinen die Walküren, z. B. im Nibelungenlied, als weissagende „Schwanenjungfrauen“. Man hat aber auch versucht, den seltsamen Ausdruck mit einer Zusammensetzung aus „mir schwebt vor“ und „ahnen“ (oder wähnen, althochdeutsch wanen) zu erklären. Was uns plagt und ärgert, *wurmt* uns, als ob wir Würmer im Leibe hätten, die uns quälen. Ein trotziges Kind fängt oft an zu *bocken*, also Widerstand zu leisten wie ein störrischer Ziegenbock. Anders ist es, wenn jemand etwas *verbockt* [36] hat, da ja das Wort Bock zugleich Fehler bedeuten kann. Lausen und flöhen gehört bekanntlich zu den Lieblingsbeschäftigungen der Affen. Wird aber ein Mensch von einem mißgünstigen Widersacher *gelaust* (oder *geflöht*), so wird er von ihm ausgeplündert, um sein Geld gebracht. Auch der Nachahmungstrieb ist beim Affen stark ausgeprägt. Eine Person *nachäffen* heißt daher: ihr etwas nachmachen. Ruft man jedoch einem eitlen Geschöpf zu: *„Aff' dich* nicht so!“, meint man, er oder sie solle sich nicht großtun, sich nicht lächerlich machen. Auch derjenige, der *kalbert* (oder *kälbert*), d. h. ständig kichert und albern tut oder wie ein junges Kälbchen umherhüpft, obwohl er längst aus den *Kalberjahren* heraus ist und die erste jugendliche *Kälberliebe* hinter sich hat, fällt unangenehm auf.

Im Kriege mußte die Truppe oft *sich einigeln*, d. h. eine Stellung beziehen, die vom Feinde nicht eingesehen werden konnte. Einmotten (gegen Mottenfraß schützen) kann man eigentlich nur Pelzwerk, das man zu Beginn des Sommers in die Schränke packt. Aber mit etwas kühnem Vergleich spricht man wohl auch von Fahrzeugen, die *eingemottet*, d. h. aus dem Verkehr gezogen werden. Einer, der *kiebitzt*, indem er z. B. einem Kartenspieler unerwünschte Ratschläge erteilt, achtet genau auf das Verhalten anderer und mischt sich in alles hinein. Solche Neugier wird dem Vogel Kiebitz nachgesagt, weil seine seitwärts gerichteten Augen es ihm ermöglichen, genau zu beobachten, was in seiner Umgebung, selbst hinter ihm, vor sich geht. Wer Vorräte aufspeichert, *hamstert*, macht es also geradeso wie der Hamster beim Herannahen der kalten Jahreszeit. Gleich ihm hält auch der Dachs seinen Winterschlaf, weshalb der Süddeutsche für schlafen bisweilen *dachsen* sagt. Wenn aber jemand seine acht Stunden Schlaf *abratzt* [37], so kommt dies von Ratz, das soviel wie Ratte bedeutet. *Mausen*, vom Mäusefang der Tiere herstammend, ist, ähnlich wie *mopsen*, ein milderes Wort für stehlen. *Katzbalgen* bedeutet: sich mit jemandem herumstreiten. Statt verunreinigen gebraucht die Umgangs- oder Gassensprache im Hinblick auf die Unsauberkeit der Schweine die Kraftausdrücke *versauen*, *einsauen* und *vollsauen*, während *sauen*, *ferkeln* oder *schwein-*

---

[36] Vgl. S. 59 *einen Bock schießen*   [37] Vgl. S. 93 *wie ein Ratz schlafen*

igeln im übertragenen Sinne auch besagen kann: unanständige Geschichten erzählen und *verhunzen* (eigentlich: *verhundsen* = verderben, entstellen) wieder mit der geringschätzigen Bewertung des Hundes zusammenhängt. Fischen heißt natürlich: Fische fangen, doch können wir auch ein Stück Holz aus dem Wasser, eine Fliege aus der Milch oder, was sich zwar nicht gehört, die Fleischbrocken aus der Suppe *(heraus)fischen* oder sogar einen Ertrinkenden *auffischen.* Sehr unschön ist es, seinem Nächsten etwas *wegzufischen* oder *abzuluchsen.* Der scharfäugige Luchs – daher: *luchsen* = genau beobachten, auflauern – schnappt gern einem schwächeren Tier die Beute weg.

Nicht minder anschaulich klingt es, wenn wir hören, daß Menschen irgendwo *sich (hin)durchschlängeln* (oder *vorbeischlängeln)* müssen. Wie die Schlange windet sich der Aal; wer also *sich aalt,* dehnt und streckt sich, und da solche Bewegungen meist ein angenehmes Gefühl auslösen, hat der Ausdruck die Bedeutung von sich's wohl sein lassen, faulenzen oder sich sonnen angenommen. Eine steifbeinige Gangart wird mit treffendem Vergleich *(umher)storchen,* ein flinkes Hin-und-her-Huschen *wieseln,* ein Kriechen oder Rückwärtsgehen *krebsen* genannt. Doch behauptet man auch von einem Kranken, der sich nur mühsam von der Stelle bewegt, er könne *kaum (noch) krebsen,* und wer mit etwas *krebsen geht,* nützt andere aus. Der Nichtschwimmer planscht oder *hundelt*[38] im seichten Wasser; er wird es nicht wagen, vom Zehn-Meter-Brett in die Tiefe zu *hechten.* Seltener zu hören ist, daß jemand in die Hände *muschelt,* wenn er sie trichterförmig zusammenlegt. Wer *herumtigert* oder *herumkäfert,* kann nicht ruhig am gleichen Ort bleiben. *Maikäfern* heißt im Volksmund: sich auf eine Ansprache vorbereiten, insbesondere während eines Festessens über die zu haltende Tischrede nachdenken. Der Vergleich liegt offenbar darin, daß der Maikäfer, wenn er sich zum Fortfliegen anschickt, seine Flügel in Bereitschaftsstellung bringt. Feige und charakterlos benimmt sich ein Mensch, der vor seinem Vorgesetzten *katzbuckelt,* denn der gekrümmte Rücken gilt gewöhnlich als Zeichen ehrloser Unterwürfigkeit[39].

Das mit dem obenerwähnten Zeitwort wurmen[40] etwa gleichbedeutende *fuchsen* (plagen, in der Regel rückbezüglich gebraucht: *sich fuchsen* = sich ärgern) läßt zwar an den Fuchs denken, der durch seine Hinterlist andere Tiere täuscht und beunruhigt, hängt jedoch vermutlich mit einem alten Wort fucken (oder fuckeren, fuckelen, fucheren, fuchelen = stoßen, puffen, belästigen; daher: der Pfennigfuchser, den jeder ausgegebene Groschen reut, und der Federfuchser, ein schlechter Schriftsteller, der sich mit der Schreiberei abmüht oder der seine Leser damit verärgert) zusammen.

---

[38] Vgl. S. 62 *pudeln* [39] Vgl. S. 61 *Bückling, Buckel* [40] Vgl. S. 79

Daneben kann *fuchsen* (mundartlich auch *füchselen*) soviel wie stehlen, betrügen heißen. Wer aber auf eine bestimmte Tätigkeit *eingefuchst* oder sogar ein *(aus)gefuchster* Fachmann ist, weiß genau, wie er eine Sache anzupacken hat, und verhält sich wie ein für die Fuchsjagd abgerichteter Hund. Wenn jemand, bildlich gesprochen, *spinnt*, sitzt er entweder im Gefängnis oder ist nicht ganz richtig im Kopf (daher: *Spinner* = Angeber, Dummkopf). Dieser Sprachgebrauch erklärt sich daraus, daß das Spinnen einst Pflichtarbeit für Geisteskranke war. Möglicherweise hat außerdem der Umstand mitgespielt, daß manchen Mädchen, die als Strafe für ein Vergehen den ganzen Tag am Spinnrad sitzen mußten, bei ihrer einförmigen Tätigkeit im Arbeitshaus oder in der Spinnstube allerlei sonderbare Einfälle kamen. So kann man auch Gedanken (oder Träume, Pläne, Ränke) *spinnen*, sich in seine eigene Welt *einspinnen* (oder *verspinnen*), eine Erzählung *ausspinnen* (oder *fortspinnen*, *weiterspinnen*) oder *Seemannsgarn spinnen*, d. h. unglaubliche Geschichten erzählen (dazu: *Hirngespinste*). In diesem Falle stammt der Name des Tieres von einer menschlichen Beschäftigung her; denn auch die Spinne (eigentlich: die Spinnende) verarbeitet ja Fäden zu einem feinen Gewebe. Ein entsprechender Vorgang liegt bei *fliegen* vor, das den Tiernamen *Fliege* (eigentlich: die Fliegende) ergeben hat. Das Fliegen war zwar von Haus aus das Vorrecht der Vögel und Insekten; da es aber ein uralter Menschheitstraum ist, sich gleich ihnen als *Flieger* in die Lüfte erheben zu können, wie es schon Dädalus und Ikarus in der griechischen Sage taten, entstanden die zahlreichen mit diesem Stammwort zusammenhängenden Bezeichnungen des modernen Flugwesens, der *Fliegerei*. Das Zeitwort fliegen erscheint aber auch in allerlei Übertragungen, denen nicht der Begriff des Schwebens, sondern nur der des Unsteten oder der schnellen Bewegung innewohnt, etwa als rennen, zittern, hinausgeworfen werden, sowie in Zusammensetzungen (z. B. *überfliegen* = flüchtig durchlesen, *zufliegen* = zustürzen, *herunterfliegen* = herunterfallen, *auffliegen* = aufgelöst werden) und in feststehenden Verbindungen (z. B. *fliegender Bote*, *fliegender Händler*, der *Fliegende Holländer*). In den Tätigkeitswörtern spinnen und fliegen stekken also keine Tiernamen; sie sind altes germanisches Erbgut, und die Hauptwörter Spinne und Fliege wurden, wenn auch schon in früher Zeit nachweisbar, von ihnen abgeleitet.

Er möchte immer noch mehr Geld zusammenscharren

Wenn uns, wie wir gesehen haben, überall Namen von Tieren und tierischen Körperteilen begegnen, so ist es nicht verwunderlich, daß auch Verhalten und Lebensweise des Menschen durch Sprachbilder aus der Welt der Tiere veranschaulicht wird, ohne daß der Tiername selbst in Erscheinung tritt. Sehr beliebt ist die Wiedergabe menschlicher Laute durch sog. Schallwörter, die ihrerseits zur Nachahmung von Tierstimmen dienen. Das Quaken kommt von Haus aus den Fröschen und Enten zu, das Krähen dem Hahn und der Krähe (daher der Name dieser Vogelart [41]), das Schnattern den Gänsen, das Gackern den Hennen, das Krächzen den Raben, das Zwitschern und Piepen den kleineren Vögeln (daher das Kinderwort Piepmatz [42]), das Bellen, Knurren, Heulen und Kläffen den Hunden, das Grunzen den Schweinen, das Wiehern den Pferden, das Brüllen den Löwen, das Brummen den Bären und Ochsen, das Meckern den Ziegen, das Fauchen den Katzen, das Zischen den Schlangen. Aber *kräht* und *quäkt* (umgelautet von *quakt*) oder *brüllt* nicht auch der Säugling, *schnattert* (daher: *Schnatterliese, Schnattersuse*) und *gackert* (oder *gackelt*) nicht auch eine Gruppe schwatzhafter Frauen, *krächzt* nicht auch jemand, der heiser ist, *piept* (oder *piepst*) nicht auch ein kleines Mädchen mit dünnem Stimmchen? Lautes Weinen bezeichnet der Volksmund als *Heulen* (daher: *Heulliese, Heulsuse*), im oberdeutschen Dialekt auch als *Röhren* (oder *Rören, Roren,* nach dem Brunstschrei der Hirsche), Schlafen, besonders wenn es von geräuschvollem Schnarchen begleitet ist, als *Grunzen*. Eine wilde Bubenschar *wiehert* vor Lachen oder bricht in *brüllendes* Gelächter aus. Mancher muß sich gefallen lassen, daß man ihn *anbrüllt, anbellt, anknurrt* oder *anfaucht* oder daß man ihm

[41] Vgl. S. 20 [42] Vgl. S. 21

mit dem barschen Befehl: „*Quake* nicht!" das Wort abschneidet. Wer sich seltsam benimmt, hat nach dem Volksglauben einen Vogel im Kopf [43] und wird deshalb gefragt: „Bei dir *piept's* wohl?" Der Nörgler, der an allem etwas auszusetzen findet, *meckert* (daher: *Meckerer, Meckerfritz, Meckerliese, Meckersuse*). Wenn er dazu noch unaufhörlich schimpft, ist er ein *Kläffer*. Wer eine sehr tiefe Stimme hat, *brummt*. Man sagt aber auch von einem verdrießlichen, *brummigen* Menschen, daß er immer nur zu *brummen* (oder *brummeln*) und zu *knurren* habe [44]. Ein weinerliches Kind *winselt* wie ein Hund oder (in Schwaben) *maunzt* (oder *mauzt*, von „miauen") wie eine Katze. Die Biene summt, und mancher *summt* frohen Mutes ein Lied *(vor sich hin)*. Ähnlich geht es demjenigen, der ab und zu *einen* (Schnaps) *zwitschert*. Er kommt bald in eine ausgelassene Stimmung, singt sich eins wie ein lustig zwitscherndes Vöglein und findet alles *zum Piepen* (zum Lachen).

Aber nicht nur in akustischer Beziehung werden solche Vergleiche zwischen Mensch und Tier angestellt, sondern auch in mancherlei anderer Hinsicht. So hat der Bienenschwarm zu Übertragungen verschiedener Art Anlaß gegeben: ein *Schwarm* von Assistenten folgt dem Chefarzt, eine Gruppe von Soldaten *schwärmt* aus, die Kinder *schwärmen umher*, eine schöne Frau wird *umschwärmt*. Wir können unsere Gedanken *schwärmen lassen* oder für eine Sache oder einen Menschen, die dann zum *Schwarm* — bei jener zum Gegenstand einer Liebhaberei, bei diesem zur geliebten Person selbst — werden, *schwärmen* (daher: *Schwärmerei, schwärmerisch*), d. h. uns begeistern, ereifern, wobei wohl das Hin- und Herfliegen der Insekten auf die seelische Unruhe bezogen wurde. Ein verliebtes Pärchen *turtelt* (oder *schnäbelt*), tauscht also, wie es die Turteltauben tun, Zärtlichkeiten aus, während das Mädchen verführerisch *gurrt*. Der eine *stelzt* steifbeinig *(einher)*, er geht gleichsam auf Stelzen wie ein Stelzvogel; ein anderer *watschelt* schwerfällig wie eine Ente. Wer jedoch mit *federnden* Schritten oder *(leicht) beschwingt* davoneilt, ist bestimmt nicht *flügellahm*, d. h. niedergedrückt, ohne Willenskraft. Die Schnepfe ist ein Strichvogel (daher: Schnepfenstrich); „streichen" nennt der Jäger die Richtung des Vogelfluges. Aber auch der Hund und der Wolf streicht (schleicht, schweift) um ein Gehöft. Ebenso kann eine verdächtige Gestalt irgendwo *umherstreichen* (oder *herumstreichen*), und das Straßenmädchen geht auf den *Strich* [45] (daher: *Strichmädchen*). Jemand, der abstürzen oder im Wasser unterzugehen droht, wird genau wie ein Tier sich irgendwo *festzukrallen* suchen.

---

[43] Vgl. S. 102 *einen Vogel haben*, S. 103 *den Vogel zeigen* [44] Vgl. S. 69 *Brummbär, Knurrhahn*
[45] Vgl. S. 70 *Strichbiene*

Sich mausern und sich aufplustern kann im Grunde genommen nur der Vogel. Doch hat auch ein Mensch, der sich innerlich völlig umstellt, *sich gemausert* [46], und ein Großtuer muß sich ermahnen lassen, er solle sich nicht so *aufplustern*. Wer ständig auf einem anderen *herumhackt*, braucht dazu keinen Schnabel wie der Raubvogel; er tut es durch unaufhörliche Vorwürfe oder Spötteleien. Wer einen *Kratzfuß* (oder *Scharrfuß*), eine umständliche Verbeugung, macht, verhält sich wie eine scharrende Henne. Ein ähnliches Gebaren wird dem Geizhals nachgesagt: Wie es die Hühner mit den Körnern tun, ist auch er bestrebt, möglichst viel Geld *zusammenzuscharren*. Vögel brüten, Mäuse hecken. Menschen können einen Plan *ausbrüten* oder *aushecken* und lange über einer Aufgabe oder einem Entschluß *(herum)brüten*. Als *Brut* wird zuweilen in abfälliger Weise die Nachkommenschaft eines Elternpaares bezeichnet, also die Kinder, die später oft, wenn sie *flügge* geworden sind, *ausfliegen* (oder *aus dem Nest fliegen*) und Vater und Mutter verlassen. Wer *sich mästen* will, muß beim Essen *(tüchtig) einhauen*, ähnlich dem Eber, der seine Hauer in die Beute schlägt und sich darin *verbeißt*, so wie es, bildlich gesprochen, auch der Mensch tut, der dann in eine Sache *(ganz) verbissen* oder, gleich dem Wild in der Sackgasse, *verrannt* ist. Durch Schwierigkeiten muß man *sich durchbeißen*; gerät man doch einmal in eine mißliche Lage, sollte man sich bemühen, sich wie der Fuchs in der Falle wieder *herauszubeißen*. Wenn wir hören, daß ein junger Mann bei einem Mädchen *angebissen* habe, so stammt dieses Sprachbild vom Fisch und von der Angel. Wenn er aber geziert *(einher)schwänzelt* oder *angeschwänzelt kommt* und seine Angebetete, die ihn vielleicht, wie die Katze die Maus, lange *zappeln* läßt, *umschwänzelt* (Nebenformen für schwänzeln: *schwänzen, schwanzen*), müssen wir an das Verhalten eines freudig erregten Hundes denken.

Mit dem Pferd wird jemand verglichen, der sich gegen einen fremden Willen *aufbäumt* [47] – dieses Wort ist in doppeltem Sinne bildlich; denn es bedeutet eigentlich: sich wie ein Baum aufrichten – oder der vor Wut *hochgeht*, aber auch eine Frau, die ihrem Manne *durchgegangen* ist. Ein Kind, das geräuschvoll die Luft durch die Nase zieht, *schnüffelt* gleich dem Hund, und wie dieser kann ein Mensch etwas Wohlriechendes *schnuppern* oder in übertragenem Sinne als *Schnüffler* einem anderen *nachschnüffeln* und überall *herumschnüffeln* (oder *herumschnuppern*). *Wühler* und *Hetzer* sind bildhafte Bezeichnungen für gehässige Aufwiegler; die eine erinnert an den Maulwurf oder die Wühlmaus, die andere läßt außer an die von Menschen betriebene Hetzjagd [48] wieder an die Hunde denken, die ja das

---

[46] Vgl. S. 62 *sich mausig machen* [47] Vgl. S. 88 *aufmucken*
[48] Vgl. S. 90

Wild (auf)hetzen müssen. Mancher sehnt sich zeitlebens danach, einmal die Luft der großen Welt zu *schnuppern,* und bei einer Vorstellung und Begrüßung geladener Gäste nennt man das gegenseitige Kennenlernen scherzhaft *Beschnüffeln* (oder *Beschnuppern),* das Händeschütteln sogar *Pfötchengeben.* Wenn jemand irgendwo *(herum)stöbert* (sucht), etwas *durchstöbert* (durchsucht) und schließlich das Gesuchte *aufstöbert* (auffindet), so geht das auf den „Stöber" (mittelhochdeutsch stouben = aufscheuchen), zurück, wie früher der Jagdhund hieß. Wie dieser muß auch eine Person, die etwas im voraus ahnt oder *(ver)spürt,* die jemandem *nachspürt*[49] oder eine Sache *aufspürt,* einen feinen *Spürsinn* (oder ein feines *Gespür)* für bestimmte Dinge, eine *Spürnase,* einen *(guten) Riecher,* eine *Witterung* besitzen. Das aus der Jägersprache stammende Wort Spur hat die Bedeutung eines zurückbleibenden Anzeichens, eines oft kaum wahrnehmbaren Überrestes angenommen. So kann man in einer zerstörten Stadt die *Spuren* einstiger Größe erkennen, und nach der Entdeckung eines Verbrechens fehlt oft von den Tätern *jede Spur;* sie sind *spurlos verschwunden.* Hierher gehört auch die Redewendung *keine* (oder *nicht die) Spur,* d. h. überhaupt nichts. Da der Hund gewissermaßen seine Weisheit in der Nase hat, ist er *naseweis* wie ein vorwitziges Kind, manchmal aber wie ein solcher *(Junker) Naseweis* (oder eine *Jungfer Naseweis)* außerdem *vorlaut,* nämlich dann, wenn er das Wild zu früh verbellt, also „vorher Laut gibt". Bei der sog. Sauhatz mußte sich der „Sauhund" ebenso *abhetzen* wie jemand, der in schnellem Lauf *angehetzt kommt* oder bei einer Tätigkeit *hetzt* und schließlich völlig *abgehetzt* ist. Soll ein Hund sich niederlegen, ruft sein Herr ihm zu: „Kusch dich!" (von franz. couche-toi); deshalb bedeutet *kuschen* sich kriecherisch benehmen, sich demütigen.

Wer gern in seinen vier Wänden bleibt, ist ein *Nesthocker,* während ein anderer irgendwo *sich einnistet,* und das Jüngste der Familie heißt, dem zuletzt ausgebrüteten Vögelchen vergleichbar, das *Nesthäkchen* (wahrscheinlich Verkleinerungsform von Nesthocker). Manche Leute haben ganze Bücher *verschlungen* und pflegen dann in der Unterhaltung das *wiederzukäuen,* was sie bei ihrer Lektüre oder sonstwo *aufgeschnappt* haben. Hierbei müssen sie sich freilich oft sagen lassen, sie seien in ihrem Bildungsdünkel *übergeschnappt.* Hat jemand *geklaut* (gestohlen), wird er meistens versuchen, sich von der Verantwortung für seine Tat zu *drücken* oder sich überhaupt zu *verdrücken.* Er macht es wie ein verfolgter Hase, der sich in die Ackerfurche hineindrückt. Somit *entpuppt* er sich — dieser Vergleich rührt von der Puppe her, aus der sich der Schmetterling entwickelt — als *Drückeberger.* Wird er *geschnappt,* ist er *hereingefallen* (oder hat einen *Reinfall* erlitten) wie der Bär in der Fanggrube.

---

[49] Vgl. S. 110 *eine Spur verfolgen*

Häufig wird Futter (vgl. engl. food = Nahrung, Lebensmittel) auf die menschliche Ernährung bezogen und daraus futtern (tüchtig essen) abgeleitet. So hat sich schon mancher Eßlustige ein Bäuchlein *angefuttert*. Das Volk nennt den Mund *Futterluke*, den Mundvorrat oder Reiseproviant *Futterage* (oder *Futteralien)*, den Platz, wo das Essen ausgegeben wird, wo es also etwas *zu futtern* gibt, die *Futterkrippe*. Eine beliebte Mischung aus Rosinen, Nüssen u. dgl. heißt *Studentenfutter*. Wer *futterneidisch* (oder von *Futterneid* erfüllt) ist, schielt gierig auf den gefüllten Teller seines Nachbarn. Dasselbe sagt man aber auch mit nochmaliger Übertragung von einem Menschen, der dem andern sein Glück nicht gönnt. Derjenige, der es liebt, zu schimpfen und zu nörgeln, hat immer etwas zu *futtern*. In noch weiterem Umfange ist diese Gleichsetzung der tierischen und menschlichen Ernährungsweise bei den Wörtern fressen (daher gassendeutsch: *Fresse* = Mund) und saufen (daher: *süffiger* Wein) nebst ihren Zusammensetzungen und Ableitungen zu beobachten — eine Gepflogenheit, die übrigens im älteren Deutsch gang und gäbe war und in den meisten Mundarten noch heute üblich ist. Denn *fressen* bedeutet im Grunde nichts weiter als „ver-essen", also aufessen (ähnlich: verspeisen, verzehren). Auch in anderen Sprachen wird oft kein Unterschied bei der Bezeichnung der Nahrungsaufnahme von Mensch und Tier gemacht (engl. to eat — to drink, franz. manger — boire, ital. mangiare — bere, span. comer — beber). Mit essen hängt auch *aasen* (oder *veraasen*, jetzt soviel wie: Nahrungsmittel vergeuden, verschwenderisch mit etwas umgehen; *Aas* ursprünglich: Speise oder Viehfutter) zusammen, und aus dem niederdeutschen supen *(saufen)* ist außer Suppe (über franz. soupe, span. sopa, ital. zuppa) sogar das vornehme Wort *soupieren* entstanden. Einer Erklärung bedarf es nicht, wenn sich ein indischer Fakir als *Feuerfresser* produziert, weil er ja gleichsam die Flammen in sich hineinschlingt, und die *Menschenfresser* führen ihren Namen ebenfalls zu Recht. Auf eine Wanderung nehmen viele Leute ein *Freßpaket* oder einen *Freßkorb* mit, der in der Regel recht schmackhafte *Fressalien*, also kein schlechtes Essen, keinen *(elenden) Fraß* (oder gar *Saufraß)* enthält. Bei der ersten Rast beginnt dann eine allgemeine *Fresserei*. Wer übermäßig viel in sich hineinstopft, ist ein *Freßsack* oder *Vielfraß* [50]; er kann so *gefräßig* oder *verfressen* sein, daß er sich *(wahren) Freßorgien* hingibt und in seiner *Freßlust* (oder *Freßgier)* sogar *sich überfrißt* (oder *überfuttert)*, während sich ein anderer bei Verwandten *durchfrißt* (oder *vollfrißt, fettfrißt, durchfuttert, vollfuttert)*. Eine nicht weniger unerfreuliche Erscheinung ist der *Quartalsäufer*, der, da er gern *süffelt*, von Zeit zu Zeit sich dem *(stillen) Suff* ergibt, *sich einen* (Rausch) *ansäuft* und dabei sein ganzes Geld *versäuft* [51]. Schlimmer noch ist es, wenn ein *Sauf-*

[50] Vgl. S. 34 [51] Vgl. S. 116 *das Fell versaufen*

bruder (oder *Säufer, Süffel, Saufaus, Saufloch*), der vielleicht aus einer *Säuferfamilie* stammt, an wüsten *Saufereien* (oder *Saufgelagen, Saufabenden,* scherzhaft: *Besäufnissen*) teilnimmt, was man ihm schon an seinem *versoffenen* Gesicht ansieht, also ständig *besoffen* ist, bis er schließlich dem *Säuferwahnsinn* verfällt. Mundartlich gebraucht, hat versaufen zugleich die Bedeutung von *ersaufen* (ertrinken).

Handelte es sich bei den obigen Beispielen nur um den Tieren zukommende, volkstümliche Bezeichnungen für die menschliche Ernährungsweise, so gehören der *Kilometerfresser*, der mit seinem Kraftwagen oder Motorrad über die Landstraße rast, der zügellose *Frauenfresser*, der grobschlächtige oder randalierende *Eisenfresser* (oder *Eisenbeißer*), der verblendete *Judenfresser, Deutschenfresser* u. dgl. in den Bereich des Bildhaften. Mancher Unglückliche muß seinen Kummer in sich *hineinfressen* oder die Launen eines anderen *einfressen*. Ein Bengel, dem ein Streich gelungen ist, hat etwas *ausgefressen*, und wenn sich jemand als besonders schwer von Begriff erweist, wird er gefragt, ob er die Sache *(endlich) gefressen* (oder *geschnappt*) habe. Auch einen Menschen, den man nicht ausstehen kann, oder eine Tätigkeit, die einem zuwider ist, hat man *gefressen*. Ein *gefundenes Fressen* aber ist ein unerwarteter Glücksfall.

Umgekehrt hat die Sprache manchmal menschliche (oder doch vorzugsweise vom Menschen ausgeübte) Tätigkeiten auf das Tier übertragen. Der Hund *bettelt*, das Kätzchen *schmeichelt*, das Pferd *tänzelt*, die Amsel *flötet*, die Lerche *jubelt*, die Nachtigall *schlägt*, der Papagei *spricht* [52], der Storch *klappert*, der Specht *klopft* (oder *pocht, hämmert*), die Mücken *tanzen* (oder *spielen*). In der Weidmannssprache heißt es: der Hase *trommelt* (macht schnelle Bewegungen mit den Vorderläufen), die Gemse *pfeift* (stößt hohe Warnrufe aus). Wenn wir aber sagen, daß manche Vögel *pfeifen* [53], so handelt es sich um ein aus dem Lateinischen entlehntes Wort (von pipare oder pipire), das wohl in erster Linie, wie das lautmalende *piepen* (oder *piepsen*) der Jungvögel und Mäuse, den Tierlaut nachahmen sollte und erst dann auf das von uns selbst mit gespitztem Munde hervorgebrachte schrille Geräusch bezogen wurde. Die Zeitwörter *äugen* (blikken, beobachten; bei Menschen allenfalls *eräugen* und *hervoräugen*) und *fußen* (Fuß fassen, stehen; bei Sachen manchmal: auf etwas beruhen) kommen sogar fast ausschließlich im tierischen Bereich vor: das Reh *äugt*, der Adler *fußt*, wenn er sich auf die Erde niederläßt.

Dagegen hat man *(zurück)scheuen* wieder erst vom Menschen auf das Tier übertragen, allerdings mit Bedeutungsverschiebung: Ein scheues Kind ist schüchtern, voller Scheu, ein *scheu* gewordenes (oder *scheuendes*) Roß gebärdet sich wild und aufgeregt. Ebenso liegt, wenn ein unzuver-

[52] Vgl. S. 9 [53] Vgl. S. 20 *Regenpfeifer*

lässiges Pferd als *Mucker,* der ab und zu *(auf)muckt,* oder ein ausgedienter Gaul, der wie mancher von uns zeitlebens *sich (ab)schinden* mußte, ein *(alter) Schinder* genannt wird, als primäre Vorstellung wahrscheinlich die einer heimtückischen bzw. bösartigen Person zugrunde. Denn Menschen wie Tiere haben ihre „Mucken"; der Schinder aber war eigentlich ein berufsmäßiger Abdecker, der das Abziehen der Viehhäute zu besorgen hatte und so dem zu „schindenden" Tiere (daher: *Schindmähre,* ein altes Pferd, das für den Schinder bestimmt ist) zu seinem Namen verhalf, es sei denn, daß man den Tiernamen auf ein Wort der Zigeunersprache (tschindo = Wallach) zurückführt. Daß der Habicht die Taube *schlägt,* ist fast wörtlich zu verstehen, da ja der Raubvogel seine scharfen Krallen in den Vogelleib „hineinschlägt", und wenn der Wolf ein Lamm *gerissen* hat, so hat er es gewissermaßen mit den Zähnen „zerrissen".

Der Beamte war sehr kurz angebunden

Viele bildliche Ausdrücke leiten sich, wenn auch nicht immer sofort erkennbar, von der Behandlung des Tieres durch den Menschen her. Wie das Zugvieh vor den Wagen gespannt und nach verrichteter Arbeit wieder ab- oder ausgespannt wird, so sind auch wir in unseren Beruf *eingespannt* und müssen nach angestrengter Tätigkeit einmal *ausspannen;* wir bedürfen einer *Ausspannung.* Dagegen hängen die Mittelwörter *gespannt* (neugierig, erwartungsvoll), *angespannt* (eifrig, aufmerksam), *abgespannt* (müde, abgearbeitet) und *überspannt* (überreizt, verrückt) wohl eher mit der Muskel- oder Federspannung zusammen. Ein Ehepaar, das in bestem Einvernehmen lebt, also nicht unter dem *Ehejoch* seufzt, gibt ein *gutes* (kein *ungleiches) Gespann* ab. Unter *Vorspann*[54] versteht man neuerdings die vorausgeschickte Einführung in ein Buch oder einen Film. An den Viehtreiber, der früher mit einem Ochsenstachel bewehrt war, erinnern die Zeitwörter *anstacheln* (zu etwas Mut machen), *aufstacheln* (zum Widerstand reizen) und *antreiben* (zur Arbeit oder zur Eile drängen; dazu: *Antreiber).* Seine Schuldforderungen kann man *eintreiben,* so wie man die Tiere in den Stall hineintreibt, und gleich dem Dieb, der einem Bauern das Zugpferd von der Deichsel spannt, versucht ein junger Mann ein Mädchen, dem er, wie der Vogelsteller den gefiederten Sängern, schon lange *nachgestellt* hat, seinem Nebenbuhler *auszuspannen.*

Die Schafherde wird vom Hirten betreut, aber auch die Eltern *behüten* ihr Kind vor Gefahren. Es soll sich *wohlbehütet* (oder *in guter Hut)* fühlen, wenn es seine ersten Gehversuche macht. Der Geizige ist der *Hüter* seiner Schätze, die er sorgsam *hütet;* er wird *sich hüten,* sie der *Obhut* anderer anzuvertrauen, und ist immer *auf der Hut,* daß er nicht bestohlen wird. Hier ist allerdings eher an die allgemeine Bedeutung von Hut = Schutz, Wache (dazu im militärischen Sinne: Vorhut, Nachhut) zu denken. Die zur Zucht ungeeigneten Schafe werden von den Böcken abgesondert, und weil dies gewöhnlich im Monat März geschieht, werden sie „ausgemerzt", weshalb wir auch vom *Ausmerzen* von Fehlern oder wertlosen Gegenständen sprechen. Wenig bekannt dürfte sein, daß sogar das Umstandswort *überhaupt* (eigentlich: im großen ganzen) dem Tierreich entstammt. Da in früheren Zeiten das Vieh, insbesondere Pferde und Rinder, nach „Haupt" gehandelt wurde, bedeutete es einen Kaufabschluß, bei dem man großzügig, gewissermaßen „über die Häupter (der Tiere) hinweg" verfuhr, d. h. ohne die einzelnen Stücke zu zählen. Wer sich *ausgelassen* gebärdet, macht es wie die Herde, wenn sie nach der langen winterlichen Ruhezeit aus ihrem Stall wieder auf die Weide hinausgelassen wird. Allerdings können die Schafe auch draußen wie Menschen, die auf engem Raum zusammenleben müssen, *eingepfercht* (oder *zusammengepfercht)* bleiben; denn der Pferch ist ein umzäunter Platz im Freien. Ausgelassen und übermütig ist auch der *Unband* (dazu: sich *unbändig* freuen), ein Kind, das schwer zu *bändigen,* zu *zähmen* und zu *zügeln* ist, das ein *zügelloses* (oder *ungezügeltes*) Benehmen zeigt. Fast gleichbedeutend ist das Wort *Wildfang,* worunter eigentlich ein eingefangener Vogel zu verstehen ist, der vorher in Freiheit, also wild lebte. Wie ein übereifriger Jagdhund von seinem Herrn, wird jemand von seinem Vorgesetzten *zurückgepfiffen,* falls er seinen Auftrag nicht in der gewünschten Weise durchgeführt hat.

Haben wir es mit einem unfreundlichen Menschen zu tun, der *ruppig* (eigentlich: rupfig) und *kurz angebunden* ist, so liegen Vergleiche einer-

[54] Vgl. S. 114 *Vorspann leisten*

seits mit einer nicht sorgfältig gerupften Gans oder einem Huhn [55], andererseits mit einem an seine Hütte gefesselten Wachhund vor [56]. *(Gehörig) gerupft* wurde auch jemand, den ein Betrüger um sein Geld gebracht hat. Dieser war sicherlich ein *(ganz) durchtriebener*, d. h. schlauer, pfiffiger Kerl — ein Ausdruck, der entweder von der Treibjagd oder von der Viehtrift herrührt. Mehrere Sprachbilder wurden dem Umgang mit dem Reitpferd entnommen. Wer sich in seinem Beruf noch nicht *sattelfest* fühlt, wird zu größerem Eifer *angespornt*, falls er es nicht vorzieht *umzusatteln*, einen anderen Beruf zu ergreifen. Manch einer hat *sich vergaloppiert* oder in eine böse Geschichte *hineingeritten*, und wenn er nicht mehr ein und aus weiß, läuft er *spornstreichs* davon wie ein Gaul, der mit den Sporen Streiche (Schläge) erhält. Einer, der immer wieder auf derselben Sache *herumreitet*, gilt als starrköpfiger *Prinzipienreiter*, der weltfremde Buchstabenmensch ist ein *Paragraphenreiter*, und wer den Besuch einer wichtigen Persönlichkeit ankündigen soll, wird als *Vorreiter* vorausgeschickt. *Spitzenreiter* sind diejenigen, die bei einem Wettbewerb irgendwelcher Art die besten Aussichten haben. Der *Steigbügelhalter* verhilft einem andern zum Erfolg, aber der *Heißsporn* (vgl. engl. hotspur), der seinem Tier allzu hitzig die Sporen gab, wurde im Sprachbild zum leidenschaftlichen Draufgänger. Ist jemand auf einem Gebiet *(gut) beschlagen*, so gleicht er einem Pferd, das vom Schmied neue Hufeisen bekommen hat. Er ist dann imstande, eine schwierige Aufgabe *in einem* (oder *auf einen) Ritt*, ohne Pause, zu erledigen. Wenn Pferde oder größere Hunde mit dem Striegel, einem kammartigen Gerät, abgeputzt werden, geht es nicht immer sehr sanft dabei zu; deshalb hat *striegeln* den Nebensinn von rauh behandeln bekommen.

Der Jäger versucht, das versteckte Wild aus dem Gebüsch herauszulocken, der Untersuchungsrichter bemüht sich, aus dem Angeklagten ein Geständnis *herauszulocken*. Wahrscheinlich ist auch das heute etwas veraltete Wort *berücken* (anlocken, verführen; daher: *berückend* = bezaubernd, betörend) in ähnlicher Weise zu deuten, nämlich: von rückwärts heranschleichen. Nach einer anderen Erklärung wird es mit dem Vogelfang in Zusammenhang gebracht: das Netz mit einem „Ruck" über die Vögel ziehen. Sofern eine *Treibjagd* oder *Hetzjagd* auf Menschen veranstaltet wird — das oberdeutsche Wort *Hatz*, sonst nur für die Jagd auf Wild mit abgerichteten Hunden gebräuchlich, steht für ein wildes oder lustiges Treiben aller Art —, hat sie wohl nur als *Verbrecherjagd* Berechtigung. Dasselbe gilt für die bildliche Bezeichnung *Kesseltreiben*. Harmloser ist es, jemanden *fortzujagen* (oder *wegzujagen*, *davonzujagen*; jagen hier = vertreiben) oder selbst in aller Hast *loszujagen* und hinter ihm *herzu-*

[55] Vgl. S. 115 *nicht viel Federlesens machen* [56] Vgl. S. 55 *weitschweifig*

jagen (jagen hier = rennen). Eine *Hetze* wird bisweilen von böswilligen *Hetzern* betrieben, indem sie gegen andere Leute *hetzen* (oder diese gegen dritte Personen *aufhetzen*) oder indem sie eine *hetzerische* Tätigkeit entfalten (z. B. durch *Hetzreden, Hetzschriften*). Heiratslustige Mädchen gehen auf *Männerfang* aus; sie möchten sich einen Ehemann *angeln* oder *einfangen* und versuchen, ihn mit ihren Reizen zu *ködern* oder ihn zu *bestricken* (eigentlich: mit Stricken fangen; dazu: *bestrickend* = verführend, beeinflussend), zu *umstricken* oder zu *umgarnen* [57] – Sprachbilder vom Fischfang, von der Jagd, von der Vogelstellerei. Dabei werden sie leider oft die leichte Beute von *Frauenjägern* (oder *Mädchenjägern*), die es vorziehen, zeitlebens *Einspänner*, d. h. Junggesellen zu bleiben. Ein Förster würde es natürlich ablehnen, sich mit einem solchen *Schürzenjäger* oder mit einem *Mitgiftjäger* oder *Postenjäger* vergleichen zu lassen. Ebenso hat der Beruf des *Kammerjägers*, dem es obliegt, in einem geschlossenen Raum das Ungeziefer zu vernichten, mit dem edlen Weidwerk nichts gemein. In der heutigen Kriegführung versteht man unter *Jäger* einen bestimmten Flugzeugtyp, womit aber eigentlich der Pilot gemeint ist.

Wesentlich enger ist die Beziehung bei dem Worte füttern. Das Baby und mancher bettlägerige Kranke müssen sich *füttern* lassen. Später werden die Kinder von den Eltern *großgefüttert* oder anderswo mit *durchgefüttert*, zuweilen aber auch *überfüttert*. Bei einer Massenspeisung wird eine ganze Menschenmenge *abgefüttert*, wobei man scherzhaft von der *Fütterung der Raubtiere* spricht. Selbst auf geistiger Ebene pflegen wir das Bild anzuwenden, so etwa, wenn es heißt, man solle die Schüler nicht mit Wissensstoff *überfüttern*. Das ehrsame Gewerbe des Schlachters oder Metzgers ergab die grausigen Wörter *Menschenschlächter* (Mörder), *Schlächterei* oder *Gemetzel* (Massenmord), *abschlachten* oder *niedermetzeln* (ermorden). Wie das getötete Vieh werden jetzt auch unbrauchbar gewordene Autos *ausgeschlachtet*.

[57] Vgl. S. 110 *ins Garn gehen*

4. Das Tier in der Redensart

Die Mädchen saßen da wie die Hühner auf der Stange

Die Wechselbeziehung zwischen Tier und Mensch hat nicht nur in einzelnen Bezeichnungen, sondern auch in vielen Redewendungen, die nicht selten die Form von Sprichwörtern angenommen haben, ihren Niederschlag gefunden. Wie jene dienen sie zur Schilderung menschlicher Wesensart und Handlungsweise, zur Kennzeichnung der körperlichen und seelischen Verfassung einer Person oder zur Wiedergabe einfacher Vorgänge aus dem Alltagsleben. Hier und da muten diese Sprachbilder seltsam an und bedürfen der Erklärung, in der Regel aber sind sie als wertvoller Bestand der täglichen Umgangssprache, teilweise sogar der Schriftsprache, jedem geläufig und legen Zeugnis ab von einer feinsinnigen Tierbeobachtung.

Ein Mädchen kann *schlank wie ein Reh* sein, *zierlich wie eine Gemse, zart wie eine Libelle, flink wie ein Wiesel, munter wie ein Zeisig.* Es *hat Augen* (oder *Ohren) wie ein Luchs* und *trillert wie eine Lerche* (oder *Heidelerche)* oder *singt wie eine Nachtigall.* Manche Frau ist *schlau wie ein Fuchs* oder *geduldig wie ein Schaf, fromm wie ein Lamm, anschmiegsam wie ein Kätzchen* und *sanft wie eine Taube,* während uns eine andere *falsch wie eine Katze* (oder *Schlange)* oder gar *giftig wie eine Kröte* vorkommt. Womöglich ist sie dabei *kalt wie ein Fisch* (drastischer: *wie Hundeschnauze),* weil sie *Fischblut* (oder *Froschblut) in den Adern hat.* Der eine Mensch ist von Natur aus gelenkig und fast so *leicht wie eine Fliege,* so daß er *wie ein Affe klettern* und *Bocksprünge machen* (oder *wie ein Böckchen springen)* kann. Der andere ist schwerfällig und *langsam wie eine Schnecke,* er *schwimmt wie eine bleierne Ente,* wobei er *schnauft wie ein Walroß,* oder er sitzt da *breit und fett wie eine Qualle* (in der Gassensprache: *wie eine schwangere Wanze)* oder *satt* (oder *fett) wie ein (Winter-) hamster* und *macht einen Katzenbuckel.* Ein dritter benimmt sich *steif* (oder *stur) wie ein Bock, störrisch wie ein Esel* oder *dickfellig wie ein Rhinozeros.* Für Bocksprünge tritt übrigens in übertragenem Sinne das vom lateinischen capreolus (Böcklein) stammende Fremdwort *Kapriolen* (Seitensprünge) ein. Wer ein plumpes, ungeschicktes Benehmen zeigt, ist *täppisch wie ein Bär* und verhält sich *wie der Elefant im Porzellanladen.*

Der Großtuer *setzt sich aufs hohe Roß* wie einst die Ritter, die vor Beginn des Zweikampfes einander durch prahlerische Zurufe zu reizen pflegten, *gibt an wie eine Lore Affen* oder *stolziert (einher) wie ein Gockel* (oder *wie der Hahn auf dem Mist).* Wer *auf dem großen* (oder *hohen) Pferde sitzt,* ist oft *eitel wie ein Pfau* und erscheint *aufgeputzt wie ein Pfingstochse,* der beim Almauftrieb zu Pfingsten mit Blumen geschmückt wird, oder *bläst* (oder *bläht) sich auf wie ein Frosch,* der in der Fabel von Phädrus es dem Ochsen gleichtun wollte und dabei zerbarst. Der Ängstliche hingegen, der sich nirgends zurechtfindet, läuft umher *wie ein verirrtes* (oder *verlorenes) Schaf,* oder, wenn er gar nicht mehr ein und aus weiß, *wie ein gehetztes* (oder *aufgescheuchtes) Wild* oder *wie ein angeschossener Eber.* Halbwüchsige Mädchen können in der Schule schwer Ruhe halten; in der Pause rennen sie durcheinander *wie (eine Schar) aufgescheuchte Hühner* (oder *Tauben)* und wissen dabei *alle Hühner und Gänse zu erzählen.* Man sagt ihnen sogar nach, sie seien *schwerer zu hüten als ein Sack voll Flöhe.* Daher muß die Lehrerin bei einer Schulwanderung *aufpassen wie ein Luchs* oder *wie ein Schießhund* (Jagdhund), um alle *ihre Schäfchen zusammenzuhalten.* Aber auch die Buben sind nicht besser; denn wohl selten ist es der Fall, daß sie sich in der Klasse *still* verhalten *wie die Ohrwürmchen,* nämlich so, daß man sie kaum bemerkt. Im Gegenteil, sobald der Lehrer den Rücken gewendet hat, *geht es zu wie in einem Ameisenhaufen* (oder *wie in einem Wespennest),* und dann bewahrheitet sich das Sprichwort: *„Wenn die Katze aus dem Haus ist, tanzen die Mäuse".*

Mancher liebt es, *mit den Hühnern ins Bett zu gehen,* wozu man ihm scherzhaft *angenehmes Flohbeißen wünscht.* Er *rollt sich zusammen wie ein Igel* und *schläft wie ein Murmeltier* (oder *wie ein Dachs, wie ein Ratz* [1]). Dafür wird er am nächsten Morgen *mit den Hühnern* (oder *beim ersten Hahnenschrei) aufstehen.* Aber nicht jeder *hat einen (gesunden) Bärenschlaf.* Ist jemand heiser, *hat er einen Frosch im Halse,* wer mit einem unangenehmen Geruch behaftet ist, *stinkt wie ein Wiedehopf* (oder *wie ein*

[1] Vgl. S. 62 *Ratz* = Ratte

Bock), während derjenige, der sich eines besonders guten Gehörs erfreut, *die Flöhe husten hört*, was allerdings auch von einem behauptet wird, der mehr zu erkennen glaubt, als tatsächlich wahrnehmbar ist. Ein Mensch mag *fleißig wie eine Biene* (oder *wie eine Ameise)* sein und *schuften wie ein Pferd* (oder *wie ein Karrengaul, wie ein Stier)*, bleibt aber trotzdem *arm wie eine Kirchenmaus* — in der Kirche gibt es nämlich nichts zu (fr)essen. Auf die Dauer kann solch schwere Arbeit *kein Pferd aushalten (nicht einmal der beste Ackergaul)*. Denn das *bringt den stärksten Gaul um*. Inzwischen kann sein reich gewordener Nachbar, der *einen großen Fischzug gemacht* hat, ein faules Leben, *ein Drohnendasein führen*. Er *legt sich auf die Bärenhaut* (daher: der *Bärenhäuter*, ein ungepflegter Nichtstuer) wie angeblich (nach dem Bericht des lateinischen Schriftstellers Tacitus) die alten Germanen, *hat sein Huhn im Topf* und *lebt wie die Made im Speck*, also üppig und sorglos. Ein anderer ist *frech wie ein Dachs* [2] (oder *wie eine Wanze)* oder *diebisch wie eine Elster* und *stiehlt wie ein Rabe*. Wer auf billige Effekthascherei bedacht ist, liebt es, *ein Pfauenrad zu schlagen*, und der Frauenheld *fliegt* (oder *flattert) wie ein Schmetterling von Blüte zu Blüte*. Oft ist er *verliebt wie ein Stint* und *balzt wie ein Auerhahn* (oder *Birkhahn)*. Zwei grimmige Feinde *gehen (aufeinander) los wie (zwei) Kampfhähne*, das Liebespaar aber *schnäbelt wie die Turteltäubchen* [3]. Wer sich zum Poeten berufen fühlt, *besteigt* (oder *reitet) den Pegasus;* so hieß das geflügelte Pferd der antiken Sage, das zum Olymp emporstieg und als Dichterroß galt.

Wenn im Dreißigjährigen Kriege die jungen Leute Soldaten wurden, *folgten sie dem Kalbfell*, nämlich der Werbetrommel. Mußten sie dann in der Schlacht fliehen, so wurden sie oft von ihren Verfolgern *wie die Hasen zusammengeschossen*. Mancher hoffte zu entkommen, aber *„viele Hunde sind des Hasen Tod"*. Auch der Feigling *läuft davon wie ein Hase*. Er *ergreift das Hasenpanier;* das Panier ist das Banner, die Fahne, in diesem Falle der Schwanz des Hasen, der auf der Flucht hochgereckt wird. Einige Volksstämme *vermehren sich wie die Kaninchen*. Doch die Natur sorgt für grausamen Ausgleich: Durch Hunger und Seuchen werden die Menschen massenweise dahingerafft; sie *sterben* (oder *fallen um) wie die Fliegen*. Auf einer stürmischen Seefahrt muß mancher *die Fische füttern* (oder *den Fischen opfern)*, vulgär ausgedrückt: *kotzen wie ein Reiher*. Bei großer Hitze *schwitzt man wie ein Affe* (oder *wie eine Sau)*, an naßkalten Tagen dagegen, wenn man *keinen* (oder *nicht einmal einen) Hund vor die Tür jagt*, muß der Mensch *frieren wie ein (junger) Hund*. Wer aber gezwungen ist, im strömenden Regen einen längeren Gang zu machen, wird *naß wie eine gebadete Maus* (oder *wie eine Katze)* oder *dreckig wie ein Schwein* und kehrt

[2] Vgl. S. 65 *Frechdachs* [3] Vgl. S. 83 *turteln*

müde wie ein Hund, der von der Jagd oder vom Schafhüten kommt, und *hungrig wie ein Wolf* nach Hause zurück. Es wäre nun sehr unhöflich, ihm sein Essen mit dem barschen Befehl: *„Friß, Vogel, oder stirb!"* hinzustellen. Der Ausgehungerte wird bestimmt nicht *essen wie ein Spatz,* sondern stürzt sich *gierig wie ein Habicht* auf die vorgesetzte Mahlzeit, *frißt wie eine neunköpfige Raupe* und *schlingt wie ein Rabe.* Steht ein Fischgericht auf dem Tisch, wird er ein Glas Wein, das man ihm mit den Worten anbietet: *„Der Fisch will schwimmen",* nicht verschmähen. Endlich hat er Hunger und Durst gestillt und *sitzt* (oder *liegt) da wie ein geprellter Frosch* — das Prellen war eine grausame Sitte, bei der das Tier (oft auch ein gefangener Fuchs) mit einem straff gespannten Tuch oder Netz in die Luft geschleudert wurde —, d. h. völlig erschöpft. Dann ist es zwecklos, ihn zu weiterem Zulangen aufzufordern — *„Wenn die Maus satt ist, schmeckt das Mehl bitter".*

Mehrere Personen können *im Gänsemarsch gehen,* also einer hinter dem andern, oder ohne jede Ordnung *wie eine Hammelherde durcheinanderlaufen.* Sie können aber auch *wie die Hühner auf der Stange* (oder *wie die Sperlinge auf der Telegrafenstange) nebeneinanderhocken* oder in einer langen Reihe *Schlange stehen* [4]. Der gewöhnliche Sterbliche muß sich mühsam *auf Schusters Rappen* vorwärtsbewegen, wobei der Vergleich wohl auf der (früher nur) schwarzen Farbe des Schuhwerks beruht, während der „Motorisierte" *mit einem (wahren) Affenzahn* dahinfährt.

[4] Vgl. S. 73 *Menschenschlange*

Keine zehn Pferde bringen mich dorthin

Ein Einbrecher hat in einer fremden Wohnung gehaust *wie der Marder im Hühnerstall* (oder *Hühnerhaus*). Bei der polizeilichen Vernehmung macht er Ausflüchte, *windet* (oder *krümmt*) *sich wie ein (getretener) Wurm* (oder *wie ein Aal*) und versucht, um den Kern der Sache *herumzugehen wie die Katze um den heißen Brei.* Allen Vorhaltungen gegenüber bleibt er *verschlossen wie eine Auster* und *stumm wie ein Fisch.* Er läßt sich nicht einschüchtern und *ins Bockshorn jagen.* Der Ursprung dieser Redensart ist zweifelhaft. Die mutmaßliche Bedeutung ist: jemanden so klein machen, daß er in ein Bockhorn oder „Bockhemd", d. h. Bockfell (althochdeutsch bockes hamo, eigentlich: Bockhülle) hineinpaßt — tatsächlich wurde im Mittelalter ein Geächteter sehr oft mit einem solchen Bocksgewand bekleidet — oder auch: jemanden in die Hörner des Teufels treiben, der ja gern Bocksgestalt annimmt. So ist es schwer, ihm ein Geständnis zu entlocken oder ihm *die Würmer aus der Nase zu ziehen,* wie es früher der Wunderdoktor zu tun vorgab, der den Schwerkranken die bösartigen Dämonen in Gestalt von Würmern aus dem Gehirn durch die Nase herausholen wollte. Meistens wird der Übeltäter auf Grund von Indizienbeweisen überführt, obwohl er immer wieder versichert, daß er *keiner Fliege etwas zuleide tun* könne. Dann *steht er da wie ein begossener Pudel* (oder *wie ein dummer Affe*) oder *macht Augen wie ein (ab)gestochenes Kalb.* Er *zappelt wie die Spinne im Netz* (oder *wie der Fisch auf dem Trocknen*), ist also völlig hilflos; er *sitzt in der Mausefalle.*

Wenn ein rauflustiger Bengel an einen Stärkeren gerät, der ihn jämmerlich verprügelt, *heult er wie ein Schloßhund* (Kettenhund) oder *brüllt wie ein Stier* oder *schreit wie eine gestochene Sau.*

Wer *wie die Motte(n) ums Licht fliegt,* wird von etwas unwiderstehlich angezogen, was ihm Verderben bringen kann. Von einem Betrunkenen behauptet man, daß er *weiße Mäuse sieht.* Mancher kann deshalb keine Ruhe finden, weil ihm einer *einen Floh ins Ohr* (oder *Raupen in den Kopf) gesetzt,* d. h. ihn durch eine Mitteilung beunruhigt oder ein unerfüllbares Verlangen in ihm wachgerufen hat, oder weil er sich selbst *Grillen in den Kopf gesetzt*[5] und unnötige Sorgen gemacht hat. Auch ein leicht erregbarer Mensch wird oft von innerer Unrast geplagt. Ihn *ärgert (schon) die Fliege an der Wand.* Oft *läuft er umher wie ein Löwe* (oder *wie ein Raubtier) im Käfig,* so also ob er *Schmetterlinge im Magen* (oder *im Bauch)* oder *Ameisen* (oder *Hummeln, Wespen, Maikäfer) im Hintern hätte.* Ist ihm *eine Laus über die Leber gelaufen* — die Leber wurde früher für den Sitz leidenschaftlicher Gefühle gehalten —, *schimpft er wie ein Rohrspatz,* genauer gesagt, wie der Drosselrohrsänger, der oft durch sein lautes Geschrei das Wild vertreibt. Wenn ihn die Wut packt und ihm *der Gaul durchgeht* (oder *die Pferde durchgehen),* springt er auf *wie von der Tarantel gestochen* und droht wohl gar, er *werde zur Wildsau.* Die Tarantel ist eine in Südeuropa vorkommende Giftspinne, deren Biß sogar die sprunghaften Bewegungen bei der Tarantella, einem alten neapolitanischen Volkstanz, hervorgerufen haben soll. Doch wird der Name des Insektes und damit die ganze Redensart auch mit dem „Tarantismus", einer Art Tanzwut, die, ihrerseits herrührend von den Stichen der dort lebenden Wolfsspinnen, im Mittelalter in der süditalienischen Stadt Tarent (ital. Taranto) ausbrach, in Zusammenhang gebracht. Mancher hat ein sonniges Gemüt; er *fühlt sich wohl wie der Fisch im Wasser* oder *frei wie der Vogel in der Luft* und *freut sich wie ein Schneekönig.* Gemeint ist hier der Zaunkönig, der als vorzeitiger Frühlingsbote schon im Winter singt. Der Übermütige gebärdet sich ausgelassen und ist zu jedem Streich bereit, so daß man mit ihm *Pferde stehlen kann.* Ein anderer zeigt sich in seinem Verhalten *wandelbar wie ein Chamäleon,* das ja ständig seine Farbe wechselt.

„Jeder Affe liebt seine Jungen", so wie die Menschenmutter ihre Kinder. Sie wird die Kleinen, wenn sie in Gefahr sind, *wie die Henne ihre Küchlein* (oder *wie die Katze ihre Jungen) beschützen.* Im äußersten Notfalle *kämpft sie wie eine Löwin* um ihr Kind und *stürzt sich wie eine Wildkatze* auf den Angreifer. Ein Jähzorniger kann in gereiztem Zustand sogar *zur Bestie werden,* und bei einem Volksaufstand *werden*

[5] Vgl. S. 102 *die Grillen austreiben*

Weiber zu Hyänen, wie Schiller sagt. Viele Leute neigen zur Übertreibung, indem sie *aus der Mücke einen Elefanten machen.* Doch nicht immer finden sie bei ihren Erzählungen gläubige Zuhörer; nicht jeder läßt sich *einen Bären aufbinden,* wie eine wohl aus dem sog. Jägerlatein stammende, noch nicht restlos geklärte Redensart lautet (mögliche Bedeutung: einen Bären lebendig fangen und dann anbinden oder: die lügenhafte Geschichte einer abenteuerlichen Bärenjagd einem andern aufzudrängen versuchen). Einen eigensinnigen Trotzkopf, der sich von allen abgesondert und *sich in ein Mauseloch verkrochen* (oder *in sein Schnekkenhaus zurückgezogen)* hat, *bringen* (oder *kriegen, bekommen) keine zehn Pferde dorthin,* wo man ihn haben will. Ihn *stößt der Bock*[6], dessen Gestalt hier vielleicht der Teufel angenommen hat. Dieser Ausdruck wird aber auch auf jemand bezogen, der krampfhaft schluchzt oder den Schluckauf hat. Manchmal freilich empfiehlt es sich, einem schwer zugänglichen Menschen, bei dem man etwas erreichen will, Zugeständnisse zu machen, den Sprichwörtern folgend: *„Mit Speck fängt man Mäuse"* und *„Einem bösen Hund muß man zwei Stücke Brot geben"*.

Leider wird oft dem klugen, arbeitswilligen Pferd ganz zu Unrecht Dummheit oder Faulheit nachgesagt, wie die Aussprüche: *„Das Denken überlassen wir den Pferden (die haben größere Köpfe)"* und *„Groß und faul ist auch ein Gaul"* beweisen. Als besonders dumm gilt das Rindvieh. Zeigt sich jemand einer schwierigen Lage gegenüber völlig hilflos, *steht er da wie der Ochse vorm Berg* oder *wie die Kuh vorm neuen Tor,* die, von der Weide zurückkehrend, stutzt, weil sie den Eingang zu ihrem Stall verändert vorfindet. Dabei *macht er ein Gesicht wie die Gänse* (oder *wie die Gans), wenn's donnert,* was zu dem gehässigen Ausruf Anlaß gibt: „Herrgott, *wie groß ist dein Tierreich!"* Wenn eine Gruppe von Menschen in blindem Vertrauen einem gewissenlosen Führer folgt, der sie *wie eine Hammelherde zusammentreiben* läßt oder gar *wie die Hammel zur Schlachtbank treibt,* also ins Unglück führt, so hört man oft den Reimspruch: *„Nur die allergrößten* (oder *allerdümmsten) Kälber wählen ihren Metzger selber"*. Auch dem braven, geduldigen Esel schreibt man gutmütige Dummheit zu: *„Esel dulden stumm, allzu gut ist dumm"*, ein Sprichwort, das sich auf Leute bezieht, die für andere *den Lastesel* (oder *Packesel) machen* müssen. Wer geistig beschränkt ist, den hat *der Esel im Galopp verloren.* Oft wird der Schwächere ausgenutzt und geschädigt, während der Mächtige unbehelligt davonkommt — *„Den Sack schlägt man, und den Esel meint man"*. Andererseits wird der Esel in der Redensart *den Eselstritt geben,* die wir dann anzuwenden pflegen, wenn jemand sich an seinem wehrlos gewordenen Mitmenschen für früher erlittene Unbill

---

[6] Vgl. S. 79 *bocken*

rächt, als heimtückisch gekennzeichnet, weil er in einer Fabel von Phädrus dem sterbenden Löwen mit seinem Huf den Todesstoß versetzte.

Noch schlechter ist in solchen Sprachbildern unser treuer Hausgenosse, der Hund, weggekommen, wie schon die an anderer Stelle[7] erwähnten Ausdrücke *Hundewetter, Hundeleben, Hundearbeit* u. dgl. gezeigt haben. Da er in jedem Bauernhof zu finden war, galt sein Besitz als nichts Besonderes. So beklagt sich der Skatspieler geringschätzig, er *habe aus jedem Dorf 'n Hund,* womit er sagen will, daß er eine bunte Reihe von Kartenblättern, also kein einheitliches Spiel, in der Hand halte. Manch einer, dem es nicht gelang, *den inneren Schweinehund zu überwinden,* ist durch liederlichen Lebenswandel *auf den Hund gekommen.* Hierbei ist wahrscheinlich an einen verarmten Bauern zu denken, der einst Wagen und Pferd besaß, diese gegen ein Eselsgespann eintauschen mußte und schließlich nur noch ein armseliges Hundefuhrwerk sein eigen nannte. Nach einer anderen Auslegung wurde ein Hauer, der sich etwas hatte zuschulden kommen lassen, vom Obersteiger degradiert und mußte nun für geringen Lohn die vierrädrigen Karren durch die engen Stollen ziehen – er „kam vor die hunte", wie es in der mittelalterlichen Bergmannssprache hieß. Ganz traurig ist es, wenn jemand *(völlig) vor die Hunde geht,* d. h. im Elend verkommt, was jedoch von der Treibjagd herrühren dürfte, bei der die Hasen von den Spürhunden zu Tode gehetzt wurden. Auch ein gerissener Bursche ist *mit allen Hunden gehetzt.* Er wird niemandem *wie ein Hund nachlaufen* (oder *hinterherlaufen)* oder *wie ein Hund (an)gekrochen kommen,* während der Feigling um Gnade und Vergebung *winselt wie ein Hund* oder aus Furcht vor Strafe *sich duckt wie ein Hund* – alles Vergleiche, die unterwürfigen Knechtssinn ausdrücken sollen. Von einem Menschen, der von allen verachtet wird, *nimmt kein Hund (mehr) einen Bissen Brot.* Zwar braucht er nicht zu befürchten, daß er selbst *wie ein (räudiger) Hund davongejagt* oder sogar *wie ein (toller) Hund abgeknallt* wird, aber er dürfte sicherlich den pessimistischen Worten Fausts beipflichten, der, am Leben verzweifelnd, in die Klage ausbricht: *„Es möchte kein Hund so länger leben."* Denn wer wollte sich *wie einen Hund behandeln* lassen? Eine heikle, gefahrbringende Lage kann man mit den Worten kennzeichnen: *„Der Knüppel liegt beim Hund"*, weil bissigen Hofhunden früher ein Holzknüppel ans Halsband gebunden wurde. Mancher ist in der ganzen Umgebung *bekannt wie ein bunter* (oder *roter, scheckiger) Hund.* Wo alle Hoffnung zuschanden wird, dort *ist der Hund erfroren,* was übrigens auch von einer abgelegenen, einsamen Gegend behauptet wird, in der *sich die Füchse* (oder *die Eulen,* in der *Fuchs und Hase einander) gute Nacht sagen.*

---

[7] Vgl. S. 50

Man soll nicht mit Kanonen auf Spatzen schießen

Manchmal hat einer *den Gaul am Schwanze aufgezäumt,* also eine Sache verkehrt angefangen, oder wie beim Pferderennen *aufs falsche Pferd gesetzt.* Er mag sich aber, wenn er nicht viel erreicht hat, mit der alten Erfahrung trösten: *„Ein Sperling in der Hand ist besser als eine Taube auf dem Dache"* oder *„Kleinvieh macht auch Mist"*. Man kann eben nicht *nach jeder Mücke* (oder *nach allen Fliegen) schlagen.* Oft muß man mit wenigem vorliebnehmen und sich sagen: *„In der Not frißt der Teufel Fliegen."* Trotzdem sollte man nie den Mut verlieren und sich die Sprichwörter vor Augen halten: *„Auch ein blindes Huhn findet (manchmal) ein Korn"* und *„Aus einem kleinen Gebüsch springt oft ein großer Hase"*. Ein erstes günstiges Anzeichen verbürgt freilich noch keinen dauernden Erfolg; denn *„eine Schwalbe macht (noch) keinen Sommer"*. Daß einem *die gebratenen Tauben nichts ins Maul fliegen* wie im Schlaraffenland, das ist so selbstverständlich, *wie der Ochse Hörner hat.* Man kann ebensowenig *einen Schimmel schwarz machen* wie *vom Ochsen Milch verlangen,* also etwas Unmögliches erwarten, und *„Adler brüten keine Tauben"*. Auf die Undurchführbarkeit einer Sache wird auch in Anlehnung an einen bekannten Bibelspruch mit den Worten hingewiesen, daß *eher ein Kamel durch ein Nadelöhr geht.* Wem es jedoch gelang, durch eine einzige Handlung einen doppelten Vorteil zu erzielen, der hat *zwei Fliegen mit einer Klappe geschlagen* und hat *Schwein gehabt,* eigentlich: unverdientes Glück. Das *Glücksschweinchen,* das uns noch heute als Sparschwein unserer Kinder oder als Glückssymbol auf Neujahrskarten [8] vertraut ist, war ein lebendes Ferkel, das beim ehemaligen Freischießen als Trostpreis für schlechte Schützen ausgegeben wurde. Ein Glückspilz wird auch nach einem zeitweiligen Mißerfolg *(immer wieder) wie die Katze auf die Beine fallen,*

[8] Ähnlich auf Spielkarten, vgl. S. 48

besonders wenn er eine unverwüstliche Gesundheit besitzt, also gewissermaßen *neun Leben hat wie die Katzen.* Verfügt er dazu noch über große Tatkraft, kann er sich, poetisch ausgedrückt, *wie der (Vogel) Phönix aus der Asche erheben.* Phönix ist der griechische Name für den heiligen Vogel der alten Ägypter, welcher, als Sinnbild der Unsterblichkeit und ewigen Erneuerung verehrt, der Sage nach sich selbst verbrennt, um dann neugeboren und verjüngt emporzusteigen.

Wo ein lebhaftes Kommen und Gehen herrscht, *geht es zu wie in einem Taubenschlag.* Artgenossen, ob Tiere oder Menschen, streben immer wieder zueinander — *„Wo Tauben sind, da* (oder *wo Tauben nisten), fliegen Tauben zu".* In der Not halten sie zusammen, was sich wieder durch Sprichwörter belegen läßt: *„Kein Wolf beißt den andern"* oder *„Eine Krähe hackt der andern nicht die Augen aus".* Oft versuchen zwei Personen, sich dieselbe Sache nutzbar zu machen, aber *„Zwei Hunde können nicht an einem Knochen nagen".* Vor einer allzu engen Gemeinschaft von Menschen, die *zusammengepfercht wie die Heringe* (oder *wie Ölsardinen, wie Sardinen in der Büchse)* leben, warnt der drastische Ausspruch: *„Wer mit (den) Hunden schläft, steht mit Flöhen auf",* was sich aber nicht immer auf körperliche, sondern auch auf charakterliche Unsauberkeit bezieht oder bedeuten kann, daß jemand, der sich in schlechte Gesellschaft begibt, die Folgen auf sich nehmen muß. Geschmack und Neigungen der Menschen sind verschieden. *„Jedem Tierchen sein Pläsierchen",* sagt man daher, und im plattdeutschen Sprachgebiet heißt es: *„Wat dem eenen siin Uhl* (seine Eule), *is dem annern siin Nachtigall."* Auch Gut und Böse ist unterschiedlich verteilt, und nicht immer ist es leicht, *die Böcke von den Schafen zu sondern* (oder *zu trennen, zu scheiden),* wie es nach einem Bibelzitat beim Jüngsten Gericht geschehen wird. Alte Gewohnheiten sind schwer abzulegen — *„Die Katze läßt das Mausen nicht".* Ebensowenig kann man seine Wesensart verleugnen; denn *„An den Federn erkennt man den Vogel"* oder *„Den Esel kennt man an den Ohren (und an seinen Worten den Toren)".* Erscheint jemand, von dem gerade die Rede war, zufällig auf der Bildfläche, so wird ihm der Ausspruch des römischen Dichters Terenz *„Lupus in fabula!"* (der Wolf in der Fabel) entgegengerufen oder auch das Scherzwort: *„Wenn man den Esel nennt, kommt er gerennt".* Vielleicht ist der Betreffende *neugierig wie ein Spitz* und wollte bei dem Gespräch gern *Mäuschen sein,* d. h. als unbemerkter (und in der Regel unerwünschter) Augen- und Ohrenzeuge zugegen sein.

Auch die Verletzung der guten Sitten wird oft durch eine Redewendung aus dem Tierreich treffend gebrandmarkt. Ist jemand so unhöflich oder so überheblich, daß er bei einer Aufzählung von Personen mit dem eigenen Ich beginnt, muß er sich sagen lassen: *„Der Esel nennt sich selbst* *zuerst."* Wer von einem Fremden ohne weiteres geduzt wird, kann diese plumpe Vertraulichkeit mit der Frage ablehnen: „Haben wir schon einmal *zusammen Schweine* (oder *Säue*) *gehütet?"*, eine Redensart, die aus den Schildbürgererzählungen des 16. Jahrhunderts stammt. Barhäuptig zu gehen war früher wenig üblich. Deshalb wurde ein Junge, der beim Betreten eines geschlossenen Raumes seine Kopfbedeckung aufbehielt, gefragt, ob er *Spatzen unter der Mütze* (oder *unterm Hut*) *habe.* Läßt er es aber auch sonst am guten Benehmen fehlen, z. B. wenn er nach dem letzten Bissen, ohne das, was er zum Essen benutzt hat, ordnungsgemäß zusammenzuräumen, *wie die Sau vom Troge (weg)läuft,* so wird ihm angedroht, ihm *die Hammelbeine langzuziehen* (oder ihn *bei den Hammelbeinen zu nehmen*). Einem Erwachsenen muß man zuweilen seine Launen und wunderlichen Einfälle, bildlich gesprochen, *die Grillen* (oder *Mucken, Motten*) *austreiben* (oder *vertreiben*). Demjenigen, der sich vor Übermut nicht zu lassen weiß, ruft man zu: *„Wenn's dem Esel zu wohl wird, geht er aufs Eis tanzen."* Wer zu früh jubelt, wird belehrt: *„Die Vögel, die am Morgen singen, holt am Abend die Katze"*, was auch in der abgewandelten Form *„Die Vögel, die früh pfeifen, frißt die Katze"* so verstanden werden kann, daß ein schon im Kindesalter entwickeltes Talent später oft verkümmert.

Der Wichtigtuer, der glaubt, gegen einen Mächtigen etwas ausrichten zu können, verhält sich *wie ein Hund, der den Mond anbellt.* Sinnlos ist es auch, wenn einer *mit Kanonen nach* (oder *auf*) *Spatzen schießt,* also viel Wesens um eine nichtige Sache macht und dadurch Unruhe stiftet. Das bringt ihm höchstens die Warnung ein: *„Mach (mir) nicht die Pferde* (oder *den Gaul*) *scheu!"* Ein unglaubhafter Bericht läßt sich mit der Bemerkung abtun: *„Da lachen ja die* (oder *alle*) *Hühner!"* oder *„Da sträubt sich selbst ein Huhn".* Die volkstümliche Redensart *„Ich dachte, mich laust der Affe"* [9] kann man von jemandem hören, dem etwas ganz Unerwartetes widerfahren ist. Eine unerhörte Zumutung wird mit der Frage „Du *hast wohl 'n Vogel* (oder *Piepmatz, Pieps, Piep*)?" oder „Du bist wohl *vom (blauen, wilden) Affen gebissen?"* quittiert und mit dem entrüsteten Ausruf *„Ich bin (doch) nicht dein Affe!"* zurückgewiesen. Hingegen bedeuten die Worte *„Gut gebrüllt, Löwe!"* (Zitat aus Shakespeares „Sommernachtstraum") oder *„Gut gekräht, Gockel!"* eine lobende Anerkennung. Der Zuruf *„Sei kein Frosch!"* will etwa besagen: Sei nicht so teilnahmslos, so langweilig wie ein Frosch, der darauf wartet, daß ihm eine Fliege vors Maul fliegt. Gern macht sich das Volk über Leute lustig, die von einer Sache keine Ahnung haben. Der Anfänger spielt Karten, fährt Auto, läuft Schneeschuh usw. *wie eine ge-*

---

[9] Vgl. S. 79

sengte Sau, d. h. sehr schlecht [10], oder er versteht davon genauso wenig *wie der Hahn vom Eierlegen* (oder *wie der Esel vom Lautenschlagen, wie der Elefant vom Zitherspielen, wie der Ochse vom Seiltanzen, wie die Kuh vom Strümpfestricken* u. dgl.). In ähnlichem Sinne sagt man in Schwaben, wenn einer etwas tut, was nicht seiner Veranlagung entspricht: „Das ist, *wie wenn ein Ochse Veilchen frißt.*" Der schlaue Berliner aber, der längst gemerkt hat, worauf der andere hinaus will, meint bedeutungsvoll: „*Nachtigall, ick hör dir trapsen.*" Will man mit jemandem einen Meinungsstreit austragen, so kann man das mit den Worten ankündigen, man habe mit ihm *(noch) ein Hühnchen zu rupfen.* Natürlich darf es dabei nicht, selbst wenn die beiden Personen miteinander verfeindet sind und *wie Hund und Katze leben,* so weit kommen, daß man sein Gegenüber anschreit: „*Dich werden noch* (oder *sollen*) *die Raben fressen!*", d. h. du wirst am Galgen enden, oder daß man gar in wütende Drohungen ausbricht wie etwa: „Ich werde dich *wie einen Wurm zertreten!*" und ihn *zur Sau* (oder *zur Schnecke*) *macht* wie einst der gestrenge Herr Feldwebel den armen Rekruten, dessen Gewehrgriffe nicht klappen wollten. Höchst ungehörig ist es auch, dem andern *den Vogel zu zeigen,* indem man an die Stirn tippt, wie es leider viele Kraftfahrer tun, um den Lenker eines vorbeifahrenden Wagens auf die Verletzung der Verkehrsvorschriften hinzuweisen.

Damit hatte er die Katze aus dem Sack gelassen

Wer ein Geschenk erhält, sollte es nicht allzu kritisch betrachten; denn „*einem geschenkten Gaul sieht man nicht ins Maul*" [11]. Genau das aber

[10] Vgl. S. 107 *unter aller Sau* [11] Vgl. S. 116 *auf den Zahn fühlen*

muß der Käufer eines Pferdes tun, wenn er dessen Alter erkennen will. Allerdings läßt sich nicht jeder *ein Kuckucksei ins Nest legen,* also durch eine Gabe von zweifelhaftem Wert täuschen. Doch versuchen manche Leute immer wieder, sich auf heuchlerische Weise durch Gefälligkeiten und Lobhudeleien die Gunst eines plötzlich reich Gewordenen zu verschaffen, den sie *wie die Schmeißfliegen umschwirren* (oder über den sie *wie ein Hornissenschwarm herfallen*). Seine kleinen Schwächen wissen diese Schmeichler zu unterstützen, indem sie *seinem Affen Zucker geben.* Um Mitleid zu erwecken, scheuen sie sich nicht, *Krokodilstränen zu weinen* (oder *zu vergießen).* Diese seltsame Redensart stammt von einer alten Sage her, nach der das Krokodil seine Opfer durch weinerliches Gejammer anlockt.

Ebenso ungehörig ist es, *mit fremdem Kalbe zu pflügen* und sich so auf Kosten seiner Mitmenschen Nutzen zu verschaffen oder einem andern eine unangenehme Aufgabe zuzuschieben, indem man ihn veranlaßt, *der Katze die Schellen anzuhängen.* Gewissenlose Subjekte sind überall zur Stelle, wo sie ihren Vorteil wittern; *„wo ein Aas ist, sammeln sich die Geier".* Einen reichen Nebenbuhler möchten sie am liebsten *ausnehmen wie eine Gans.* Sie scheuen sich auch nicht, wie es die Vogelsteller taten, *auf Gimpelfang auszugehen,* indem sie Dumme suchen, die sie dann für ihre dunklen Zwecke ausnutzen und mit denen sie in hämischer Schadenfreude *wie die Katze mit der Maus* (oder *Katz' und Maus) spielen.* Spüren sie jedoch, daß Gefahr droht, so sagen sie sich: *„Den letzten beißen die Hunde"* und bringen sich rechtzeitig in Sicherheit; *„die Ratten verlassen das sinkende Schiff".* Um unbemerkt zu entkommen, benutzen sie gern den Deckmantel der Dunkelheit, der ihnen die Flucht erleichtert; denn *„bei Nacht sind alle Katzen grau* (oder *alle Ochsen schwarz)".* Erst wenn die Luft rein ist, werden sie *aus ihren Mauselöchern herauskriechen* (oder *hervorkommen*). Mag die Polizei beim Durchsuchen ihrer Schlupfwinkel feststellen, daß *der Vogel ausgeflogen* ist, daß der Übeltäter *die Mücke gemacht* (oder *die Fliege gebaut)* hat, schließlich fällt der Flüchtling doch seinen Verfolgern in die Hände, und *der Vogel ist gefangen.* Wer keine Feigheit kennt, geht geradeswegs auf sein Ziel los und *packt* (oder *faßt) den Stier bei den Hörnern.* Er wird unter Umständen selbst seinen Widersacher aufsuchen, *sich in die Höhle des Löwen wagen,* was in der Fabel vom Fuchs verlangt wurde. Mancher ging allzu unbesonnen vor, indem er *eine Schlange* (oder *Natter) am Busen nährte,* d. h. jemandem Gutes erwies, der es ihm mit schnödem Undank lohnte — so erzählt es der griechische Fabeldichter Äsop —, oder indem er *den Bock zum Gärtner machte,* also gerade demjenigen eine Vertrauensstellung einräumte, der es am wenigsten verdiente und der ihn sogar noch heimlich betrog. Ähnlich verhält es sich, wenn uns *ein Bärendienst erwiesen* wird, nur mit dem Unterschied, daß es sich hier um einen Liebesdienst handelt, der sich ungewollt zu unserem Schaden auswirkt. Auch dieser Redensart liegt eine alte Fabel zugrunde, in der ein gezähmter Bär die seinen schlafenden Herrn belästigenden Insekten töten wollte, ihn aber dabei mit seiner mächtigen Pranke erschlug.

Leute, die keine feste Meinung haben, pflegen andern *(alles) nachzuplappern wie ein Papagei.* Viele halten es überhaupt für klüger, sich den gegebenen Verhältnissen anzupassen, und meinen: *„Mit den Wölfen muß man heulen"*. Wer aber charakterfest ist, läßt sich auch durch leere Versprechungen nicht täuschen, weil man damit *keinen Hund* (oder *keinen Köter, keine Katze) hinter dem Ofen hervorlockt.* Er bleibt standhaft, besonders, wenn er durch schlechte Erfahrungen gewitzigt ist; denn *„der Fuchs geht bloß einmal in die Falle"*. Wer bedächtig zu Werke geht und nach dem Grundsatz handelt: *„Immer langsam* (oder *sachte) mit den jungen Pferden!"* oder nach dem drastischen Reimspruch: *„Mit Geduld und Spucke fängt man eine Mucke* (Mücke)*"*, von dem heißt es zuweilen scherzhaft: *„Mühsam nährt sich das Eichhörnchen"*. Jeder vernünftige Mensch wird sich hüten, *sich eine Laus in den Pelz zu setzen,* wo sie schwer zu finden wäre, sich also durch eine unüberlegte Handlung in eine unangenehme Lage zu bringen. Er wird auch, wenn er verdächtigt wird, sich nicht durch eine wortreiche Verteidigung verraten, da ja *„(nur) getroffene Hunde bellen"*. Das würde sowieso den andern nicht schrecken, weil er weiß: *„Hunde, die (viel) bellen, beißen nicht"*. Man soll aber eine Gefahr nicht unnötig heraufbeschwören und *schlafende Hunde nicht wecken.* Ebenso unklug wäre es, würde man *in ein Wespennest stechen,* d. h. ein heikles Thema berühren und sich auf diese Weise irgendwo unbeliebt machen. Schlimmer noch ist es, wenn sich jemand selbst *in ein Wespennest setzt,* indem er sich in eine Sache einläßt, die für ihn böse Folgen hat. Vorsichtige Leute werden immer gewisse Reserven zurückbehalten und nicht *das letzte Pferd aus dem Stalle holen.* Der Mißtrauische wird niemals *die Katze (zu früh) aus dem Sack lassen* und so seine Gedanken und Absichten vorzeitig preisgeben. Man sollte auch nicht *die Katze im Sack kaufen,* wie es der Schalk Eulenspiegel verlangte, der einen in einen Sack gesteckten Kater als Hasen an den Mann bringen wollte, oder *den Pelz verkaufen, ehe man den Bären hat* (oder *die Bärenhaut schon vorher verkaufen).* Wer, *um auf besagten Hammel zurückzukommen* (nämlich auf den Vorsichtskandidaten, von dem eben die Rede war) – die Redewendung stammt aus einem französischen Schwank des 15. Jahrhunderts, in dem ein Angeklagter, der immer wieder vom Thema abschweift, so daß ihn der Richter (mit den Worten: „Retournons à notre mouton!") auf den eigentlichen Gegenstand der Verhandlung, einen gestohlenen Hammel, hinweisen muß –, ganz sicher gehen will, der wird, bevor er etwas unternimmt, erst sehen, *wie (der) Hase läuft*, d. h. alle Möglichkeiten genau prüfen.

Das hieße Eulen nach Athen tragen

Ein Vorgang, der wieder zum Ausgangspunkt zurückführt, *ist wie eine Schlange, die* (oder *wie ein Hund, der*) *sich in den Schwanz beißt.* Vieles, was getan wurde, *war für die Katze* (eigentlich: *für die Katz und den Hund*); es ist umsonst geschehen, ohne Sinn und Zweck, so wie Tierfutter für die menschliche Ernährung wertlos ist. Nach einer anderen Deutung soll die Redensart von einer Erzählung des Fabeldichters Burkard Waldis (16. Jahrh.) herstammen, in der ein Schmied die leeren Dankesworte, die er anstelle von Bargeld für seine Arbeit erhielt, an seine Katze weiterzugeben pflegte. Manches Ding *ist weder Fisch noch Fleisch,* also etwas Unvollkommenes, nichts Ordentliches, und eine ganz minderwertige

Leistung *ist unter aller Sau.* Hier wird allerdings auch ein jiddisches Wort für Richtschnur, Maßstab zugrunde gelegt, so daß dann dieser Ausdruck nichts mit dem als schmutzig geltenden Borstentier zu tun hätte, sondern genau dem volkstümlichen Ausspruch „unter aller Kanone" (von griech. Kanon = Vorbild, Regel) entspräche. Etwas Überflüssiges tun heißt *Eulen nach Athen tragen.* Da im Altertum die Eule als Verkörperung der Klugheit der weisen Göttin Pallas Athene geweiht war — noch heute erscheint sie oft als Sinnbild wissenschaftlichen Strebens —, durften diese Vögel in Athen nicht getötet werden. Deshalb waren sie dort so häufig anzutreffen, daß es zwecklos gewesen wäre, ihre Zahl noch zu vermehren. Außerdem gab es bildliche Darstellungen von Eulen in großer Menge. So wurde z. B. auf der Vorderseite von Geldstücken der Kopf der Göttin und auf der Rückseite eine Eule aufgeprägt. Derartige Münzen, kurzerhand „Eulen" genannt, kursierten vor allem wieder in der griechischen Hauptstadt, so daß man — eine andere Erklärung der Redensart und zugleich (wie bei den schweizerischen Rappen [12]) ein indirekter Vergleich — nicht noch mehr solcher Zahlungsmittel einzuführen brauchte. Völlig vergeblich wäre es, *Perlen vor die Säue zu werfen,* die ja mit solchen Kostbarkeiten gar nichts anzufangen wüßten. Auch längst überlebte Vorschriften oder Lebensgewohnheiten wie unbrauchbar gewordene Kleidungsstücke *aus der Mottenkiste hervorzuholen* führt zu nichts. Echter Volkshumor liegt in den Worten: *„Das hat der Fuchs (mit dem Schwanz) gemessen"*, die man dann zu gebrauchen pflegt, wenn einem eine Wegstrecke als zu kurz angegeben erscheint, oder in der Feststellung: „Das Messer schneidet, *wie ein toter Hund beißt"*, d. h. es ist völlig stumpf.

Gieriges Streben nach Reichtum bezeichnet man nach der Anbetung eines Götzenbildes im Alten Testament als *Tanz ums Goldene Kalb,* wobei es sich allerdings wieder um keinen echten Tiervergleich handelt. Jede ehrliche Arbeit aber ist ihres Lohnes wert — in der Sprache der Bibel: *„Man soll dem Ochsen, der da drischt, nicht das Maul verbinden"*, zumal da Armut und Entbehrung oft zur Unverträglichkeit führt, bildlich ausgedrückt: *„Wo die Krippe leer ist, beißen sich die Gäule"*. Freilich lassen sich die sozialen Gegensätze wohl kaum aus der Welt schaffen, wie der lateinische Vers besagt: *„Quod licet Jovi, non licet bovi"*, zu deutsch: Was dem Jupiter geziemt, das geziemt dem Ochsen (noch lange) nicht, in übertragenem Sinne: Was sich eine hochgestellte Persönlichkeit erlauben darf, ist dem gewöhnlichen Sterblichen keinesfalls gestattet. Auf eine nicht ganz einwandfreie Angelegenheit bezieht sich der Satz: *„Da ist der Wurm drin"*, wie im faulen Holze oder in einem madigen Apfel. Durchschaut hat man eine Sache, wenn man sagt: *„Da kommt der Fuchs aus dem Loch*

[12] Vgl. S. 60

heraus" oder *„Da liegt der Hase im Pfeffer"*, was eigentlich bedeutet: Da ist nichts mehr gutzumachen, so wie ein Hase nicht wieder lebendig wird, wenn er einmal im Pfeffer liegt, nämlich in der Gewürzbrühe (daher: *Hasenpfeffer,* ein Gericht aus kleingeschnittenem Hasenfleisch). Etwas Ähnliches meint das klassische Zitat: *„Das also war des Pudels Kern"*, womit man zu erkennen gibt, daß man den Sinn eines Geheimnisses erfaßt hat. Faust tut diesen Ausspruch, als der Hund, der ihm bis in sein Studierzimmer nachgelaufen ist, plötzlich die Gestalt Mephistos annimmt.

Der Teufel als schwarzer Hund spukt wohl auch in dem Ausruf: *„Da liegt der Hund begraben"*, mit dem auf den Kern einer Sache hingewiesen wird. Der nächtliche Schatzsucher glaubte plötzlich auf die gräßliche Fratze des Höllenhundes zu stoßen, der vergrabene Schätze hütet. Den Geist der Finsternis brauchen wir aber nicht zu beschwören, wenn wir daran denken, daß es ein mittelhochdeutsches Wort hunde mit der Bedeutung Beute, Schatz, Raub gab. Schließlich mag hier auch die grausame Sitte früherer Zeit mitgewirkt haben, bei der Errichtung eines Neubaus einen lebenden Hund einzumauern, wie es z. B. die Deicharbeiter in Theodor Storms Novelle „Der Schimmelreiter" tun wollten. Eine unabänderliche Tatsache wird durch die Redensart bekräftigt: *„Da beißt die Maus keinen Faden ab"* — nach einem alten Volksglauben lief zuweilen eine Maus am Spinnrocken hinauf, biß den Faden durch und machte so das weitere Spinnen unmöglich, und in der Fabel zernagte die Maus die Stricke des Netzes, in dem der Löwe gefangen war —, während man seinem Erstaunen über eine Äußerung oder über ein Geschehnis mit den Worten: *„Da brat' mir einer 'nen Storch!"* Ausdruck verleiht. Der Storch galt bei den Germanen als heiliges Tier, das nicht getötet werden durfte. Weniger anschaulich ist die volkstümliche Wendung: *„Hier zieht's wie Hechtsuppe";* denn das lange „Ziehen" (Kochen), das die Zubereitung dieses Gerichtes erfordert, hat mit der starken Luftströmung, der jemand ausgesetzt ist, nichts zu tun. Was uns erbärmlich oder verwerflich vorkommt, *kann einen Hund jammern,* was einen zur Verzweiflung treibt, *ist zum Junge-Hunde-Kriegen* (oder *zum Mäusemelken*), und was übertrieben, nicht zumutbar oder kaum zu schildern ist, das *geht auf keine Kuhhaut,* eigentlich: es ist so viel — in erster Linie war hier an die Sünden der Menschheit gedacht, die der Teufel aufschrieb —, daß der Platz auf dem (aus Tierhaut bestehenden) Pergamentstück zum Niederschreiben nicht ausreichen würde. Etwa dasselbe bedeutet: *„Das reißt der Kuh die Hörner weg"*. Ist etwas schiefgegangen, will meist keiner der Schuldige sein, und man fragt vergeblich *„Wer war das Karnickel?"*

Von einem hochbetagten Menschen heißt es zuweilen mit derbem Vergleich: *„So alt wird keine Kuh"*, was wiederum an den volkstümlichen

Reimspruch erinnert: *„Man wird alt wie eine Kuh und lernt immer noch dazu"*. Auf die Erfahrungen des Alters beziehen sich die Sprichwörter: *„Alte Ochsen ziehen gerade Furchen"* und *„Ein alter Fuchs geht nicht ins Garn"*. Aber das Alter sollte auch der Jugend Verständnis entgegenbringen; ist doch *„ein alter Gaul auch einmal ein Füllen gewesen"*. In diesem Zusammenhang sei noch der zweideutige Spruch erwähnt: *„Ein guter Hahn wird selten fett"*. Peinliche Vorkommnisse aus dem Familienleben sollte man nicht in die Öffentlichkeit tragen; auch *„kein Vogel beschmutzt sein eigenes Nest"*. Es mag zwar zunächst scheinen, daß *kein Hahn danach kräht* – eine Anspielung an die Bibelstelle, wo Christus beim Abendmahl zu seinem Jünger Petrus spricht: „Ehe der Hahn dreimal kräht, wirst du mich dreimal verraten" –, aber bald *pfeifen* (oder *zwitschern*) *es die Spatzen von den* (oder *allen*) *Dächern*. Denn klatschsüchtige Personen gibt es überall, die in boshafter Sensationslust das Gerücht verbreiten, daß Fräulein X. *vom Storch ins Bein gebissen* worden sei oder daß Herrn Y., den die Ehefrau mit seinem besten Freund betrog, *ein Hirschgeweih wachse* [13].

Ich lasse mich nicht an der Nase herumführen

Wie bei den Einzelwörtern [14] gibt es auch bei den bildlichen Redensarten zahlreiche Fälle, in denen zwar das Tier, das den Vergleich verursacht hat,

[13] Vgl. S. 115 *Hörner aufsetzen* [14] Vgl. S. 54 und S. 82

nicht ausdrücklich genannt wird, aber sein Wesen und Verhalten oder die Beziehung des Menschen zu ihm, mehr oder weniger deutlich erkennbar, zum Ausdruck kommt. Die meisten dieser Sprachbilder verdanken wir dem Hund, der von jeher als Jagdbegleiter unentbehrlich war, dem Vieh, das der Bauer zur Feldbestellung benötigte, dem jagdbaren Wild und dem Pferd als Reit- und Zugtier. Wie der Spürhund bei der Verfolgung des Wildes, verhält sich der feurige Liebhaber, von dem Schiller in seinem Gedicht „Die Glocke" sagt, daß er „errötend *ihren Spuren folgt*", oder — weniger romantisch — die Kriminalpolizei, die *eine (heiße) Spur verfolgt* und die *auf der richtigen Spur* (oder *Fährte) ist,* wenn sie einem langgesuchten Verbrecher *auf die Spur kommt* (oder *auf die Sprünge, auf die Schliche,* womit ursprünglich die Schleichwege des gehetzten Tieres gemeint waren). Gelingt es ihr, den flüchtigen Täter *in die Enge* (eigentlich: in die Ängste) *zu treiben* und *zu Falle* (oder *zur Strecke) zu bringen,* so hat sie *einen guten Fang gemacht.* Halb scherzhaft heißt es auch bei einer politischen Wahl, daß die aufgestellten Kandidaten, welche die erforderliche Stimmenmehrheit nicht erreicht haben, *auf der Strecke geblieben* sind. Die Strecke ist in der Weidmannssprache zunächst der Platz, auf dem die geschossenen Tiere „ausgestreckt" nebeneinander hingelegt werden (daher: *niederstrecken* und *erlegen*), dann aber auch die Jagdbeute selbst. Oft freilich müssen die Polizisten, die auf eine Diebesbande *Jagd machen* und deren *Nest ausnehmen* (oder *ausheben)* wollen, enttäuscht feststellen, daß *das Nest leer ist.*

Auch sonst wird ein gewitzter Bursche, dem man *eine Falle stellt* (oder *Fallstricke legt),* nicht *in die Falle* (oder *in die Schlinge) gehen* und sich wie ein Hase *das Fell über die Ohren ziehen* lassen. Wenn er aber doch *in der Falle sitzt,* wird er sich geschickt wieder *aus der Schlinge ziehen.* Anders ausgedrückt: Ein Schlauberger wird niemandem *auf den Leim kriechen* (oder *gehen)* oder *ins Netz* (oder *ins Garn) gehen,* so daß er dann *im Netz zappelt* und schließlich gleich einem toten Vögelchen *nicht mehr piep sagen* kann. Wer sich jedoch *ins Netz locken* oder *auf den Leim führen* (oder *leimen)* ließ, hat *Pech gehabt* und *sitzt in der Klemme.* Diese Redewendungen stammen offenbar wieder von der grausamen Sitte der Vogelstellerei, wobei die armen Singvögel auf den mit Leim oder Pech bestrichenen Weidenruten kleben blieben, sich in den ausgelegten Netzen verstrickten oder in einer aus einem gespaltenen Holzstück bestehenden Falle eingeklemmt wurden. So ist wohl auch *erpicht sein* (nach etwas heftiges Verlangen tragen, eigentlich: mit einer Sache unlösbar verbunden, ganz von ihr gefesselt sein) zu deuten. Andererseits wäre hier an das Abdichten von Holzteilen mittels Teerpech zu denken. Das Wort Pech hatte freilich schon vor längerer Zeit die symbolische Bedeutung von Mißgeschick, Unheil (daher: Pechsträhne = eine Reihe von Unglücksfällen) angenommen, was vielleicht mit dem höllischen Feuer (vgl. Pech und Schwefel) zusammenhängt. Danach ist der *Pechvogel* wie der *Unglücksrabe* ein „vom Pech verfolgter" unglücklicher Mensch. Dagegen erscheint es abwegig, wollte man die Redensart *Pech haben* auf das siedende Pech zurückführen, das von den Zinnen der mittelalterlichen Burg auf die anstürmenden Soldaten herabgegossen wurde. Ein Tier einfangen, indem man ihm *Salz auf den Schwanz streut,* ist ein Sprachbild, das naturgemäß innerhalb des Tierreiches Geltung hat und nur selten auf den Menschen übertragen wird.

Ist ein Jagdhund schlecht abgerichtet, so findet er die Fährte nicht von allein; dann muß man ihm *auf die Sprünge helfen* oder ihn *mit der Nase darauf stoßen* (oder *drücken),* was bei Leuten geschieht, die fremder Hilfe bedürfen oder begriffsstutzig sind. Wie die Hunde haben auch andere Tiere eine gute Witterung, in der Jägersprache „Wind" genannt. Jemand *wittert Gefahr,* hat von einer Sache *Wind bekommen* oder hat *Lunte gerochen,* gleich den Hirschen und Rehen, die den Brandgeruch des glimmenden Dochtes im Gewehr der ehemaligen Schützen wahrnehmen. Wer *Morgenluft wittert,* ahnt eine für ihn selbst günstige Wendung der Dinge voraus. Diese Redensart findet sich sowohl in Skakespeares „Hamlet" als auch in Gottfried August Bürgers Ballade „Lenore". Wenn früher der Jäger das Unterholz abklopfte, um das darin versteckte Kleinwild aufzuscheuchen, mußte er darauf achten, daß es nicht durch die „Lappen" brach, nämlich durch die Wildzäune, die aus Stangen mit daran befestigten Leintüchern und Stoffetzen bestanden. Im heutigen Sprachgebrauch kann einem ein Geschäft oder ein Gewinn *durch die Lappen gehen,* und wer im Gespräch *auf den Busch klopft,* ist bestrebt, durch geschickte Fragen aus seinem Gegenüber etwas herauszukriegen. Nicht nur Hunde, Hasen und Pferde pflegen *die Ohren zu spitzen,* auch der Schüler sollte das tun, wenn der Lehrer etwas erklärt. Will er später im Leben vorwärtskommen, muß er *die Ohren steifhalten* und darf nicht wie ein Pferd *mit Scheuklappen umherlaufen* oder, wie es angeblich der Vogel Strauß tut, *den Kopf in den Sand stecken.* Sonst kann es geschehen, daß ein Klügerer ihn *an der Nase herumführt.* Buchstäblich „genasführt" wurde einst bei den volkstümlichen Schaustellungen der Tanzbär, dem man einen Ring durch die Nase gezogen hatte und der nun, an der Kette gehalten, machen mußte, was sein Herr von ihm verlangte.

Wer Mut hat, läßt sich von seinem Gegner nicht *auf die Hörner nehmen.* Er wird ihm *die Zähne* (oder *die Krallen, die Hörner) zeigen* und sich, wenn nötig, sogar *mit Klauen und Zähnen zur Wehr setzen* (oder *verteidigen),* wie das etwa bei einem hitzigen Wortgefecht geschieht, bei dem sich zwei Rivalen *in die Wolle kriegen* (oder *geraten*). Einer von ihnen muß dann gewöhnlich *Haare lassen* wie Hund oder Katze oder *Federn lassen* wie ein Kampfhahn. Der Unterlegene wird *die Ohren hinterlegen* und *die Krallen* (oder *den Schwanz*) *einziehen* oder *die Flügel hängenlassen*. Schließlich wird er *mit hängenden Ohren abziehen* und *brütet Rache*. Er muß also *Leine ziehen* und schleunigst das Weite suchen, was allerdings dem Hund, der an der Leine zerrt, selten gelingt. Bald ist von ihm und seinen Helfershelfern *kein Schwanz mehr zu sehen*. Streitigkeiten entstehen oft dann, wenn jemand versucht, sich in die persönlichen Angelegenheiten seines Mitmenschen einzumischen, indem er ihm *ins Gehege kommt*, d. h. in sein Jagdrevier, also *im fremden Revier jagt* (oder *pirscht*), oder indem er *in fremden Gewässern fischt*. Auch derjenige, der *im trüben fischt* – in trübem Wasser sollen sich die Forellen leicht fangen lassen –, macht sich kein Gewissen daraus, aus den verworrenen Verhältnissen, in denen sich andere Leute befinden, Nutzen zu ziehen. Hat er sich dabei auf unehrliche Weise bereichert, wird der Geschädigte darauf bedacht sein, ihm *die Beute (wieder) abzujagen*, sie ihm gleichsam *aus den Zähnen zu ziehen*, und jeden warnen, einem solchen Betrüger *Geld in den Rachen zu werfen*.

Unfein handelt auch derjenige, der Leute, die unter seinem Einfluß stehen, *vor seinen Wagen* (genauer, je nach dem Zusammenhang: *vor seinen Siegeswagen, Triumphwagen, Propagandawagen*) *spannt*, um sich mit ihrer Hilfe Gewinn oder Ansehen zu verschaffen. Da jedermann seine eigene Meinung besitzt, ist es oft schwer, *alle unter eine* (fälschlich: *unter einen*) *Hut zu bringen*, wie es der Schäfer mit seiner Herde tun muß. Überall gibt es Unterschiede; man kann nicht *alles über einen Kamm scheren*. Das geschieht bei der Schafschur. Weil bei dieser Prozedur die verängstigten Tiere nicht immer ruhig blieben und überdies der Ertrag manchmal recht gering war, mag so der Ausspruch entstanden sein: *„Viel Geschrei und wenig Wolle"*, den wir auf eine nichtige Sache zu beziehen pflegen, um die viel Wesens gemacht wird. Möglicherweise liegt aber dem Worte Geschrei ein verstümmeltes „Geschere(rei)" zugrunde. Niemals sollte man jemandem etwas *zum* (besser: *zur*) *Schur tun* (oder ihm *einen Schur antun*); denn jeder friedliebende Mensch ist froh, wenn man ihn *ungeschoren* (in Ruhe) *läßt*. Jedoch kann *ungeschoren bleiben* auch mit der Bartschur, dem Rasieren, zusammenhängen. Was mir *gegen den Strich geht*, paßt mir nicht. Hier geht es um eine Katze, die gegen die Richtung ihrer Fellhaare gebürstet wird.

Als Zeichen großer Beschränktheit wird es angesehen, wenn jemand, wie der Ochse das Joch, *ein Brett vor dem Kopfe hat*. Doch wer ist so herrschsüchtig, jemandem *den Nacken ins Joch zu zwingen*, ihn also zu demütigen und zu unterdrücken? Nichts aber ist dagegen einzuwenden, wenn man einen guten Freund, der sich beruflich verbessern könnte, jedoch wenig Selbstvertrauen besitzt, *auf den Trab bringt*, damit nicht etwa ein Mitbewerber, der bereits auf diesem Gebiete *sich die Sporen verdient* hat und nun *in allen Sätteln gerecht* (richtig, geübt) *ist*, wie ein Ritter im Turnier, *sich in den Sattel setzt* und *auf dem Sprunge steht* (oder *ist*), ihm den ersehnten Posten *vor der Nase wegzuschnappen*. Der letzte Vergleich nimmt Bezug auf einen großen Hund, der einem kleineren die besten Bissen wegfrißt. Später dürfte es kaum möglich sein, den Nebenbuhler wieder *aus dem Sattel zu heben*, was freilich bei den ritterlichen Wettkämpfen häufig genug vorkam. An diese ist auch zu denken, wenn ein Redner *aus dem Stegreif spricht*, d. h. aus dem Steigbügel (daher: Stegreifrede, Stegreifspiel); denn die Gegner mußten ja einander vom Sattel aus bekämpfen. Oft hat jemand eine hohe Stellung dadurch erlangt, daß ihm ein einflußreicher Bekannter *den Steigbügel gehalten* und ihn *in den Sattel gesetzt* (oder *gehoben*) hat, so daß er dann *Karriere machen* (eigentlich: im Galopp reiten) und manche schwierige *Hürde nehmen* konnte. Versucht er, seinem Mitbewerber *den Rang abzulaufen*, so liegt wieder ein anderes Sprachbild vor. Richtiger sollte es *„Rank"* heißen, was soviel wie Krümmung (Mehrzahl: Ränke = Quertreibereien, Winkelzüge) bedeutet: Wenn ein vom Jagdhund verfolgter Hase „Haken schlägt", indem er die Ecken eines Weges abschneidet, bleibt er in diesem Wettlauf Sieger.

Dem Jungen müßte man mal die Flügel stutzen

Wer *seine Felle wegschwimmen* (oder *fortschwimmen*) sieht, muß die Erfahrung machen, daß seine Aussichten auf Erfolg zunichte geworden sind. So mögen einst die Gerber ein verdutztes Gesicht gemacht haben, wenn sie zusehen mußten, wie ihre Häute, die sie zum Wässern in den Bach gehängt hatten, von der Strömung abgetrieben wurden. Einen Schutzbedürftigen sollte ein stärkerer, wie die Henne ihre Küchlein, *unter seine*

Fittiche nehmen. Die Nächstenliebe erfordert es auch, daß man seinem Mitmenschen, falls er in Not geraten ist, *Vorspann leistet*, ihm also bereitwillig hilft. Das taten die Bauern, wenn die Zugtiere das schwere Fuhrwerk des Nachbarn nicht von der Stelle brachten. Dabei muß natürlich das Pferd oder das Rind wie der Mensch, der etwas erreichen will, *sich (tüchtig) ins Zeug* (oder *in die Stränge,* nämlich ins Zaumzeug, in die Zugseile) *legen.* Noch besser ist es, wenn zwei Personen *am gleichen* (oder *an einem) Strange ziehen.* Wer von früh bis spät *im Geschirr ist,* muß sich abrackern, *was das Zeug hält,* und kann morgens nicht lange *im Nest (liegen) bleiben.* Er sollte sich jedoch nicht überanstrengen; manch einer hat seine Kräfte vorzeitig verbraucht, hat *sein Pulver verschossen* und ist schließlich *in den Sielen gestorben.* Auch ein abgetriebener Gaul kann in den „Sielen", den Zugriemen, zusammenbrechen. Ein Mensch, der von Kummer und Sorgen geplagt ist, hat *ein schweres Joch zu tragen;* ihm wurde vom Schicksal *ein schweres Joch auferlegt.* Nicht jeder kann *sich ins gemachte* (oder *warme) Nest setzen,* etwa durch Einheirat in eine reiche Familie; die meisten jungen Eheleute müssen sich heutzutage *ihr eigenes Nest bauen.*

Ein Junge, dem wie einem wütend gemachten Hahn *der Kamm schwillt* oder den wie ein zu gut gefüttertes Pferd *der Hafer* (oder *Haber) sticht,* obgleich er *noch die Eierschalen hinter den Ohren hat,* mag vor Übermut *(ganz) aus dem Häuschen geraten* und gleicht so dem an seine Hütte gefesselten scharfen Hofhund. Wenn er aber *über die Stränge schlägt,* dann dürfen die Eltern nicht *(die Zügel) lockerlassen* (oder *die Zügel schießen lassen),* sondern müssen *die Zügel (fest) in der Hand (be)halten* (oder *anziehen, in feste Hand nehmen).* Versucht er, *wider den Stachel zu löcken* (sich zu widersetzen; ein Zitat aus der Bibel, welches besagt: mit den Beinen gegen den stachelbewehrten Stock des Viehtreibers ausschlagen; dazu *frohlocken,* eigentlich: fröhlich springen) oder wie ein scheuendes Roß *sich auf die Hinterbeine zu stellen,* so wird er *(fest) an die Kandare genommen.* Die Kandare gehört wie das (auch: der oder die) Halfter (daher: jemanden *abhalftern* = barsch behandeln, ausschimpfen, aber auch: seines Postens entheben) zum Zaumzeug der Zugpferde. So wird neuerdings auch die Entstehung der Redensart *ins Gebet nehmen* (ins Gewissen reden) erklärt, indem man sie (anstelle der naheliegenden Erklärung: jemand in sein Gebet einschließen, Fürbitte tun) auf ein niederdeutsches Wort „Gebett" (Gebiß) zurückführt; also: dem Pferd die Gebißstange, eben die Kandare, anlegen. Wenn aber *alle Stränge* (oder *Stricke) reißen* und kein gutes Zureden hilft, wird der Vater das Bürschchen einmal *am* (oder *beim) Schlafittchen nehmen* (eigentlich: an den Schlagfittichen packen und festhalten) und ihm *die Flügel stutzen* (oder *bescheiden),* ohne mit ihm *viel Federlesens zu machen.* Bei dieser Redensart mag man ursprünglich an ein Huhn oder eine Gans gedacht haben, die nicht ordentlich gerupft wurden, nach einer anderen Auslegung jedoch an die vornehmen Damen früherer Zeit, die sich von ihrer Kleidung jede Fussel, jedes Federchen ablesen ließen, so daß sie dann daherkamen *wie aus dem Ei gepellt* (geschält). Hat gar der mißratene Sohn heimlich das Elternhaus *auf Knall und Fall* verlassen — wieder ein Ausdruck aus der Jägersprache, mit dem das jähe Niederstürzen des getroffenen Tieres nach dem Abfeuern des Schusses gemeint war —, so mag er in der Fremde *sich die Hörner abstoßen* (oder *ablaufen),* so wie der Hirsch alljährlich sein Geweih abwirft.

Immer sollten Vater und Mutter ihren Kindern mit gutem Beispiel vorangehen; denn *„wie die Alten sungen, so zwitschern die Jungen".* Auch bei einem Streit muß jeder darauf bedacht sein, *seine Zunge im Zaum zu halten,* so als ob sie ein schwer zu bändigendes Zug- oder Reitpferd wäre. Freilich wird sich niemand gern *einen Maulkorb umhängen* lassen, wenn er seinen Gedanken Ausdruck geben will. Nur darf man seine Meinung nicht dauernd ändern, indem man *heute hüh und morgen hott sagt.* Kein anständiger Mensch wird sich *mit fremden Federn schmücken,* also die Vorzüge oder Erfolge anderer als seine eigenen ausgeben, wie es die Fabeldichter Äsop und Phädrus von der Dohle und der Krähe erzählen.

Der Mittellose kann *keine großen Sprünge machen* wie der Hase oder das Reh. Wenn uns vor Durst oder Erschöpfung *die Zunge zum Hals heraushängt,* so haben wir mit diesem anschaulichen Sprachbild wieder eine Anleihe bei unserem vierbeinigen Kameraden, dem Hund, gemacht. Die Frau, die ihrem Ehemann *Hörner aufgesetzt,* d. h. ihn treulos hintergangen hat (daher: *gehörnt* = betrogen), erinnert an die einstige Gepflogenheit, einem Kapaun als Kennzeichen die Sporen in den Kamm einzupflanzen. Manches Ding scheint uns *keinen Schuß Pulver wert,* so wie der Jäger nicht auf jedes Stück Wild schießt. Aber auch mühsam erworbener Besitz kann *in die Binsen* (oder *in die Wicken) gehen,* ähnlich einem Schuß, der fehlging, so daß die Wildente unversehrt aus dem Röhricht auffliegt, oder — eine andere Erklärung — gleich dem getroffenen Kleinwild, das im verfilzten Gestrüpp unauffindbar bleibt. Gut geht es demjenigen, der *an der Futterkrippe sitzt,* was auch stellvertretend für einen einträglichen Posten gilt. Da die Krippe früher Barren (oder Baren, Barn) hieß, wurde das Vieh, wenn es gefüttert werden sollte, „zum Barren getrieben". Hieraus entstand durch Volksdeutung die Redensart *zu Paaren treiben,* die den Sinn angenommen hat: zur Ordnung bringen, einen Widerstand brechen. Beim Pferdehandel prüft der Käufer das Gebiß der Tiere, um ihr Alter zu bestimmen; ebenso kann man seinem

Gesprächspartner *auf den Zahn fühlen*, wenn man seine wahre Gesinnung ergründen will, was aber auch dadurch geschehen kann, daß man vorsichtig *die Fühler ausstreckt*, wie es die Schnecken, Krebse und Insekten tun. Selbst mit dem gierigen Raubtier wird der Mensch verglichen: Wer völlig ausgehungert ist, wird, ohne zu zögern, alles Eßbare *mit Haut und Haar(en) verschlingen*, und wer *(einmal) Blut geleckt* hat, der hat an einer (meist nicht ganz einwandfreien) Sache Geschmack gefunden. Auch wenn jemand *auf allen vieren geht* (oder *kriecht)* oder *alle viere von sich streckt*, handelt es sich wohl im Grunde um eine Anspielung an tierisches Verhalten.

Eine ganze Reihe volkstümlicher Aussprüche sind mit den Zeitwörtern fressen und saufen gebildet worden, die ja, wie schon an anderer Stelle erwähnt [15], gern für essen und trinken eintreten. Jedem ist das Sprichwort bekannt: „Was der Bauer nicht kennt, *das frißt er nicht*", und ein studentisches Trinklied lautet: *„Säuft Wasser wie das liebe Vieh* und meint, es sei Krambambuli (Danziger Kirsch- oder Wacholderschnaps)!" Wenn wir die Drohung hören: „Der wird mir noch *aus der Hand fressen!*", sehen wir im Geiste ein zutrauliches Tier vor uns. Daß ein von Hunger und Durst Geplagter *wie ein Scheunendrescher frißt* und *wie ein Bürstenbinder säuft*, ist nicht verwunderlich. Das stundenlange Schwingen des Dreschflegels machte hungrig, und auch bei der anderen Redensart sind wir zunächst geneigt, daran zu denken, daß das einst weitverbreitete Handwerk der Bürsten- und Besenbinder viel Staub und daher großen Durst erzeugte. In Wahrheit jedoch geht der Vergleich auf die „Burse" (Börse), die gemeinschaftliche Kasse, später das Wohnheim und die Zechgesellschaft der „Bursen" (Burschen), der trinkfreudigen Studenten des Mittelalters, und auf das daraus entstandene (und schließlich zu bürschen, bürschten, bürsten verstümmelte) Tätigkeitswort „bursen" (trinken) zurück. Der Bürstenbinder wäre dann ein mißverstandener „Bursenbruder". Höchst pietätlos verhalten sich die Angehörigen eines Verstorbenen, wenn sie nach der Beerdigung in der nächsten Kneipe *sein Fell versaufen*, wie es ehedem mit dem Erlös verkaufter Tierhäute geschehen sein mag. Das Wort fressen tritt uns wie bei den Einzelausdrücken auch hier in derbkomischen Bildern entgegen. So erklärt einer, der von der Wahrheit einer Sache fest überzeugt ist: *„Ich laß' mich fressen*, wenn ..." oder: *„Ich freß' 'nen Besen*, daß ...", und der Schüchterne wird mit den Worten: „Komm her, *ich fresse dich nicht!"* zum Nähertreten ermuntert. Den scherzhaften Ausspruch „Reim dich, oder *ich freß' dich!"* pflegt man dann anzuwenden, wenn ein Dichterling versucht, Sätze gewaltsam in Versform zu bringen. Stellt sich jemand besonders schwerfällig an, hat er *die*

[15] Vgl. S. 86

Dummheit mit Löffeln gefressen, der über alle Maßen verliebte Jüngling, der an einem Mädchen *einen Narren* (eigentlich: eine Torheit) *gefressen* hat, schwört, daß er sie *zum Fressen gern habe* und *vor Liebe (fast) auffressen* könne, und wer alles leicht nimmt, lebt nach dem Wahlspruch: „Wie's kommt, *so wird's gefressen*". Der arme Familienvater aber, der *viele Fresser zu versorgen* (oder *viele Mäuler zu stopfen*) hat, beklagt sich seufzend, daß ihm seine Kinder *(noch) die Haare vom Kopfe fressen* werden.

„Tiere sehen dich an", zwar nicht in ihren körperlichen Erscheinungsformen, wie der Tierforscher Paul Eipper in seinem so betitelten Tierbuch die „großen und kleinen Lebensbrüder" des Menschen beschreibt, sie sehen uns an im gesprochenen Wort, in Namen und Redensarten, in Sprachbildern und Vergleichen mannigfacher Art — das aufzuzeigen war Sinn und Zweck dieses Büchleins. Eine lange Reihe von allem Getier, vom Wachhund bis zum Reitpferd, von der Maus bis zum Elefanten, vom Schmetterling bis zur Nachtigall, vom Adler in den Lüften bis zum Fisch im Wasser, von der Fliege an der Wand bis zum Fuchs in seinem Bau, ist an uns vorübergezogen. Mögen unsere Plaudereien an ihrem bescheidenen Teile dazu beigetragen haben, dem Leser die Augen zu öffnen für die lebensvolle Ausdruckskraft unserer deutschen Sprache!

Sachverzeichnis

Bei Sprachbildern, die aus mehreren Teilen bestehen, insbesondere bei Redensarten und Sprichwörtern, ist, sofern nicht ein feststehender Gesamtbegriff vorliegt, jeweils unter dem im übertragenen Sinne gebrauchten Haupt-, Eigenschafts-, Tätigkeits-, Umstands- oder Mittelwort nachzuschlagen. In der Regel bildet der Tiername das Stichwort. Die Umlaute ä, ö, ü und äu sind nach den einfachen Selbstlauten a, o, u und au alphabetisch eingeordnet.

Aal 44, 96
aalen (sich) 26, 80
aalglatt 77
Aar 24
Aas 66, 86
aasen 86
Aasfliege 23
Aasgeier 23, 69
Aaskäfer 23
Aasvogel 23
abfedern (sich) 53
abfüttern 91
abgehetzt 85
abgesoffen 55
abgespannt 88
Abgottschlange 28
abhalftern 114
abhetzen (sich) 85
abjagen 112
abluchsen 80
abratzen 79
abschinden (sich) 88
abschlachten 91
Abschweifung 55
Ackergaul 94
Adebar 16
Adler 24, 37, 38, 39, 44, 100
Adlernase 76
Adlerorden 38
Adlerschild 38
Admiral 28
Adolar 64
Adolf 64
Äffchen 67
Affe (E)[1] 48, 65
Affe (R)[2] 92, 93, 94, 96, 97
affen (sich) 79
äffen 54
Affenarsch 77
affenartig 78
Affenhaut 45
Affenhitze 50
Affenliebe 76
Affenpinscher 23, 65
Affenschande 58
Affenschaukel 42
Affenstall 49
Affenstirn 76
Affentempo 50
Affentheater 50
Affenwut 76
Affenzahn 95
affig 77
Airedaleterrier 29
Albatros 30, 44
Albrecht der Bär 64
alle viere 116
Alligator 30, 45
Alpaka 30
Alpenbock 35
Alpenwolf 34
Alten (die) 115
Ameise 41, 94, 97
Ameisenbär 23, 35
Ameisenhaufen 93
Ameisenigel 23, 34
Ameisenjungfer 16
Ameisenlaufen 42
Ameisenlöwe 25
Amtsschimmel 57
anbeißen 84
anbellen 82
anbrüllen 82
anfauchen 82
anfuttern (sich) 86
angehetzt kommen 85
angeln 91
angeschwänzelt kommen 84
angespannt 88
Angsthase 69
animalisch 78
anknurren 82
ansaufen (sich) 86
anspornen 89
anstacheln 89
Anstandswauwau 73
Antilope 29
antreiben 89
Arbeiter(innen) 16
Arbeitsbiene 68
Arbeitspferd 19, 68
Arbeitstier 68
Arme 26
Arno(ld) 64

[1]) E = Einzelwort [2]) R = Redensart

Arnulf 64
äsen 55
Asphaltwanze 44
ätzen 55
Atzung 55
Auerhahn 94
Auerhuhn 24
Auer(ochse) 33
aufbäumen (sich) 84
aufbocken 40
auffischen 80
auf Flügeln des Gesanges 52
auffressen 55, 117
aufhetzen 91
auf Knall und Fall 115
aufmucken 88
aufplustern (sich) 84
aufschnappen 85
auf Schusters Rappen 95
aufspüren 85
aufstacheln 89
aufstöbern 85
äugen 87
ausbrüten 84
ausfliegen 84
ausfressen 87
ausgefuchst 81
ausgelassen 89
aushecken 84
ausmerzen 89
ausschlachten 91
ausschwärmen 83
ausschweifend 55
ausspannen 88, 89
Ausspannung 88
ausspinnen 81
Auster 96
Austernpilz 37
Autoschlange 43

Bachstelze 20
Backfisch 73
Badeschwamm 45
Baldewyn 17
Balg 26, 76
Ballettratte 72
Balzhahn 70
Bambi 17
bändigen 89
Bandwurmsatz 43
Bär (E) 18, 25, 37, 38, 41
Bär (R) 98, 105
bärbeißig 77
Bärenbeißer 23
Bärendienst 105
Bärenführer 75
Bärenfuß 46
Bärenhaut 94, 105
Bärenhäuter 94
Bärenhunger 49
Bärenkälte 50
Bärenkerl 68
Bärenklee 36
Bärenkräfte 75
bärenmäßig 55
Bärenschlaf 93
Bärenspinner 25
bärenstark 77
Bärentatze 49
Bartgeier 19
Basilisk 29
Baumläufer 19
beflügelt 52
behüten 89
beißen 55
Beißzange 54
Beize 55
beizen 55
Beizfarbe 55
Bekassine 30
bellen 54
Benno 64
Benzinesel 44
Benzinroß 44
Bern(har)d 64
Bernt 64
berücken(d) 90
Berufshase 69
Besäufnis 87
beschlagen 90
beschnüffeln 85
beschnuppern 85
beschwingt 83
besoffen 87
bestialisch 77
Bestie 66, 97
bestricken(d) 91
betteln 87
Beute 112
Beuteltier 19
Biber 18
Biberhut 45
Biberschwanz 41
Biberwurz 36
Biene 31, 67, 94
Bieneneifer 76
Bienenfleiß 76
bienenfleißig 77
Bienenstich 49
Biest 66, 67
Binsen 115
Birkhahn 94
Birkhenne 24
Bisamratte 35
Bison 29
bissig 55
Blässe 19
Bläßhuhn 19
Blaumeise 18
Blauschimmel 18
Blauwal 18
Blechesel 44
Blesse 19
Blödhammel 64
Blume 25
Blut 116
Bluthund 19, 65
Blutigel 32
Boa 46
Bock (E) 24, 40, 48, 59, 68, 69
Bock (R) 93, 94, 98, 101, 104
bockbeinig 77
Bockbier 58
Böckchen 92
bocken 26, 54, 79

bockig 26, 77
Bockleiter 40
Bockmist 50
Bocksbart 37, 76
Bocksbeutel 49
Bocksgetreide 37
Bockshorn 96
Bocksprung 92
bocksteif 77
Bockwurst 58
Bodenmöpse 70
Bökling 61
Bordsteinschwalbe 70
Borsten 76
Borstentier 31
Borstenvieh 31
bovi (3. Fall von bos) 107
Braun(bär) 18
Braunchen 18
Braune(r) 18
Braunfisch 18
Brett 112
Briefmarder 74
Brillenschlange 19, 72
Brüllaffe 20, 65
brüllen 82
Brummbär 69
brumme(l)n 54, 83
Brumme(r) 20, 21
Brummfliege 20
Brummhahn 20
brummig 83
Brummochse 20, 65
Bruno 18
Brut 84
brüten 55, 84, 112
Brutkasten 56
Brutstätte 55
Bücherwurm 35, 69
Bückling 61
Büffel 65
Büffelkuh 24
büffeln 78
Bullauge 49
Bulldog 44
Bulldogge 23
Bulldoggengesicht 76
Bulle 68, 73
Bullenbeißer 23
bullenbeißig 77
Bullenhitze 50
Bullenkräfte 75
bullenstark 77
bullig 77
Bülow 20
Buntspecht 18
Bürohengst 72
Bürzel 25
Busch 111
Bussard 44

Caterpillar 44
Chaib 64
Chamäleon 29, 97
Chausseefloh 44
Chausseewanze 44

Dach 25
Dachhase 31
Dachs 65, 93, 94
dachsen 79
Dachshund 22
Dackel 65
Dackelbeine 76
Dalmatiner 29
Dam(hirsch) 33
Dampfroß 44
davonjagen 90
Decke 26
Deckhengst 19
Delphin 29, 39
Deutschenfresser 87
dicker Hund 47
Dickhäuter 19
Diebesnest 56
Dobermann 29
Dohle 20, 64, 70
Dommel 20
Dompfaff 28
Donnervogel 44
Doppeladler 37
Dorndreher 28
Drache(n) 37, 42, 66
Drachengalerie 46
Drachenzähne 44
Drahtesel 44
Dreckferkel 65
Dreckfink 65
Dreckhund 65
Dreckratte 65
Dreckratz 65
Drecksau 65
Dreckschwein 65
Dreckspatz 65
Drohne 71
Drohnendasein 94
Dromedar 31
Drückeberger 85
drücken (sich) 85
durchbeißen (sich) 84
durchfressen (sich) 86
durchfuttern (sich) 86
durchfüttern 91
durchgehen 84
durchschlängeln (sich) 80
durchstöbern 85
durchtrieben 90
Dusseltier 65

Eber 93
Eberesche 36
Eberhard 64
Eberwurz 36
Ehejoch 88
Ei 115
Eichhörnchen 105
Eichkätzchen 35
Eidechse 39
Eierschalen 114
einfangen 91
einfressen 87
eingefuchst 81
eingespannt 88
einhauen 84
einherstelzen 83

einherschwänzeln 84
Einhorn 37
einigeln (sich) 79
einmotten 79
einnisten (sich) 85
einpferchen 89
einsauen 79
einschnappen 54
Einspänner 91
einspinnen (sich) 81
Eintagsfliege 19, 71
eintreiben 89
Eisbär 18
Eisbein 53
Eisenbeißer 87
Eisenfresser 87
eisernes Pferd 44
Elefant 29, 44, 93, 98, 103
Elefantenbaby 16
Elefantenbeine 76
Elefantenkrankheit 42
Elefantenkuh 24
Elefantenschildkröte 24
Elen(tier) 33
Elster 94
Emu 30
Enge 110
Ente 42, 59, 70, 93
Entenschnabel 46
Entlein 68
entpuppen (sich) 85
eräugen 87
erpicht 110
ersaufen 87
Esel (E) 61, 64, 65
Esel (R) 93, 98, 101, 102, 103
Eselei 51
Esel in der Löwenhaut 70
eseln 78
Eselritt 48
Eselsbank 48
Eselsbrücke 43
Eselsdistel 36
Eselsgeduld 76
Eselskopf 64
Eselsohr 43
Eselstritt 98
Etappenhase 74
Eule 25, 41, 66, 99, 107
Eulennest 45

Fächer 25
Fährte 110
Falke(n) 44, 73
Falkenauge 64
Falkenblick 75
Falkner(ei) 51, 64
Fall 110
Falle 110
Fallstrick 110
falscher Hase 49
Falter 70
Familie 16
Fang 110
Fang *(Maul)* 25
Fänge 25
Fasanenhenne 24
fauchen 54
faule Fische 47
Faultier 68
Feder(n) 52, 53, 112, 115
Federball 53
Federgewicht 53
Federhalter 52
Federkraft 53
federleicht 53
Federlesen 115
Federmesser 52
federn(d) 53, 83
Federwolken 53
Feldhase 24
Feldschlange 44
Fell 76, 110, 113, 116
Fensterflügel 52
Ferkel 65
Ferkelei 51
ferkeln 26, 79
festkrallen (sich) 83
fettfressen (sich) 86
Fettwanst 76
Feuerfresser 86
Feuersalamander 19
Feuerzunge 54
Fieseler-Storch 44
Filmhase 69
Fingertier 19
Finken 74
Finkeneltern 16
Finkenhahn 24
Finkler 64
Fischadler 23
Fisch(e) (E) 39, 69
Fisch(e) (R) 92, 94, 95, 96, 97
Fischblut 92
fischen 80
Fischgrätenmuster 45
Fischotter 29
Fischzug 94
Fitis 20
Fittiche 114
Flamingo 30
flattern 54
Fledermaus 34, 71
Fledermausbrille 50
Fledermausohren 76
Fledermaussessel 49
Fleischwolf 40
Fliege (E) 39, 45, 81
Fliege (R) 92, 94, 96, 97, 104
fliegen 81, 84
Fliegender Fisch 19
Fliegender Hund 34
Fliegende Schlange 64
Fliegenfenster 49
Fliegengewicht 46
Fliegenkopf 43
Fliegenpilz 37
Fliegenschnäpper 23
Flieger(ei) 81
Floh 93, 94, 97, 101
Flohbeißen 93
Flohblume 36
flohbraun 53

Flöhe 48
flöhen 26, 79
Flohkapsel 49
Flohleiter 45
Flossen 76
flöten 87
Flügel 52, 112, 114
Flügelaltar 52
Flügelhaube 52
flügellahm 83
Flügelschraube 52
Flügeltür 52
flügge 84
Flußpferd 29, 34
fohlen 26
fortjagen 90
fortspinnen 81
Foxterrier 22
Fraß 86
Frauenfresser 87
Frauenjäger 91
Frechdachs 65
Freiwild 71
Fressalien 86
Fresse 86
fressen 55, 86, 87, 116, 117
Fresser(ei) 86, 117
Freßgier 86
Freßkorb 86
Freßlust 86
Freßorgie 86
Freßpaket 86
Freßsack 86
Freund Adebar 16
frischen 26
frohlocken 114
Fronthase 74
Frosch 41, 69, 93, 95, 102
Froschblut 92
froschgrün 53
Froschklemme 41
Froschmann 73
Froschmaul 49
Froschperspektive 46
Frostkatze 70
Frühlingsbote 16
Fuchs (E) 24, 25, 32, 39, 40, 69, 74
Fuchs (R) 92, 99, 105, 107
Fuchsbau 46
fuchsen (sich) 80, 81
Fuchsfalter 25
fuchsig 77
füchsisch 77
Fuchsmajor 74
fuchsrot 77
Fuchsschwanz 40
fuchs(teufels)wild 77
Fühler 116
Füllen 109
für die Katz(e) 106
fußen 87
Futterage 86
Futteralien 86
Futterkrippe 86, 115
Futterluke 86
futtern 86
füttern 55, 91
futterneidisch 86
Fütterung der Raubtiere 91

gackern 82
Galgenhund 65
Galgenvogel 71
galoppierend 55
Gamsbart 43
Gamsgeier 23
Gans 66, 72, 93, 98, 104
Gänschen 67
Gänseadler 23
Gänseblümchen 36
Gänsedistel 36
Gänsefüßchen 43
Gänsehals 76
Gänsehaut 42
Gänsemarsch 95
Gänsestall 46
Gänsewein 49
Garn 110
Gauch 69
Gaul (E) 32
Gaul (R) 94, 97, 98, 100, 102, 103, 107, 109
Gazelle 30
Gazellenhals 76
Geäse 25
Gebet 114
Gebrech 25
Geburtshelferkröte 28
Gecko 30
Gedankensprung 55
gefiederte Gäste 16
geflügeltes Wort 52
gefräßig 86
gefuchst 81
gefundenes Fressen 87
Gehege 112
gehörnt 115
Geier 69, 104
Geierklauen 76
Geierkopf 76
Geißbart 37
Geißblatt 36
Geißbock 24
Geißfuß 41
Gelbschnabel 76
Geldkatze 48
Gemeindebulle 72
Gemetzel 91
Gemsbart 43
Gemse 31, 45, 92
Gepard 30
Geschirr 114
Geschrei 112
Gesicht 26
Gespann 89
gespannt 88
getigert 53
Gewässer 112
Gewitterziege 66
Gewohnheitstier 68
Gibbon 30
Giftdrachen 66
Giftkröte 66
Giftschlange 66
Gigerl 69

Gimpel 28, 65
Gimpelfang 104
Giraffe 39
Giraffenbulle 24
Gitze 21
Gluck(henn)e 21
Glücksvogel 69
Glücksschweinchen 100
Glühwürmchen 35, 72
Gnu 30
Gockel 69, 93, 102
Goldammer 18
Goldamsel 18
Golddrossel 18
Goldene Nachtigall 38
Goldener Bär 38
Goldener Löwe 38
Goldesel 72
Goldfalke 72
Goldfasan 18, 72
Goldfink 18
Goldfisch 18, 39, 72
Goldfuchs 40
Goldhähnchen 18
Goldkäfer 72
Gorilla 30, 73
Gottesanbeterin 28
Grabeule 32
Grasaffe 65
Graser 25
Grashüpfer 28
Grasmücke 35
Graspferd 25
Grauchen 18
graue Mäuse 73
Grauer Bär 64
grauer Star 57
Grauhund 23
Grauschimmel 18
Grauspecht 18
Grautier 18
Greif 37
Grillen 47, 97, 102
Grillenfänger 75
grillig 77
Grimbart 16
Großer Adler 64
Großer Bär 39
Großer Fuchs 25
Großer Hund 39, 50
großfüttern 91
Großkatze 23
Großschnabel 76
Grünrock 31
Grünschnabel 76
Grünspecht 18, 72
grunzen 82
gurren 83
Gürteltier 19

Haare 112, 115
Habergeiß 35
Habicht 94
Habichtskraut 36
Habichtsnase 76
Habichtsschwamm 37
Hachsen 76
Hacksch 65
Hafer 114
Hafermotor 32
Häher 20
Hahn 38, 41, 93, 103, 109
Hahnenkamm 37
Hahnenschrei 93
Hahnentritt 46
Hahnentrittmuster 45
Hahn im Korbe 71
Hahnrei 69
Hai(fisch) 33, 74
Haifischmaul 46
Halbdackel 65
Hammel 64, 98, 105
Hammelbeine 102
Hammelherde 95, 98
Hammelsprung 46
Hammerhai 19
hämmern 87
Hamster 93
Hamsterbacken 76
hamstern 79
Hände 26
Harzer Roller 20
Häschen 67
Hase (E) 23, 24, 39, 61, 67, 69
Hase (R) 94, 99, 100, 106, 107
Hasenfuß 76
hasenfüßig 77
Hasenherz 76
Hasenhirn 75
Hasenjagd 50
Hasenöhrl 49
Hasenpanier 94
hasenrein 53
Hasenscharte 76
Hatz 90
Haubenlerche 19
Haubentaucher 19
Hauer 25
Haupt 26
Haupthahn 69
Hausbock 35
Häuschen 114
Hausdrachen 66
Hautwolf 42
Hebekran 41
Hecht 44, 49, 69, 71
hechten 80
Hecht im Karpfenteich 70
Hechtsprung 46
Hechtsuppe 108
hecken 55
Heckpfennig 55
Heerwurm 73
Heidelerche 92
Heinrich der Löwe 64
Heißsporn 90
Henne 97
Henning 17
herausbeißen (sich) 84
herausfischen 80
herauslocken 90
Herdenmoral 76
Herde(ntier) 73
Herdentrieb 76
Herdenvieh 73
hereinfallen 85

Hering 45, 68, 70, 101
Heringsbändiger 72
Hermelin 31
Herr der Wüste 15
Herr im Hühnerhof 15
Herr von Bülau 20
herumbrüten 84
herumhacken 84
herumkäfern 80
herumreiten 90
herumschnüffeln 84
herumschnuppern 84
herumstöbern 85
herumstreichen 83
herumtigern 80
hervoräugen 87
hetzen 85, 91
Hetze(r) 84, 91
hetzerisch 91
Hetzjagd 90
Hetzhund 19
Heuhüpfer 28
heulen 54, 55, 82
Heulziege 67
Heupferd(chen) 25, 34
Heuschreck(e) 28
Heuspringer 28
Himbeere 37
Himmelhund 65
Himmelsziege 35
hindurchschlängeln (sich) 80
hineinfressen (sich) 55, 87
hineinreiten (sich) 90
Hinterbeine 114
Hinterhand 26
hinterherjagen 90
Hinz 17
Hippopotamos 29
Hirngespinste 81
Hirsch 44, 65, 69, 71
Hirschfänger 43
Hirschgeweih 109
Hirschkäfer 24
Hirschkalb 24
Hirschkuh 24
hochbocken 40
hochgehen 84
hochtrabend 55
Höllenhund 65
Holzbock 35, 68
Holzwurm 35, 72
Hörmuschel 45
Hörnchen 52
Hörner 111, 115
Hornisse 44
Hornissennest 45
Hornissenschwarm 109
Hornochse 65
Hornvieh 64, 65, 74
Huhn 70, 93, 94, 95, 100, 102
Hühnchen 68, 103
Hühnerauge 76
Hühnerbrust 76
Hühnerfalk 23
Hühnerhabicht 23
Hühnerhund 22
Hühnerleiter 46
Hühnerstall 96
Hühnerstößer 23
Hühnerverstand 75
hüh und hott 115
Hummel 21, 44, 67, 97
Hund (E) 41, 64, 65, 66
Hund (R) 94, 95, 99, 101, 102, 104, 105, 106, 107, 108
Hundearbeit 50
Hundeblume 36
Hundeelend 50
Hundefloh 23
Hundegeld 50
hundekalt 53
Hundekälte 50
Hundeleben 50
hundeln 80
Hundeloch 50
Hundelohn 50
hundemüde 77
Hundemutter 16
hundeschlecht 77
Hundeschnauze 92
Hundeseele 65
Hundesohn 66
Hundestern 50
Hundetreue 76
Hundetürkei 47
Hundewetter 50
hündisch 77
Hundsaffe 23
Hundsbeere 37
hundselend 77
Hundsfott 65
hundsföttisch 77
hundsgemein 77
hundsmiserabel 77
Hundsrose 37
Hundstage 50
Hundsveilchen 37
Hunsrück 40
Hupfdohle 70
Hürde 113
Hurenbock 69
Hut 89, 112
hüten (sich) 89
Hüter 89
Hyäne 25, 29, 98
Hyänen des Schlachtfeldes 73

Ibis 29
Igel 93
Igelfamilie 16
Igelfisch 24
Igelfuß 46
Igelschnitt 45
Igelstellung 46
in einem Ritt 90
Intelligenzbestie 69
Isarspatzen 73
Isegrim 16

Jagd 110
Jäger 91
Jaguar 30, 45

Jak 31
Joch 112, 114
Jolanthe 17
jubeln 87
Judenfresser 87
Jumbo 14
Junge-Hunde-Kriegen 108
Jungen (die) 115
jungen 26
Junker Naseweis 85

Kabeljau 31
Kabelschlange 43
Kadaver 66
Käfer 45, 67
Kaib 64
Kaiman 30
Kaiseradler 19
Kaisermantel 19
Kakadu 30
Kakerlak 30
Kalb 24, 64, 96, 98, 104
kalben 26, 54
kalberig 77
Kalberjahre 79
Kälberliebe 79
kalbern 79
Kälberzähne 49
Kalbfell 94
Kalbfleisch 73
Kalbsaugen 76
kalte Ente 58
Kamel(e) 29, 65, 74, 100
Kamelhaar 45
Kamm 115
Kammerbulle 74
Kammerjäger 91
Kammerkätzchen 72
Kampfhahn 69, 94
Kampfstier 19
Kanaille 66
kanariengelb 53
Kanarienvogel 29
Kandare 114
Känguruh 30
Kanin(chen) 31, 94
Kanonenfutter 55
Kapriolen 93
Karakulschaf 31
Karbolhengst 74
Karbolmäuschen 74
Karnickel 65, 108
Karpfenaugen 76
Karrengaul 94
Karriere 113
Karrierehengst 68
Karzinom 43
Kater 58, 70
katzbalgen 79
Katzbalgerei 48
katzbuckeln 80
Kätzchen 36, 92
Katze (E) 23, 25, 48, 66
Katze (R) 92, 93, 94, 96, 97, 100, 101, 102, 104, 105, 106
Katzenadler 23
katzenartig 78
Katzenauge 41
Katzenbuckel 93
Katzenelnbogen 40
Katzenfloh 23
Katzenfräulein 16
katzenfreundlich 77
Katzengedächtnis 75
Katzengewandtheit 75
Katzengold 37
Katzenjammer 48
Katzenkopf 44, 48
Katzenkraut 36
Katzenmusik 48
Katzensilber 37
Katzensprung 50
Katzentisch 49
Katzenwäsche 49
Katzenzunge 49
Katz- und Mausspiel 50
Kauz 20, 42, 69
kauzig 69
Keib 64
keine Spur 85
Kernbeißer 19
Kesseltreiben 90
Kettenhund 74
Kiebitz 20, 70
kiebitzen 79
Kielschwein 41
Kikeriki 21
Kilometerfresser 87
Kirchenmaus 94
Kitz(e) 21
Klammeraffe 19, 70
klappern 87
Klapperschlange 20, 72
Klapperstorch 21
Klatschmaul 76
Klatschnest 56
Klaue(n) 51, 76
klauen 85
Kleiber 27
Kleidermarder 74
kleine Fische 47
Kleiner Bär 39
Kleiner Fuchs 25
Kleiner Hund 39
Kleinvieh 100
Klemme 110
Klepper 32
klopfen 87
Klopfkäfer 20
Kluck 21
Knallfrosch 44
knurren 54, 83
Knurrhahn 35, 69
ködern 91
Kohlmeise 27
kohlrabenschwarz 53
Kolibri 30
Kondor 30, 37
König der Lüfte 16
König der Nacht 16
König der Tiere 15
König des Waldes 16
Königin 16
Königseidechse 29
Königstiger 19
Konzertmuschel 45

Korallenpilz 37
Kormoran 30
Köter 21, 105
Krabbe 67
krächzen 54, 82
Kragen 26
Kragenbär 19
Krähe 20, 64, 66, 70, 101
krähen 82
Krähenfüße 43, 76
Krähennest 45
Krähwinkel 56
Krallen 76, 111, 112
Kran 41
Kranich 21, 39
Kratzfuß 84
Krebs 39, 42, 43
Krebsdistel 36
krebsen 80
Krebsgang 50
krebsrot 53
Krebsschaden 42
Kredithai 74
Kreuzotter 19, 29
Kreuzschnabel 19
Krokodil 29
Krokodilstränen 104
Kronenkranich 19
Kröte 67, 92
Kröten 57
krötig 77
Krott 67
Küchenbulle 74
Küchenpapagei 31
Küchlein 97
Kuckuck 60
Kuckucksblume 36
Kuckucksei 104
Kuh 66, 98, 103, 108
Kuhblume 36
Kuhdistel 36
Kuhdorf 47
kuhdumm 77
Küher 64
Kuhfuß 41
Kuhhandel 50
Kuhhaut 108
Kuhmaul 46
Kuhsauger 27
Küken 67
kurz angebunden 89
kuschen 85
Kuttengeier 72

Lachtaube 20
Lackaffe 65
Lama 30
Lamm 92
lammen 26
Lämmergeier 23
Lämmerstall 46
Lämmerwölkchen 45
lammfromm 26
Lammsgeduld 76
Landratte 69
Langhals 31
Langohr 31
Languste 30
Lappen 111
Lastesel 98
Lasttier 68
Läufe 25
Laufkatze 41
Laufstall 56
Laus 97, 105
Lauscher 25
Läuseallee 45
lausen 26, 79
Lausejunge 65
Lauser 65
Lauserei 51
Lausewetter 50
lausig 53
lecken 54
Lecker 25
Leguan 30
Lehrmops 72
Leichenvogel 32
Leier 25
Leim 110
leimen 110
Leine 112
Leipziger Lerche 49
Leithammel 73
Leitkuh 19
Lemure 29
Leonberger 29
Leonhard 64
Leopard 29, 44
Lerche 92
Leseratte 69
Leuchtkäfer 19
Libelle 30, 41, 92
Lichter 25
Lichtschlange 43
Liebesnest 56
Lindwurm 33, 37
Lockvogel 47
Löffel 25, 76
losjagen 90
Löwe 37, 38, 39, 97, 102, 104
Löwenanteil 49
Löwenmaul 36
Löwenmut 75
Löwenzahn 36
Löwe von Sinai 73
Löwin 97
Luchs 39, 92, 93
luchsäugig 77
luchsen 80
Lumpenhund 65
Lungenflügel 52
Lunte 111
lupus in fabula 101
Lustmolch 71
Lysolmäuschen 74

Mädchenjäger 91
Made 94
madig 53
Mäh 21
Mähne 76
Mähre 32
Maibock 58
Maikäfer 97

maikäfern 80
Malteser 29
Mammut 31
Mammutunternehmen 46
Mandrill 30
Männchen 16
Männerfang 91
Mantelpavian 19
Marabu 31
Marder 44, 96
mästen (sich) 84
Matjeshering 16
Maul 52, 76, 117
Maulaffe(n) 58, 64
Maulesel 33
Maulkorb 115
Maultasche 52
Maultier 33
Maulwurf 34, 41
Maulwurfsarbeit 50
mau(n)zen 83
Maus (E) 45, 67
Maus (R) 93, 94, 95, 97, 98, 104, 108
Mäuschen 45, 67, 101
mäuschenstill 61
Mäuse 48
Mäuseaar 23
Mäusebussard 23
Mäusedorn 36
Mäusefalk 23
Mausefalle 96
Mauseloch 97, 104
Mäusemelken 108
mausen 79
Mäuseöhrchen 36
mausern (sich) 84
Mäuseschwänzchen 42
mausetot 61
Mäusezähnchen 45
Mausgesicht 76
mausgrau 53
mausig 61, 62
Mausing 67
Mäuslein 59
meckern 83
Meckerziege 67
Meerkatze 34
Meerschwein(chen) 34
Mehlschwalbe 27
Meister Lampe 17
Meister Petz 17
Meister Reineke 17
Melkkuh 71
Menschenfresser 86
Menschenschlächter 91
Menschenschlange 73
Meute 73
Mieze(katze) 32, 67
Milan 30
Milchkuh 71
Mistbiene 65
Mistbock 65
Mistfink 65
Misthund 65
Mistkäfer 65
Mistköter 65
Mistvieh 66
Mitgiftjäger 91
mit Haut und Haaren 55, 116
mit Klauen und Zähnen 111
mit Mann und Maus 59
Molch 41, 67
Moltwerp, 34
Mondkalb 64
Moorochse 20
Mopp 70
Mops 70
Möpse 48
mopsen (sich) 78, 79
mopsfidel 77
mopsig 77
Moskito 30, 44
Motte 67, 97, 102
Mottenkiste 107
mottig 53
Möwe 21, 44
Mücke 21, 98, 100, 104, 105
Mucken 47, 102
mucken 88
Mückensieber 75
Mucker 88
mucksmäuschenstill 61
Mufflon 30
Muggenschnapper 23
Muh 21
Mulus 74
Mümmelmann 16
Mungo 31
Murmeltier 34, 93
muscheln 80
Muskelkater 58
Mustang 32
Muttertier 16

nachäffen 79
nachschnüffeln 84
nachspüren 85
nachstellen 89
Nachteule 71
Nachtfalter 71
Nachtigall 27, 92, 101, 103
Nachtschwalbe 27, 35
Nachtschwärmer 71
Nacktfrosch 73
nagen 55
Naschkatze 67
Nase 111
Nasenflügel 52
naseweis 85
Nashorn 29
Nashornbulle 24
Nashornkäfer 24
Nashornvogel 24
Natter 66, 104
Nebelkrähe 66
Neidhammel 69
Nerz 30
Nest 55, 56, 84, 110, 114
Nesthäkchen 85
Nesthocker 85
Nestwärme 56
Netz 110
Neufundländer 29

Neunauge 19
neunschwänzige Katze 48
Neuntöter 28
niedermetzeln 91
Nilpferd 34, 75
Nutria 30
Nutztier 68

Oberarm 26
Obhut 89
Ochse (E) 64, 65
Ochse (R) 98, 100, 103, 104, 107, 109
ochsen 78
Ochsenauge 49
Ochsenfrosch 24
Ochsenziemer 48
Ohren 111, 112
Ohrmuschel 45
Ohrwurm 35
Ohrwürmchen 93
Okapi 30
Ölsardine 101
Opferlamm 71
Opossum 30
Orang-Utan 30
Ortsbulle 72
Otter 29
Ozelot 30

Paare 115
Packesel 19, 98
Paketmarder 74
Pankraz 17
Panther 17, 29, 44
Pantherschwamm 37
Papagei 31, 105
Papierschlange 43
Paradepferd 68
Paradiesvogel 19
Paragraphenhengst 72
Paragraphenreiter 90
Pardel 29
Parkettlöwe 71
Parteihengst 72
Pavian 30
Pech 110, 111
Pechvogel 71, 111
Pegasus 94
Pekinese 29
Pelikan 29
Pelz 52, 76
Perlhuhn 24
Pfau 39, 93
Pfauenauge 19
Pfauenrad 94
pfeifen 87
Pferd (E) 37, 40, 68
Pferd (R) 93, 94, 97, 98, 100, 102, 105
Pferdearbeit 50
Pferdebohne 37
Pferdefuß 47
Pferdegebiß 76
Pferdegesicht 76
Pferdekräfte 75
Pferdekur 50
Pferdemagen 75
Pferdenatur 75
Pferdeschwanz 42
Pferdestärke 44
Pferdeverstand 75
Pfingstochse 93
Pflasterhirsch 32
Pflugsterz 51
Pfötchengeben 85
Pfoten 76
Phönix 101
Piepmatz 21, 45, 102
Piep(s) 102
piep sagen 110
piep(s)en 82, 83, 87
Pillendreher 28
Pinguin 31
Pinscher 22
Pinseläffchen 19
Pirol 21
Planierraupe 44
Pleitegeier 57
pochen 87
Pökling 61
Polyp(en) 29, 42, 72
Ponyfransen 42
Postenjäger 91
Posthornschnecke 19
Pottsau 65
Poussierhengst 71
Pranken 76
Präriehund 34
Präriewolf 34
Prellbock 40
Prinzipienreiter 90
Promenadenmischung 31
Provinzgänschen 67
Provinznest 56
Pudel 48, 62, 74, 96, 108
Pudelkopf 76
Pudellöckchen 42
Pudelmütze 46
pudeln 62
pudelnackt 77
pudelnärrisch 77
pudelnaß 62
pudelwohl 77
Pulver 114, 115
Puma 30
Pute 66
Puter 21
puterrot 77
Puthühnchen 32
Putput 32
Pythonschlange 28

Quadratesel 65
quaken 83
quäken 82
Qualle 93
Quartalsäufer 86
Quickstert 20

Räbchen 65
Rabe 39, 70, 74, 94, 95, 103
Rabenaas 64
Rabeneltern 70

Rabenvieh 66
Rachen 112
Rad 25
Rammbär 41
Rammbock 41
Rang 113
Rappe 24, 32
Rappen 60
Ratte 48, 67, 104
Rattenfänger 74
Rattenfloh 23
Rattengesicht 76
Rattenkönig 47
Rattenloch 50
Rattenpinscher 22
Rattenschwanz 41, 47
Rattenschwänzchen 42
Ratz 93
ratzekahl 62
Räuber des Meeres 16
Räubernest 56
Raubkatze 23
Raubtier 97
Raubtiergebiß 76
Raubvogelgesicht 76
Rauchschwalbe 27
Raupe(n) 42, 47, 95, 97
Raupenketten 44
Raupenschlepper 44, 72
Rebhuhn 24
Regenpfeifer 20
Regensburger Domspatzen 73
Regenwurm 19
Reh 92
Rehaugen 76
Rehbock 24
rehbraun 77
Rehgeiß 24
Rehkälbchen 24
Rehlein 67
Rehpinscher 23
Reichsadler 37
Reiher 21, 94
Reineke 17
Reinfall 85
reißen 88
Reißwolf 40
Remonte 32
Rennmaus 73
Rennpferde 31
Ren(tier) 33
Revier 112
Rhinozeros 29, 65, 93
Riecher 85
Riesenroß 65
rindern 26
Rind(vieh) 65
Ringelnatter 19
Rohrdommel 20
rö(h)ren 82
Rohrspatz 97
Rollbock 40
Roller 20
Rollmops 49
Rosinante 32
Roß 32, 38, 65, 93
Rössel(sprung) 46
rossen 26
rossig 26
Roßkastanie 37
Roßkur 50
Roßnatur 75
Roßtäuscher 75
roter Hahn 60
Rotfuchs 69
Rotkehlchen 18
Rotschwänzchen 18
Rottweiler 29
Rotwild 18
Rudel 73
Ruder 25
Rudolf 64
Rumpler-Taube 44
rupfen 90
ruppig 89
Rüssel 76
russischer Bär 73
Rußwurm 72
Rüstbock 40
Rute 25
Rüttelfalke 19
Sägebock 40
Salamander 29, 58
Salonlöwe 71
Sand 111
Sandhase 74
Sardine 101
Sattel 113
sattelfest 90
Sau (E) 48, 60, 64, 65
Sau (R) 94, 96, 102, 103, 107
Sauarbeit 50
Saubande 65
saublöd(e) 77
Saubohne 37
Saudackel 65
Saudistel 36
saudumm 77
sauen 26, 79
Sauerei 51
Saufabend 87
Saufaus 87
Saufbruder 87
Saufeder 43
saufen 86, 116
Säufer 87
Sauferei 87
Säuferfamilie 87
Säuferwahnsinn 87
Saufgelage 87
Saufinder 22
Saufloch 87
Saufraß 86
Sauglück 50
saugrob 77
Sauhaufen 74
Sauhitze 50
Sauhund 22, 65
Sauigel 65
säuisch 77
Saujunge 65
saukalt 53
Saukälte 50
Saukerl 65
Saukopf 76
Sauleben 50

Sauluder 65
Saulump 65
saumäßig 53
Saumensch 65
Saupack 65
Saustall 50
Sauvieh 66
Sauwetter 50
Sauwirtschaft 50
sauwohl 77
Schaf 64, 66, 70, 92, 93, 101
Schafbock 24
Schäfchen 45, 59, 67, 93
Schäfchenwolken 45
Schäfer(ei) 51, 64
Schäferhund 23
Schäferpoesie 51
Schafeuter 37
Schäflein 67
Schafsgeduld 75
Schafsgesicht 64
Schafskälte 50
Schafskopf 47, 64
Schafsnase 76
Schakal 31
Schandschnauze 76
Schaufeln 25
scheu(en) 87
Scheuklappen 111
Schießhund 93
Schildkröte 35, 44
Schimmel 32, 100
Schimpanse 30
Schimpansenmädchen 16
schinden (sich) 88
Schinder 88
Schindmähre 88
Schirmmarder 74
Schlächterei 91
Schlafittchen 114
Schlafratte 69
schlagen 87, 88
Schlange 38, 64, 66, 92, 104, 106
schlängeln (sich) 54
Schlangenadler 23
schlangenartig 78
Schlangenbohrer 41
Schlangenfraß 49
Schlangenlauch 36
Schlangenlinie 43
Schlangenlocken 42
Schlangenmensch 68
Schlange stehen 95
Schlappohr 31
Schlappschwanz 76
Schleiereule 19, 66
Schleierschwanz 19
Schliche 110
Schlinge 110
Schloßhund 97
Schmeichelkätzchen 67
schmeicheln 87
Schmeißfliege 33, 104
Schmetterling 94, 97
Schmetterlingsstil 46
Schmierfink 65
Schmutzfink 65
Schnabel 52, 76
Schnabelflöte 52
schnäbeln 83
Schnabelschuhe 51
Schnabeltasse 52
Schnaken 47
schnappen 85, 87
Schnapphahn 70
Schnappschloß 54
schnattern 82
Schnauze 51, 52, 76
Schnecke 42, 49, 93, 103
Schneckenbohrer 41
Schneckengetriebe 42
Schneckenhaus 97
Schneckenrad 42
Schneckentempo 50
Schneehuhn 19
Schneekönig 16, 97
Schneider 28
Schneppe 70, 83
schnüffeln 84
Schnüffler 84
schnuppern 84, 85
Schöps 64
Schreiadler 20
Schreibfeder 52
Schreibstubenhengst 74
Schuhschnabel 28, 51
Schulfuchs 69
Schur 112
Schürzenjäger 91
Schwalbe 74, 100
Schwalbenkraut 36
Schwalbennest 45
Schwalbenschwanz 45
Schwamm 45
Schwan 39, 65
schwanen 78
Schwangengesang 50
Schwanenhals 76
schwanenweiß 53
Schwanz 51, 111, 112
schwänzeln 84
Schwarm 83
schwärmen 83
Schwärmer 55
Schwarte 26, 52
Schwarzkittel 31
Schwarzspecht 18
Schwarzwild 18
schwedische Nachtigall 73
Schweif 25, 51
Schwein 60, 65, 66, 94, 100, 102
Schweinebande 65
Schweinegeld 50
Schweinehund 22, 65, 99
Schweinekerl 65
schweinemäßig 53
Schweinerei 51
Schweinigel 23, 65
Schweinigelei 51
schweinigeln 79
schweinisch 77
Schweinsäuglein 76
Schweinsfisch 34
Schweinsgalopp 50
Schweinsohr 49

Schweinswetter 50
Schweiß 26
schweißen 26
Schweißhund 19, 26
Schwertträger 19
Seebär 25, 34, 69
See-Elefant 25, 34
Seegurke 19
Seehase 34
Seehund 25, 34, 45
Seehundsbart 76
Seeigel 25, 34
Seejungfer 16
Seekatze 34
Seekuh 25, 34
Seelöwe 25, 34
Seepferd(chen) 25, 34
Seeratte 25, 34
Seeraupe 34
Seeschwalbe 35
Seher 25
Sekretär 28
Siebenschläfer 20
Sielen 114
Silberfisch 18, 44
Silberfischchen 35
Silberlöwe 18
Silberner Bär 38
Silberner Löwe 38
Singdrossel 20
Sirene 28
Skarabäus 29
Skihase 67
Skorpion 29, 39, 48
Skunk 30
Sohn einer Hündin 66
Soldaten 16
soupieren 86
Spaniel 29
Spanische Fliege 35
Spaßvogel 69
Spatz (E) 49, 65, 67, 68
Spatz (R) 95, 102, 109
Spatzenhirn 75
Spätzle 49
Sperber 23
Sperling 95, 100
Spiegelaffe 67
Spiegelkarpfen 19
Spiel 25
spielen 87
Spielmops 74
Spielratte 69
Spinatwachtel 66
Spinne 41, 66, 81, 96
spinnefeind 77
spinnen 81
Spinnenbeine 44
Spinnenfinger 76
Spinner 81
spinnwebfein 53
Spitz 101
Spitzenreiter 90
Spitzmaus 35, 76
Sporen 113
spornstreichs 90
Spottvogel 69
sprechen 87
Sprechmuschel 45
Springmaus 19
Sprotte 67
Sprung 110, 111, 113, 115
Sprungfeder 53
Spur 85, 110
spüren 85
Spürhund 19, 71
spurlos verschwunden 85
Spürnase 85
Spürsinn 85
Stachel 114
Stachelschwein(e) 23, 73
Stahlroß 44
Stallhase 24
Standarte 25
Ständer 25
Stange 25
Star 21, 57
Starmatz 17
Steckenpferd 60
Stegreif 113
Steigbügel 113
Steigbügelhalter 90
Steinbock 39
Stelzen 25, 76, 83
stelzen 83
Sterbevogel 32
Stert 51
Stieglitz 20
Stier 37, 39, 94, 97, 104
stieren 57
stierig 26
stierköpfig 77
Stiernacken 76
stiernackig 77
Stimmvieh 73
Stinksau 65
Stinktier 65
Stint 94
Stöber(hund) 19
stöbern 85
Stockfisch 70
Stoppelhopser 31
Storch 108, 109
storchen 80
Storchenbeine 76
Storchennest 42
Storchenpapa 16
Strochschnabel 41
Stoß 25
Strandlöwe 71
Strang 114
Straßenfloh 44
Straßenwanze 44
Strauß 29
Straußenmagen 75
Strecke 110
Streifenhyäne 19
Streithahn 69
Streithammel 69
Strich 83, 112
Strichbiene 70
Strick 114
striegeln 90
Studentenfutter 86
Sturmbock 41
Suff 86
Süffel 87
süffeln 86

süffig 87
summen 54, 83
Summer 20, 54
Sumpfhuhn 70
Sumpfmeise 27
Sündenbock 71
Swinegel 23, 32

Tafelschwamm 45
tänzeln 87
tanzen 87
Tanz ums Goldene Kalb 107
Tapetenflunder 31
Tapir 30
Tarantel 97
Taschenkrebs 74
Tatze(n) 51, 76
Täubchen 67
Taube 38, 92, 93, 100, 101
taubenblau 53
Taubenschlag 46, 101
Tausendfüß(l)er 35
Teckel 73
Teigaffe 72
Theaterhase 69
Tier 64, 66, 68
Tierchen 101
tierisch 77, 78
Tierreich 98
Tiger 24, 29, 44, 73
Tigerkind 16
Tigerschlange 24
Tigertier 33
Toppsau 65
Torpedo 44
Totengräber 28
Totenkopf 19
Totenuhr 32
Totenvogel 32
Trab 113
Tragbahrenhengst 74
Tragtier 19
Trampeltier 31, 68
Trauermantel 19
Treibjagd 90
Triebfeder 53
trommeln 87
Truthahn 21
Truthuhn 24
Tsetsefliege 31
Türflügel 52
Turmschwalbe 35
turteln 83
Turteltäubchen 94
Turteltaube 21

überflügeln 52
überfressen (sich) 86
überfuttern (sich) 86
überfüttern 85
übergeschnappt 85
überhaupt 89
überspannt 88
Uhl 101
Uhrfeder 53
Uhu 20
Ulmer Spatz 73
umgarnen 91
umherschwärmen 83
umherstorchen 80
umherstreichen 83
umsatteln 90
umschwänzeln 84
umschwärmen 83
umstricken 91
Unband 89
unbändig 89
ungefangene Fische 47
ungeschoren 112
ungezügelt 89
Unglücksrabe 71, 111
Unglücksvogel 71
Unglückswurm 71
Unke 69
unken 78
Unkenruf 50
Unschuldslamm 71
unter aller Sau 107
Unterarm 26
Untier 64
Ur 33
Urian 65
Urvieh 66

Vampir 29
veraasen 86
verbeißen (sich) 84
verbissen 55, 84
verbocken 79
verbockt 77
Verbrecherjagd 90
verdrücken (sich) 85
verfressen 86
vergaloppieren (sich) 90
verhunzen 80
verkalben 26
verkatert 58
Verkehrsspinne 41
verlaust 53
vermottet 53
verrannt 84
versauen 79
versaufen 86, 87, 116
versaut 53
verschlingen 55, 85
versoffen 87
verspinnen (sich) 81
verspüren 85
Versuchskarnickel 71
verwanzt 53
Vie(c)h 66
Viecherei 51
Viechsgeld 50
Viechsglück 50
viehisch 77
Vielfraß 34, 86
Vielfuß 30
Vogel (E) 44, 60, 65, 69, 70
Vogel (R) 95, 97, 101, 102, 104, 109
Vogelbeerbaum 36
Vogel Bülow 20
Vogelfamilie 16
vogelfrei 77

Vogelkirsche 36
Vogelkopf 76
Vogelmensch 73
Vogel Phönix 101, 104
Vogelschau 46
Vogelschießen 60
Vogel Strauß 30
Vogel-Strauß-Politik 46
Vogelwiese 60
Vogler 64
Volk 16
vollfressen (sich) 86
vollfuttern (sich) 86
vollsauen 79
vorbeischlängeln (sich) 80
Vor(der)hand 26
vorlaut 85
Vorreiter 90
Vorspann 89, 114
Vorstehhund 19
Vorzimmermieze 72

Wachtelhund 22
Wagen 112
Wagenfeder 53
Waldmann 16
Wal(fisch) 33, 34, 39
Wallach 29, 32
Walroß 25, 34, 93
Walroßbart 76
Wandelndes Blatt 19
Wanderratte 19, 69
Wandervogel 73
Wandlaus 24
Wanst 76
Wanze 41, 93, 94
Wapiti 30
Waran 30
Waschbär 20
Wasserfloh 35
Wasserhahn 41
Wasserjungfer 16
Wasserratte 69
Wasserschlange 39
watscheln 83
Wauwau 21
Weberknecht 28
Wechselbalg 77
Wedel 25
weder Fisch noch Fleisch 106
wegfischen 80
wegjagen 90
wegschnappen 113
weitläufig 55
weitschweifig 55
welfen 26
Wendehals 19
Werwolf 71
Wespe 97
Wespenbussard 23
Wespennest 93, 105
Wespentaille 76
Wetterfrosch 72
Wetterhahn 41
Wicken 115
Widder 39, 41
Wiedehopf 20, 93
wiederkäuen 85
Wiederkäuer 19
wiehern 82
wie Hund und Katze 103
Wiesel 92
wieselflink 77
wieseln 80
Wild 93
Wildesel 23
Wildfang 89
Wildhund 23
Wildkatze 67, 97
Wildpferd 23
Wildsau 97
Wind 111
Windfang 25
Windhund 33, 70
Windmühlenflügel 52
winseln 83
Winterhamster 93
Winterkönig 16
Wippsterz 20
Wirbeltiere 74
Wisent 29
wittern 111
Witterung 85
wohlbehütet 89
Wolf 23, 39, 40, 94, 95, 101, 105
Wolfgang 63
Wolf im Schafspelz 70
wölfisch 77
Wolfram 63
Wolfsbeere 36
Wolfshund 23
Wolfshunger 49
Wolfskirsche 37
Wolfsmensch 71
Wolfsrachen 76
Wolkenkuckucksheim 46
Wolle 111, 112
Wühler 84
Wundertier 68
Würger 28
Wurm 64, 68, 96, 103, 107
Würmchen 68
wurmen 79
Wurmfortsatz 42
wurm(stich)ig 53
Wurzelsau 66
Wüstenfuchs 74
Wüstenhase 74
Wüstenkönig 15
Wüstenschiff 31

Zahlmops 74
zähmen 89
Zahn 111, 112, 116
zappeln 84
Zaum 115
Zaunkönig 16, 44
Zebra 30
Zebrastreifen 47
Zebu 31
Zeisig 70, 92
Zeller schwarze Katz 49
Zerberus 71
zerfressen 55

Zeug 114
Zicke 66
Ziege 66
Ziegenbart 37, 76
Ziegenbock 24
Ziegenhals 76
Ziegenlippe 37
Ziegenmelker 27
Ziegenpeter 42
Zieraffe 67
Zilp(zalp) 20
Zimmermann 69
Zirkushase 69
zischen 54
Zitronenfalter 19
Zitteraal 19
Zobel 31
Zottelbär 65
Zuchtbulle 19
Zügel 114
zügellos 89
zügeln 89
Zugpferd 71
Zugvogel 69
Zunge 115
züngeln 54
zurückpfeifen 89
zurückscheuen 87
zusammenpferchen 89, 107
zusammenscharren 84
zuschnappen 54
Zwiebelfisch 43
zwitschern 83
Zwölfender 74